Um ein Haar hätte es diesen Roman nicht gegeben. Damit er am Ende doch erscheinen konnte, verzichtete Dostojewskij nicht nur auf seinen ursprünglichen Titel – ›Roulettenburg‹ –, er erfüllte auch das Ultimatum des Verlegers und schrieb den Roman in nicht mehr als 26 Tagen. Er brauchte das Geld, denn er war so spielsüchtig wie sein Held Alexej Iwanowitsch, und er war nicht weniger verstrickt in eine unglückliche Affäre. Eben dieser authentische Hintergrund ist es, welcher der Geschichte um einen fiktiven deutschen Kurort namens Roulettenburg bei all ihrer Rasanz eine unentrinnbare Gravitation verleiht.

Fjodor Michailowitsch Dostojewskij (1821–1881), Sohn eines Armeearztes in Moskau, wurde nach kurzer Tätigkeit als technischer Zeichner im Kriegsministerium freier Schriftsteller. Vier Jahre Zwangsarbeit als politischer Häftling und beständige Geldnot wegen seiner Spielleidenschaft zeichneten den unermüdlich Schaffenden. Dostojewskij zählt zu den bedeutendsten Schriftstellern der Weltliteratur.

Alexander Nitzberg wurde 1969 in Moskau geboren. Für seine Übersetzungen wurde er vielfach ausgezeichnet.

Fjodor Dostojewskij

Der Spieler
oder Roulettenburg

Aus den Aufzeichnungen
eines jungen Mannes

Roman

Aus dem Russischen übersetzt und
herausgegeben von Alexander Nitzberg

dtv

Originaltitel:
Игрок/Igrok
1866

Von Fjodor Dostojewskij ist bei dtv außerdem lieferbar:
Schuld und Sühne (12405)
Der Spieler (12406)
Der Idiot (12407)
Die Dämonen (12408)
Der Jüngling (12409)
Die Brüder Karamasow (12410)

Ausführliche Informationen über unsere Autoren und Bücher
www.dtv.de

MIX
Papier aus verantwortungsvollen Quellen
FSC® C019821

2020 dtv Verlagsgesellschaft mbH & Co. KG, München

Umschlaggestaltung: Katharina Netolitzky
Satz: Greiner & Reichel, Köln
Druck und Bindung: Druckerei C.H.Beck, Nördlingen
Gedruckt auf säurefreiem, chlorfrei gebleichtem Papier
Printed in Germany · ISBN 978-3-423-14720-0

Der Spieler

Kapitel 1

Endlich nach zwei Wochen kehre ich zurück. Die anderen sind bereits seit drei Tagen in Roulettenburg. Ich dachte, sie erwarten mich weiß Gott wie sehnsüchtig – aber nein: Der General tut betont lässig, spricht mit mir von oben herab und leitet mich weiter an die Frau Schwester. Verstehe, sie sind – irgendwie, irgendwo – zu Geld gekommen. Ich merke sogar: Dem General ist es peinlich, mich anzuschauen. Marja Filippowna hat alle Hände voll zu tun und redet mit mir zwischen Tür und Angel. Das Geld nimmt sie dennoch, zählt es nach und hört sich meinen vollständigen Bericht an. Zum Essen erwartet man Mesentzow, das Französchen und noch irgendeinen Engländer. Tja, die feine Moskauer Art: Klimpert es einmal in der Kasse, darf es an festlichen Empfängen nicht fehlen! Polina Alexandrowna sieht mich kurz an und fragt, wo ich denn so lange gesteckt habe? Kaum will ich antworten, verschwindet sie. (Geht es vielleicht noch deutlicher? Wie dem auch sei, um eine Aussprache wird sie sich nicht herumwinden können. Zu vieles hat sich angesammelt.)

Ich bekomme ein Kämmerlein zugeteilt – im dritten Obergeschoss des Hotels. Schließlich gehöre ich, wie es so schön heißt, *zum Gefolge des Generals*! – Nun ja, es scheint, man hat sich hier bereits mit Bravour in Szene gesetzt. Denn alle halten sie den General für ein *hohes Tier*, einen *steinreichen Russen*. Unter anderem brachte er es fertig, mir vor dem Mittagessen 2000 Francs in die Hand zu drücken: Kleinmachen bitte! Ich tu es an der Hotelrezeption. Schon sind wir für jedermann Millionäre – und sei's nur bis zum Ende der Woche! Eben will ich mit Mischa und Nadja spazieren gehen, doch auf der Treppe ruft man nach mir: Seine Exzellenz, der General, geruhen zu erfahren, wohin ich die beiden denn auszuführen gedenke? Dieser Mensch! Er ist einfach unfähig, einem direkt in die Augen zu sehen. Er möchte es zwar gern riskieren, aber jedes Mal schicke ich ihm einen derart trotzigen, sprich respektlosen Blick zurück, dass er schon leicht ins Schwitzen gerät. Er hält mir eine gestelzte Rede, zusammengesetzt aus lauter Hohlheiten, bis er endlich den Faden verliert und mir einbläut, ich soll mit den Kindern bloß nicht in der Nähe des Kurhauses flanieren, dann lieber irgendwo im Park. Schließlich platzt ihm der Kragen:

»Sonst bringen Sie die beiden noch zum Kurhaus und ehe man sichs versieht an den Roulettetisch! Nichts für ungut«, fügt er hinzu, »Sie sind von jugendlichem Leichtsinn und könnten durchaus auf dumme Gedanken kommen. Nun ja, ich weiß, bin weder ihr Mentor, noch gewillt, dieses Amt zu bekleiden – und doch ist und bleibt es mein gutes Recht, Sie zu ermahnen, mir wenigstens … nun ja … keine Schande zu machen …«

»Aber ich habe doch gar kein Geld«, entgegne ich ruhig, »um alles zu verspielen, muss man doch erst einmal welches haben.«

»Sie bekommen es umgehend ausgezahlt«, sagt der General, leicht errötend, wühlt in seinem Sekretär, wirft einen prüfenden Blick in die Bücher, und siehe da, es stellt sich heraus: Er schuldet mir ganze 120 Rubel!

»Tja, wie sollen wir das jetzt umrechnen«, beginnt er, »hmm, wie viel macht das in Talern? Folgendes: Sie nehmen 100 Taler, eine runde Summe, und den Rest … nun ja … den bekommen Sie noch früh genug.«

Schweigend nehme ich das Geld.

»Und was meine Worte anbelangt: Nicht beleidigt sein. Ich weiß, wie schnell Sie beleidigt sind … Wenn ich's Ihnen sage, dann doch nur zu Ihrem eigenen Besten, um Sie zu warnen. Ich glaube, ich habe dazu ein Recht …«

Als ich vor dem Essen mit den Kindern zurückkehre, begegne ich draußen einer kleinen Prozession: Denn die anderen haben in der Zwischenzeit irgendwelche Ruinen besichtigt. Zwei prächtige Kutschen, rassige Pferde! Mademoiselle Blanche in einem Gefährt mit Marja Filippowna und Polina. Das Französchen, der Engländer und unser General hoch zu Ross. Die Passanten bleiben stehen und staunen – ein grandioser Effekt! Allein der General wird noch sein blaues Wunder erleben. Denn laut meiner Rechnung verfügen sie jetzt – zusammen mit den 4000 Francs, die ich ihnen gebracht habe, und dem Geld, das sie sich ergattern konnten – über gerade mal 7000 oder 8000 Francs. Tja, leider zu wenig für Mademoiselle Blanche …

Mademoiselle Blanche wohnt im selben Hotel, sie teilt sich ein Zimmer mit ihrer Frau Mutter. Auch unser Französchen haust irgendwo hier. Das Personal nennt ihn *Monsieur le Comte* und die Mutter von Mademoiselle Blanche *Madame la Comtesse*. Also, ich weiß nicht so recht, vielleicht sind sie ja wirklich so was wie Graf und Gräfin …

Dacht ich's mir doch: Monsieur le Comte sieht mich zum allerersten Mal! (Dem General fiele es ja im Traum nicht ein, uns miteinander bekanntzumachen oder wenigstens mich ihm vorzustellen. Und der Monsieur war oft genug in Russland, um zu wissen, dass jemand, den er *Auslärär* nennt, ein vollkommener Niemand ist.) Dabei kennt er mich eigentlich ziemlich gut. Doch ich war ja nicht einmal zu Tisch geladen. Der General hat es offenbar versäumt, entsprechende Anweisungen zu geben, sonst wäre ich beim Personal gelandet. Stattdessen komme ich ganz ungefragt. Der General wirkt darüber nicht sehr erfreut, aber die gute Marja Filippowna weist mir sofort einen Platz zu. Erst Mister Astley hilft mir aus der Patsche, und schon bin ich einer von ihnen!

Diesen Engländer (ein komischer Kauz!) habe ich bereits in Preußen getroffen: Wir saßen zusammen im selben Abteil – und zwar genau vis-à-vis –, als ich versuchte, die anderen einzuholen. Dann bei der Einreise nach Frankreich. Zuletzt in der Schweiz. Also zwei Mal in zwei Wochen! Und jetzt wieder, diesmal in Roulettenburg. Ich kenne keinen Menschen, der schüchterner wäre. Seine Schüchternheit grenzt an Dummheit, und er ist sich dessen voll und ganz bewusst, denn er ist alles andere als dumm. Ach was – richtig nett und ruhig ist er. Schon bei unserer ersten Begegnung in Preußen habe ich ihn gesprächig gemacht. Er gestand mir sogar, dass er diesen Sommer am Nordkap war und liebend gern den Jahrmarkt in Nischni Nowgorod besucht hätte … Keine Ahnung, woher er den General kennt, eines aber weiß ich gewiss: Er ist unsterblich in Polina verliebt. Als sie hereinkam, hat er auf der Stelle Feuer gefangen. Er ist heilfroh, dass ich neben ihm Platz nehme, hält mich wahrscheinlich für seinen Kumpan.

Das Französchen plustert sich mächtig auf, tut wichtig, redet herablassend. Und damals in Moskau? – Nur heiße Luft. Sein geballter Wortschwall gilt jetzt den Finanzen und der russischen Politik. Der General versucht manchmal aufzumucken, aber nur so viel, wie gerade nötig ist, um sein Gesicht nicht vollends zu verlieren.

Irgendwie bin ich in seltsamer Laune. Noch mitten beim Essen stellt sich mir die übliche, langsam lästige Frage: Wieso, um alles in der Welt, plage ich mich eine halbe Ewigkeit mit diesem elenden General herum? Gelegentlich schiele ich herüber – zu Polina Alexandrowna. – Keine Reaktion. Also werde ich wütend und kratzbürstig.

Zum Warmwerden mische ich mich spontan – so mir nichts, dir nichts – in ein fremdes Gespräch ein. Hauptsache ich bringe das Französchen in Rage. Also wende ich mich an den General, falle ihm womöglich sogar ins Wort, und verkünde laut und deutlich, man könne als Russe neuerdings in keinem Hotel mehr in Ruhe speisen. Der General starrt mich erstaunt an.

»Jedenfalls nicht, wenn Sie ein anständiger Mensch sind«, lege ich nach, »sonst müssen Sie nämlich lauter Hasstiraden über sich ergehen lassen und sind gezwungen, manch eine Kopfnuss einzustecken. In Paris, im Rheinland, ja, selbst in der Schweiz trifft man beim Essen eine so große Zahl von Polacken und Franzmännern an, die sich gegenseitig auch gleich zur Seite springen, sodass Sie als Russe keine Chance haben, auch nur einen Satz von sich zu geben.«

Das alles sage ich auf Französisch. Der General sieht mich verwirrt an. Soll er sich ärgern, oder reicht es, wenn er seine Verblüffung zeigt – darüber, dass ich mich derart vergesse.

»Ihnen hat wohl jemand irgendwo eine kräftige Abreibung verpasst, nicht wahr?«, lässt das Französchen verächtlich fallen.

»Ich habe mich in Paris als Erstes mit einem Polen angelegt«, pariere ich, »und anschließend mit einem französischen Offizier, der dem Polen beistand. Doch bekam ich Unterstützung von einigen Franzosen, als ich erzählte, wie ich vorhatte, Eminenz in den Kaffee zu spucken.«

»Zu spucken?«, der General echauffiert sich verdutzt und sieht die anderen hilflos an. Das Französchen mustert mich ungläubig.

»Exakt«, antworte ich, »zu spucken. Zwei Tage lang war ich überzeugt, in unserer Angelegenheit einen Abstecher nach Rom unternehmen zu müssen. Also stattete ich in Paris dem Konsulat seiner Heiligkeit einen Besuch ab, um das Visum zu beantragen. Dort empfängt mich so ein kleiner Abbé. Der ist um die fünfzig, ziemlich dürr, mit einer leicht unterkühlten Visage. Er hört mich an, durchaus höflich, doch sehr reserviert, und bittet mich, ein wenig zu warten. Ich bin zwar in Eile, nehme aber Platz, ziehe die *Opinion nationale* hervor und lese eine üble Russlandhetze. Dabei sehe ich, wie jemand seine Eminenz vom Nachbarzimmer aus aufsucht, einer, vor dem mein Abbé lauter Kotaus macht. Erneut wende ich mich an ihn und wiederhole meine Bitte. Er fordert mich auf – eine Spur reservierter als zuvor –, ich möge ein wenig warten. Kurz darauf kommt ein weiterer Unbekannter, in einer überaus wichtigen Sache, jawohl – irgendein Österreicher. Er wird auf der Stelle angehört und schnurstracks nach oben geleitet. Da werde ich langsam ungemütlich, stehe auf, nähere mich dem Abbé und sage ihm in aller Schärfe: Eminenz empfängt doch offensichtlich, dann wäre es jetzt wohl höchste Zeit, auch mich einmal dranzunehmen? Da weicht der Abbé entsetzt zurück und macht ein zutiefst verdattertes Gesicht. Es will einfach nicht in seinen Kopf hinein, dass irgend so ein lausiger Russe die Frechheit besitzt, sich mit den Gästen seiner Eminenz auf eine Stufe zu stellen! Unerhört! Gewissermaßen froh darüber, dass er mich jetzt offen beleidigen darf, misst er mich von Kopf bis Fuß und ruft: ›Glauben Sie wirklich, Monseigneur würde Ihretwegen auf seinen Kaffee verzichten?‹ Darauf rufe ich – noch lauter als er: ›Ich pfeife herzlich auf Monseigneurs Kaffee! Und wenn Sie mir nicht sofort das Visum geben, dann gehe ich zu ihm und hole es selbst!‹

›Wie! Dieweil er den Kardinal empfängt!‹, kreischt der kleine Abbé erschrocken, stürzt zur Türe, breitet die Arme aus – kreuzförmig, um mir deutlich zu zeigen: Lieber sterbe ich, als dass ich Sie durchlasse!

Darauf ich zu ihm: Bin ein Ketzer und Barbar, *je suis hérétique et barbare*, und diese Kardinäle, Erzbischöfe, Monseigneurs und so weiter und so fort sind mir alle schnurzpiepegal! Kurzum, ich gebe ihm zu verstehen, dass ich keinesfalls die Absicht habe, locker zu lassen. Der Abbé sieht mich hasserfüllt an, entreißt mir den Pass und flitzt nach oben. Nach einer Minute erhalte ich das Visum. Voilà, wenn Sie mir nicht glauben wollen! …« Ich zücke den Pass und präsentiere den Anwesenden meine römische Einreisegenehmigung.

»Tja, da sind Sie allerdings …«, stammelt der General.

»Was Sie gerettet hat, war die Tatsache, dass Sie sich selbst als einen Barbar und Ketzer bezeichnet haben«, bemerkt das Französchen mit schiefem Lächeln. »*Cela n'etait pas si bête.*«

»Soll ich mir etwa eine Scheibe von unseren Russen hier abschneiden? Die ducken sich allesamt doch nur, sitzen mucksmäuschenstill, könnten glatt ihre Herkunft verleugnen. Jedenfalls wurde ich im Pariser Hotel seit meiner Rauferei mit dem Abbé sehr viel respektvoller behandelt. Der fettleibige polnische Herr, mein ärgster Feind am Gästetisch, rückte auf einmal in den Hintergrund. Die Franzosen schluckten es sogar, als ich ihnen von meiner Begegnung mit dem Mann erzählte, auf den im Jahr 1812 ein französischer Jäger gefeuert hatte, einzig um sein Gewehr zu entladen! Dieser Mann, damals ein zehnjähriger Bub, war aus einer jener Familien, die Moskau nicht rechtzeitig verlassen konnten.«

»Das ist ganz und gar ausgeschlossen«, entsetzt sich das Französchen, »ein französischer Soldat würde niemals auf ein Kind schießen!«

»Und dennoch ist es genauso passiert«, entgegne ich, »das erzählte mir wahrheitsgemäß ein ehrwürdiger Exkapitän, und ich habe mit eigenen Augen auf seiner Wange die Schramme gesehen.«

Darauf ist das Französchen in seinem Geschnatter kaum noch zu halten. Der General schickt sich an, ihm beizustehen, und ich empfehle seiner Aufmerksamkeit doch wenigstens ein paar Abschnitte aus den *Erinnerungen* von General Perowski – immerhin war er im Jahr 1812 in französischer Gefangenschaft. Doch jetzt ist Marja Filippowna an der Reihe: Schnell redet sie los, um das Thema zu wechseln. Der General ist maßlos über mich verärgert. Kein Wunder: Das Französchen und ich haben uns schon beinahe in den Haaren. Allein Mister Astley scheint mein Streit mit dem Französchen zu imponieren. Beim Aufstehen schlägt er mir vor, mit ihm zusammen einen Drink zu nehmen. Abends, wie erwartet, gelingt es mir, mit Polina Alexandrowna ein paar Worte zu wechseln. Das Gespräch findet während des Spaziergangs statt. Alle machen sich auf den Weg zum Park in der Nähe des Kurhauses. Da nimmt sie Platz auf einer Bank vor dem Brunnen und lässt Nadja mit den anderen Kindern spielen. Ich meinerseits gestatte Mischa, zum Brunnen zu laufen. Wir sind endlich allein.

Erst das Geschäftliche, natürlich. Polina wird wütend, als ich ihr nur 700 Gulden überreiche. Sie ist davon ausgegangen, dass ihre Brillanten – wenn man sie als Sicherheit hinterlegt – in Paris für mindestens 2000, vielleicht sogar mehr gut sind.

»Ich brauche Geld, und zwar dringend«, sagt sie. »Ich muss, koste es, was es wolle, welches bekommen, sonst bin ich erledigt.«

Ich beginne, sie auszufragen, was in meiner Abwesenheit denn vorgefallen ist.

»Nichts, wenn man von zwei Briefen absieht, die wir aus Petersburg erhalten haben. In dem einen heißt es, der Großmutter gehe es wirklich sehr, sehr schlecht. In dem anderen, der ein paar Tage später eintraf, sie sei möglicherweise sogar schon tot. Die Nachricht stammt von Timofej Petrowitsch«, fügt Polina hinzu, »und auf den ist Verlass. Jetzt warten wir nur noch auf die Bestätigung.«

»Das heißt, alles hier sitzt nur und wartet?«

»O ja, alles, was Odem hat. Das geht schon seit einem halben Jahr so. Die letzte Hoffnung.«

»Etwa auch für Sie?«, frage ich.

»Ach, ich bin mit ihr doch gar nicht verwandt, bin doch nur

das Stiefkind des Generals. Aber ich hege keinen Zweifel daran, dass sie mich in ihrem Testament bedenkt.«

»Ich bin überzeugt: sogar sehr üppig«, sage ich, um ihr Mut zu machen.

»Ja, sie hatte mich wohl sehr gern ... Doch was gibt Ihnen diese Gewissheit?«

»Verraten Sie mir«, antworte ich mit einer Gegenfrage, »Ihr Marquis ist, allem Anschein nach, in sämtliche Familiengeheimnisse eingeweiht?«

»Und warum, um alles in der Welt, interessiert Sie das so?«, erwidert Polina und wirft mir einen strengen und bösen Blick zu.

»Aber natürlich ist er das. Wenn ich die Lage richtig einschätze, hat der General sich bei ihm auch schon ein hübsches Sümmchen geliehen.«

»Und ob Sie die Lage richtig einschätzen!«

»Würde er ihm denn auch nur einen Groschen leihen, wenn er von *Omilein* nicht wüsste? Ist Ihnen das eigentlich aufgefallen: Bei Tisch, da hat er Großmutter vielleicht zwei oder drei Mal erwähnt und nannte sie jedes Mal *Omilein, la baboulinka,* sagte er. Na, wenn das keine rührende Freundschaft ist!«

»Wohl wahr. Und sobald er erfährt, dass auch ich etwas erben soll, wird er sofort um meine Hand anhalten. Ist es nicht das, was Sie wissen wollten?«

»Um Ihre Hand anhalten? Ich dachte, das hätte er längst getan.«

»Nein, und das wissen Sie ganz genau!«, ärgert sich Polina. »Und übrigens, wo haben Sie diesen Engländer aufgetrieben?«, fragt sie nach einer Minute des Schweigens.

»Ich wusste, dass Sie das jetzt fragen würden.«

Also erzähle ich ihr von meiner Reisebekanntschaft mit Mister Astley.

»Er ist schüchtern und schnell mit dem Herzen dabei. Ich könnte wetten, er ist in Sie verliebt!«

»Ja, er ist in mich verliebt«, antwortet Polina.

»Und ich könnte außerdem wetten, er hat zehnmal mehr Geld als der Franzose. Hat der Franzmann denn überhaupt etwas? Und wäre das auch wirklich erwiesen?«

»Absolut. Er besitzt irgend so ein *Château*. Der General erwähnte es gestern mit Bestimmtheit. Genügt Ihnen das als Sicherheit?«

»Also ich an Ihrer Stelle würde den Engländer heiraten.«

»Wieso das?«, fragt Polina.

»Der Franzose ist zwar hübsch, aber auch sehr platt. Der Engländer dagegen ist nicht nur ein Ehrenmann, sondern auch noch zehnmal reicher«, erkläre ich.

»Nein, der Franzose ist ein Marquis und außerdem klüger«, sagt sie gefasst.

»Ist das auch wahr?«, lasse ich nicht locker.

»Aber ja doch.«

Meine Fragen schmecken ihr wohl nicht, und ich merke, dass sie mich mit dem Tonfall und der ganzen Art ihrer Antworten offenbar auf die Palme bringen will. Also spreche ich sie darauf an.

»Was soll ich sagen, Sie haben recht: Es amüsiert mich ungemein zu sehen, wie Sie sich vor Wut die Haare raufen. Ich finde, Sie sollten allein schon dafür, dass ich Ihnen solche Fragen und Gedanken erlaube, ordentlich büßen.«

»Ich halte mich in der Tat für berechtigt, Ihnen diverse Fragen zu stellen«, antworte ich seelenruhig, »und zwar gerade deshalb, *weil* ich bereit bin, dafür zu büßen, ganz egal, wie. Denn mein Leben hat für mich jetzt keinerlei Wert.«

Polina lacht lauthals auf:

»Das letzte Mal auf dem Schlangenberg sagten Sie mir, Sie wären bereit, auf ein einziges Wort von mir kopfüber von der Klippe zu springen. Und das in tausend Fuß Höhe! Und wissen Sie was: Eines Tages werde ich dieses Wort sprechen. Nur um Sie einmal springen zu sehen. Und glauben Sie mir, ich werde es verkraften. Denn ich hasse Sie. Insbesondere dafür, dass ich Ihnen so vieles durchgehen lasse, und noch mehr, weil ich Sie so sehr brauche. Aber solange ich Sie noch gebrauchen kann, muss ich Sie wohl oder übel ungeschoren lassen.«

Schon fängt sie an, nervös aufzustehen. Schon redet sie gereizt. In letzter Zeit beendet sie unsere Gespräche auch immer gereizt und fuchsteufelswild. Ich meine wirklich fuchsteufelswild.

»Und was ist mit Mademoiselle Blanche?«, will ich sie noch zum Reden bringen, bevor sie geht.

»Sie wissen doch selbst, was mit ihr ist. Es gibt seitdem keine neuen Entwicklungen. Sie können ruhig davon ausgehen, dass Mademoiselle Blanche Generalin wird. Natürlich nur, wenn das Gerücht von Großmutters Tod bestätigt wird. Denn Mademoiselle Blanche, ihre werte Frau Mutter und ihr Cousin dritten Grades, der Marquis, sind allesamt bestens darüber im Bilde, dass wir pleite sind.«

»Und der General ist verliebt bis über beide Ohren?«

»Was spielt das jetzt für eine Rolle? Hören Sie mir genau zu: Sie nehmen fein hübsch diese 700 Florine und gehen ins Casino. Dort begeben Sie sich an den Roulettetisch und gewinnen mir gefälligst so viel Sie können. Ich brauche jetzt Geld, ganz unbedingt.«

Sie sagt es, ruft Nadja und geht Richtung Kurhaus, wo sie zu den anderen stößt. Ich dagegen folge dem erstbesten Weg nach links – gedankenverloren, verwundert. Der Befehl, mich an den Roulettetisch zu setzen, trifft mich im Nachhinein wie ein Blitz. Seltsam, ich hätte jetzt wahrlich genug Stoff, um mir darüber den Kopf zu zerbrechen, aber stattdessen vertiefe ich mich in die Analyse meiner Gefühle für Polina. Und da kann ich nur sagen: Die beiden Wochen, die ich weg war, habe ich leichter ertragen als den heutigen Tag, den Tag meiner Rückkehr. Und das obwohl ich unterwegs wie ein Verrückter an sie dachte, hin und her hüpfte wie ein Hamster im Käfig, und selbst im Schlaf unentwegt ihr Gesicht vor mir sah. Einmal (es war auf der Fahrt durch die Schweiz), bin ich im Waggon eingenickt und habe im Schlaf – aber offenbar laut – mit Polina geredet – zur Belustigung der Mitreisenden. Und zum zigsten Mal frage ich mich: Liebe ich sie oder liebe ich sie nicht? Und zum zigsten Mal habe ich keine Antwort. Beziehungsweise ich sage mir, dass ich sie hasse – zum zigsten Mal. Ja, sie ist mir zutiefst verhasst. Gelegentlich (oder vielmehr jedes Mal gegen Ende unserer Gespräche) ließe ich liebend gern mein Leben, könnte ich ihr einmal an die Gurgel packen! Bestünde die Möglichkeit, ein scharfes Messer schön langsam in ihre Brust zu bohren, ich schwöre, ich täte es mit Freuden gern. Dabei, hätte sie dort auf dem Schlangenberg, diesem Aussichtspunkt, nur ein Wort gesprochen: Springen Sie! … – Bei allem, was mir heilig ist, ich wäre auf der Stelle hinabgesprungen, sogar mit dem allergrößten Vergnügen! Ich wusste es, ich wusste es. So oder so, das musste ja kommen. Und sie selbst hat alles perfekt im Griff: Der bloße Gedanke daran, dass ich weiß – und zwar in aller Deutlichkeit – wie unerreichbar sie für mich ist und dass all meine Fantasien eben nur Fantasien sind, erfüllt sie mit unsäglicher Lust. Oder wie lässt sich sonst erklären, dass sie – eine kluge, umsichtige Frau – vor mir jede Maske fallen lässt? Ich glaube, sie hat mich bislang ähnlich gesehen, wie jene antike Herrscherin, die sich vor einem Sklaven auszog, weil sie ihn nicht für einen Menschen hielt. So hat auch sie mich, weiß Gott wie oft, nicht für einen Menschen gehalten …

Aber jetzt ist da dieser Befehl, unbedingt am Roulettetisch zu gewinnen. Keine Zeit, sich groß Gedanken zu machen, wofür, wie schnell ich gewinnen soll? Oder was dieser ewig berechnende Kopf sonst noch so ausbrütet? Außerdem sind wohl in den letzten zwei Wochen jede Menge Fakten hinzugekommen, von denen ich überhaupt nichts weiß. Das alles gilt es nun herauszufinden, nachzuvollziehen – und das schnell, schnell, schnell. Doch vorerst, wie gesagt: Keine Zeit. Rasch an den Roulettetisch!

Kapitel 2

Tja, es ist alles andere als angenehm. Zwar habe ich mir gesagt: *Ich spiele*, aber ich meinte damit: *Für mich* und nicht etwa: *Für jemand anderes*. Es verwirrt mich reichlich, ich betrete die Spielbank mit mehr als gemischten Gefühlen. Und nichts von dem, was ich sehe, gefällt mir. Ich hasse ja ohnehin die servilen Bücklinge in der (beinahe gesamten!) Weltpresse, insbesondere in unseren russischen Gazetten, wo jahraus, jahrein das Feuilleton im Frühjahr zwei Dinge bejubelt: Erstens, die rheinischen Casinostädte mit Spielbanken voller Glanz und Glorie, zweitens, diese ganzen Berge von Gold, die sich dort überall auf den Spieltischen türmen. Die Redakteure bekommen ja kein Honorar dafür, sie tun es unentgeltlich, aus freien Stücken, gleichsam im vorauseilenden Gehorsam! Nur dass diese lumpigen Hallen alles andere als glanzvoll sind, und was die Berge von Gold anbelangt, so fehlt von ihnen schlicht jede Spur (wie auch überhaupt von Gold). Natürlich – hie und da – im Verlauf der Saison – kommt es mal vor (wie in diesem Sommer), dass irgend so ein komischer Vogel, ein Engländer, ein Asiate, ein Türke auf einen Schlag sehr viel verliert oder gewinnt. Doch der Rest spielt kleinmütig, macht mickrige Einsätze, und für gewöhnlich liegen auf dem Tisch kaum nennenswerte Beträge. Ich betrete den Saal (wohlgemerkt:

zum ersten Mal in meinem Leben) und kann mich nicht gleich zum Spiel entschließen. Auch fühle ich mich von der Menge beengt. Aber selbst wenn ich allein wäre, ich glaube, ich würde eher gehen als spielen. Ehrlich gesagt, ich habe Herzklopfen und bin nicht gerade die Ruhe in Person. Ich wusste es, ich habe es geahnt! Ohne Zwischenfälle werde ich Roulettenburg nicht verlassen! Irgendetwas wird unbedingt passieren, etwas Einschneidendes, etwas Fatales. Was geschehen muss, wird geschehen. Es mag ulkig erscheinen, dass ich so sehr aufs Roulettespiel setze – ich selbst jedenfalls finde es weitaus ulkiger, brav zu glauben, dies sei naiv. Ist das Spiel etwa schlechter als jedes andere Mittel der Geldbeschaffung – als Handel, zum Beispiel? Es ist schon wahr: Es gewinnt nur einer von hundert. Was aber kümmert's mich?

Wie dem auch sei, ich beschließe, mich erst einmal umzuschauen und nichts Ernstes zu unternehmen – jedenfalls nicht heute Abend. Denn heute Abend – sollte da etwas geschehen, dann höchstens spontan und nichts von Belang. Das beschließe ich jetzt. Außerdem muss ich mich selbst erst einmal in das Spiel hineindenken. Aus den vielen Beschreibungen, die ich immer wieder eifrig studiert habe, konnte ich den Ablauf bisher nicht wirklich nachvollziehen. Es geht doch nichts über eigene Erfahrung.

Zunächst einmal muss ich feststellen, dass hier alles sehr schmutzig ist – im moralischen Sinne – abstoßend, schmutzig. Und damit meine ich *nicht* all diese Gesichter, gierig und fiebrig, die sich zu Hunderten, ja Tausenden um die Spieltische tummeln. Ich kann in dem Wunsch, schnell reich zu werden, nichts, aber auch gar nichts Schmutziges entdecken. Ich erinnere mich an das ausgesprochen alberne Wort eines wohlbeleibten, gut betuchten Moralapostels, der auf jemandes Beschwichtigungsversuch, schließlich spielte man um *kleinere Beträge*, antwortete: Umso schlimmer, dann ist es eben die *kleinliche Gier*. Die kleinliche Gier, die gewaltige Gier, wo ist da bitte der

Unterschied! – Es ist bloß eine Frage der Dimension! Was für Rothschild klein ist, ist für mich gewaltig. Und was den Geiz und die Habsucht anbelangt, so kann ich nur sagen: Menschen versuchen sich doch überall übers Ohr zu hauen, nicht nur am Roulettetisch! Und ob Gewinn und Profit an sich widerlich sind, ist eine völlig andere Frage, und die will ich hier überhaupt nicht erörtern. Nur noch so viel dazu: Da ich selbst im höchsten Maße von der Gewinnsucht besessen bin, scheint mir diese ganze Raffgier und dieser ganze, wenn man so will, raffgierige Schmutz bereits beim Eintreten irgendwie vertraut und heimelig. Das ist doch ohnehin das Beste, wenn man nicht allzu zimperlich ist, sondern offen und zwanglos handelt. Und wozu auch sich selbst betrügen? – Die dümmste und sinnloseste Sache der Welt! Das Hässlichste an diesem Pack ist bereits auf den ersten Blick jene Hochachtung vor dem eigenen Tun, jene Ernsthaftigkeit, ja, sogar Ehrfurcht, mit der sie alle an den Tisch treten. Das ist der Grund dafür, warum hier die Dinge so scharf voneinander getrennt sind: So gelten einige Spiele als verpönt, andere wiederum als schicklich. Es gibt zwei Arten von Spielen – das eine ist für Gentlemen, das andere für den Pöbel (schäbige Schieberseelen, Geschmeiß). Hier sind sie scharf voneinander getrennt – und wie ist diese Trennung doch im Kern perfide! Ein Gentleman, zum Beispiel, kann fünf oder zehn Louisdors setzen – selten mehr –, er kann aber auch 1000 Francs setzen, wenn er besonders reich ist – aber alles nur so zum Spaß, nur zu seinem eigenen Vergnügen. Mehr oder weniger allein, um den Prozess von Gewinn und Verlust zu erkunden. Nicht weil er sich für den Gewinn interessiert. Er könnte zum Beispiel nach dem Gewinnen laut loslachen oder einem der Spieler gegenüber eine Bemerkung machen. Er könnte sogar noch einmal setzen, den Einsatz verdoppeln, einzig aus Neugier, um seine Chancen zu studieren – der Statistik, nicht des schnöden Gewinns wegen. Kurzum, in all diesen Spieltischen mit Roulette und *trente et qua-*

rante soll er nichts weiter als Unterhaltung sehen, ersonnen zu seinem Zeitvertreib. Die ausgefuchsten Tricks der Bank (gewissermaßen ihre Existenzberechtigung) darf er indes nicht einmal erahnen. Mehr noch, er gibt eine umso bessere Figur ab, je weniger er in den übrigen Spielern das Gesocks erblickt, welches da um einen lausigen Gulden bangt, sie vielmehr für genauso begüterte Gentlemen hält, wie er selbst einer ist, die nur aus reinem Zeitvertreib spielen. Ja, ein blauäugiges Menschenbild und die völlige Unkenntnis der wahren Verhältnisse wirken gewiss besonders vornehm. So manch eine Mutter schiebt ihr unschuldiges, hübsch gekleidetes Töchterchen vor – so ein Fräulein von fünfzehn, sechzehn Jahren –, drückt ihm ein paar Goldstücke in die Hand und zeigt, wie man Einsätze macht. Das gute Kind gewinnt oder verliert mit demselben bezaubernden Lächeln auf den Lippen und verlässt den Tisch sichtbar zufrieden. Und da erscheint am Spieltisch unser General – solide und würdevoll. Ein Lakai stürzt herbei und hält ihm einen Stuhl hin, doch der General bemerkt ihn nicht. Sehr langsam holt er seine Brieftasche hervor, sehr langsam entnimmt er ihr 300 Goldfrancs, setzt sie auf Schwarz und gewinnt. Er nimmt das Geld nicht, es bleibt auf dem Tisch. Wieder Schwarz, wieder bleibt es auf dem Tisch. Als die Kugel beim dritten Mal auf Rot fällt, verliert er 1200 Francs. Er verlässt den Spieltisch mit einem Lächeln, ohne auch nur mit der Wimper zu zucken. Ich weiß aber, welche Qual ihn durchfährt! Wären die Einsätze doppelt so hoch, er würde sofort aus der Rolle fallen, nervös werden. Und doch hat direkt vor meinen Augen ein Franzose an die 30 000 Francs verspielt und das ohne die geringste Regung. Was nämlich ein echter Gentleman ist, verliert womöglich sein gesamtes Vermögen, aber niemals seine Fassung. Geld hat stets unter seiner Würde zu sein – es ist nichts, worüber man sich Sorgen macht. *Noblesse oblige!* Das Edelste wäre, diesen Schmutz, dieses Pack, dieses ganze Milieu einfach nicht zu beachten. Doch nicht weniger edel wäre auch das schiere Gegenteil davon: Es sehr wohl zu beachten, zu betrachten, ja, sogar zu bestaunen – von mir aus durchs Opernglas – als eine Art Amüsement, als eine Attraktion speziell für Gentlemen. Sie könnten jetzt mitten in der Menge sein, aber sich auf eine Weise umsehen, dass auf der Stelle deutlich wird: Ich bin nur ein distanzierter Beobachter und gehöre keinesfalls dazu. Freilich – zu viel ist ungesund und wäre nicht allzu *gentlemanlike*, denn diese Form von Unterhaltung verdient an sich keine gesteigerte Aufmerksamkeit. Überhaupt gibt es nur wenige Spektakel, die eine gesteigerte Aufmerksamkeit seitens des Gentlemans verdienten. Dabei habe ich selbst eher den Eindruck: Dies alles verdient sehr wohl eine gesteigerte Aufmerksamkeit, insbesondere für denjenigen, der nicht zum bloßen Beobachten herkommt, sondern sich mit vollem Herzen und gutem Gewissen zu all diesem Dreck dazuzählt. Und was meine innigsten moralischen Überzeugungen anbetrifft, so haben sie in diesen Randbemerkungen selbstverständlich nichts verloren. (Was soll ich sagen: So ist es nun mal. Ich erwähne es auch nur ehrlichkeitshalber.) Und was ich noch feststellen muss: Seit Neuestem empfinde ich es als im höchsten Maße widerlich, meine Handlungen und Gedanken an moralischen Normen auszurichten, und zwar: an egal welchen. Etwas anderes treibt mich an …

Das Pack spielt in der Tat sehr unsauber. Ja, ich bekomme allmählich den Eindruck: Hier am Tisch findet tagtäglich Diebstahl statt. Auf jeden Fall haben die Croupiers, die an den Tischenden sitzen, die Einsätze prüfen und die Gewinne auszahlen, alle Hände voll zu tun. (Noch so ein Pack! Die meisten sind Franzosen.) Im Übrigen beobachte ich hier nicht das Roulettespiel, um es zu beschreiben, sondern nur, um mich selbst darauf einzustellen, um zu wissen, wie ich mich verhalten soll. So ist es zum Beispiel nichts Außergewöhnliches, wenn am Tisch irgendeine Hand erscheint und einheimst, was du gewonnen hast. Ein Tumult bricht los, oft genug mit Gekeife. Und versuch du dann einmal zu beweisen und glaubhafte Zeugen dafür zu finden, dass es auch wirklich dein Einsatz war! Viel Spaß dabei!

Anfangs kommt mir dieser ganze Hokuspokus reichlich spanisch vor. Ich erkenne nur – und selbst das mit einiger Mühe: Gesetzt wird auf *Zahl* oder auf *Farbe*, auf *Gerade* oder *Ungerade*. Von Polinas Geld rühre ich an diesem Abend versuchsweise 100 Gulden an. Die Tatsache, dass ich nicht für mich, sondern für jemand anderes spiele, stört mich. Ein höchst ungutes Gefühl, das ich schnell loswerden will. Es ist, als würde ich, indem ich für Polina spiele, mein eigenes Glück im Keim ersticken. Ach, es ist offenbar nicht möglich, an den Spieltisch zu treten, ohne sich im gleichen Moment von Aberglauben anstecken zu lassen … Als Erstes nehme ich fünf Friedrichsdor (das ist so viel wie 50 Gulden) und setze sie auf *Gerade*. Das Rädchen dreht sich, die Kugel fällt auf *Dreizehn* – und ich verliere. In überreizter Stimmung und einzig nur, um das hier irgendwie abzuschließen und mich losreißen zu können, setze ich noch einmal fünf Friedrichsdor, diesmal auf *Rot*. *Rot* gewinnt. Nun setze ich alle zehn Friedrichsdor – und wieder einmal gewinnt *Rot*. Ich bekomme 40 Friedrichsdor bar auf die Hand und setze 20 davon auf die zwölf mittleren Zahlen, ohne zu wissen, was daraus wird. Da bekomme ich das Dreifache ausgezahlt. Aus zehn Friedrichsdor sind 80 geworden. Ein bizarres, seltsames Gefühl – unerträglich! Ich beschließe, auf der Stelle zu gehen. Für mich selbst hätte ich zweifellos anders gespielt. Dennoch setze ich alle 80 Friedrichsdor noch einmal auf *Gerade*. Und dieses Mal gewinnt die *Vier*. Das ergibt noch weitere 80 Friedrichsdor. Ich sammle den ganzen Haufen von 160 Friedrichsdor ein und gehe Polina Alexandrowna suchen.

Sie alle flanieren irgendwo im Park, darum sehe ich sie erst beim Abendessen. Diesmal ist der Franzose nicht dabei, und der General nimmt sich mir gegenüber folgendes heraus: Er möchte doch abermals freundlichst drum bitten, dem Casino fernzubleiben. Das wäre doch für ihn ausgesprochen blamabel, sollte ich einmal zu viel verlieren. »Aber selbst wenn Sie einmal zu viel gewinnen, bin ich genauso kompromittiert«, fügt er bedeutungsvoll hinzu. »Natürlich habe ich nicht das Recht, Ihnen zu diktieren, aber Sie wissen ja selbst …« – Wie gewohnt, spricht er nicht zu Ende. Ich versetze kühl, ich hätte nicht genug, um mit meinem eventuellen Verlust zu viel Aufsehen zu erregen, selbst wenn ich spielen sollte. Oben angelangt, schaffe ich es noch, Polina ihren Gewinn auszuhändigen und ihr mitzuteilen, dass ich nächstes Mal nicht mehr für sie zu spielen gedenke.

»Aber warum denn nicht?«, fragt sie aufgebracht.

»Weil ich für mich spielen will«, antworte ich und sehe sie verwundert an, »und das stört.«

»Dann sind Sie also nach wie vor der Überzeugung: Nur das Roulettespiel kann Sie retten?«, fragt sie spöttisch. Worauf ich – sehr ernst – mit *Ja* antworte. Und was meine Siegesgewissheit anbelangt, so mag das sehr lustig sein, meinetwegen. Dennoch wünsche ich, in Ruhe gelassen zu werden.

Polina Alexandrowna will unbedingt meinen heutigen Gewinn mit mir teilen. Sie versucht, mir 80 Friedrichsdor, also die Hälfte, in die Hand zu drücken, dies sei auch die Bedingung für weiteres Spielen. Ich schlage es aus, ein für alle Mal, und erkläre, ich kann nicht für andere spielen, nicht weil ich es nicht möchte, sondern weil ich mit ziemlicher Sicherheit verlieren werde.

»Auf die Gefahr hin, dass es albern klingt, aber ich selbst habe höchstwahrscheinlich auch keine andere Hoffnung als das Roulette«, sagt sie nachdenklich. »Und darum müssen Sie ganz unbedingt das Spiel fortsetzen, und wir teilen uns den Gewinn. Sie müssen und Sie werden!« Da dreht sie sich um und lässt mich stehen, ohne sich meine weiteren Ausführungen anzuhören.

Kapitel 3

Aber sieh einer an! Gestern hat sie mit keinem Wort das Spiel erwähnt. Überhaupt war sie nicht sehr gesprächig. Allein die Art, mit mir umzugehen, ist noch immer dieselbe geblieben. Dieselbe Lässigkeit, wenn wir uns sehen, gespickt mit einer Portion Verachtung, um nicht zu sagen: Gehässigkeit. Ja, sie hat es nicht einmal nötig, ihren Abscheu zu verbergen – das ist inzwischen mehr als deutlich. Dennoch lässt sie mich gleichzeitig wissen, dass ich ihr unerlässlich bin und sie mich für irgendetwas braucht und schont. Unsere Beziehung ist recht seltsam, und ich durchschaue sie nicht ganz, insbesondere, wenn ich bedenke, wie hochnäsig sie anderen gegenüber ist. Sie weiß, ich bin hoffnungslos in sie vernarrt. Trotzdem darf ich mein Herz vor ihr ausschütten! Existiert denn eine größere Form der Demütigung? Ich darf also vollkommen frei und ungehindert von meiner Liebe zu ihr sprechen. Nach dem Motto: Was interessieren mich deine Gefühle? Rede nur weiter, wovon du willst und empfinde, was du nur willst. Ihre eigenen Angelegenheiten hat sie mir auch früher schon anvertraut, aber nie ehrlich und konsequent. Mehr noch, ihre Kunst, mich herabzusetzen, ist im Kern ganz schön raffiniert: Zum Beispiel weiß ich Dinge aus ihrem Leben, auch solche, die ihr mächtig Kummer bereiten. Manchmal erzählt sie auch selbst davon, wenn es darum geht, mich auszunutzen – als hörigen Diener oder Laufburschen. Dabei verrät sie aber nur gerade so viel, wie ein Laufbursche eben wissen muss. Und wenn mir nicht alle Details bekannt sind, und sie selbst merkt, wie sehr ich doch ihretwegen leide und mir Sorgen mache, dann fiele es ihr im Traum nicht ein, mich freundschaftlich in die Ereignisse einzuweihen. Und das, obwohl sie mich immer wieder für Angelegenheiten einspannt, die nicht nur problematisch, sondern auch gefährlich sind und über die sie mit mir, meiner Meinung nach, ganz aufrichtig sein sollte. Doch wie gesagt, was interessiert sie mein Gefühl! Oder meine Anteilnahme! Auch wenn mich ihre Notlagen und Missgeschicke dreimal mehr angehen als sie selbst!

Seit ein paar Wochen weiß ich von ihrem Wunsch zu spielen. Sie hat mich vorgewarnt, *ich* müsste es tun, weil es für sie nicht schicklich sei. Aus ihrem Tonfall war zu verstehen, dass es um wesentlich mehr geht, als nur um einen Weg, an Geld zu kommen. Ich meine, was ist für sie schon Geld? Es geht um mehr: um irgendein Ziel, um irgendwelche Umstände, die mir nach wie vor unbekannt sind und die ich bestenfalls erahne. Natürlich könnte ich, ob ihrer Kränkungen, die ich ständig ertragen muss, mir einfach – wie so oft – das Recht herausnehmen, sie direkt und grob auszufragen. Wenn ich schon ein Sklave bin und in ihren Augen keinerlei Würde besitze, dann darf sie es mir auch nicht übelnehmen, dass ich einmal meiner plumpen Neugier freien Lauf lasse. Doch die Schwierigkeit liegt woanders: Sie gestattet mir, Fragen zu stellen, freilich ohne sie zu beantworten. (Und manchmal sogar ohne sie zu bemerken! Ja, so schaut es aus mit uns …)

Gestern wurde viel über das Telegramm gerätselt, das vor vier Tagen nach Petersburg verschickt worden war, aber unbeantwortet blieb. Der General ist sichtlich aufgeregt und gedankenverloren. Gewiss nicht wegen der Großmutter. Denn auch der Franzmann ist aufgeregt. Zum Beispiel fand nach dem Mittagessen zwischen den beiden eine sehr lange und sehr ernste Unterredung statt. Der Franzmann entwickelt uns allen gegenüber einen unglaublich arroganten laxen Ton. Zwick ein Schwein ins Ohr und es quiekt dir was vor. Selbst zu Polina ist er auffällig respektlos, nimmt aber, dessen ungeachtet, gern an den gemeinsamen Spaziergängen zum Kurhaus teil. Oder an den Ausritten ins Grüne. Ich kenne seit Langem gewisse Details über die Art der Beziehung zwischen ihm und dem General: In Russland hatten sie wohl Pläne zu einer gemeinsamen Fabrik. Ich weiß nicht, ob ihr Projekt inzwischen geplatzt ist oder ob sie nach wie vor darüber verhandeln. Außerdem weiß ich rein zufällig von einem kleinen Familiengeheimnis: Der Franzose hat dem General im letzten Jahr doch tatsächlich aus der Klemme geholfen, indem er ihm 30 000 lieh, die ihm beim Dienstaustritt im Abschlussbericht noch fehlten. Folglich hat er den General in der Tasche. Aber jetzt, gerade jetzt, spielt in all dem die Hauptrolle – Mademoiselle Blanche, und ich täusche mich nicht.

Wer also ist Mademoiselle Blanche? Hier nennt man sie eine Französin von Adel. Mit sich führt sie ihre Frau Mutter und ein gigantisches Vermögen. Es heißt auch, sie sei um sieben Ecken mit unserem Herrn Marquis verwandt, vielleicht eine Cousine dritten Grades. Vor meinem Abstecher nach Paris sollen der Franzmann und Mademoiselle Blanche noch viel mehr die Formen beachtet haben – ihr Umgang miteinander war betont korrekt. Nun aber wirkt ihr Freundschaftsverhältnis (oder von mir aus Verwandtschaftsverhältnis) deutlich gröber und ungenierter. Offenbar glauben sie, es sei um uns derart schlecht bestellt, dass sie es nicht einmal mehr für nötig befinden, vor uns Anstand und Haltung zu wahren. Vor drei Tagen erwischte ich Mister Astley dabei, wie er Mademoiselle Blanche und ihr Mütterchen ausgiebig musterte. Es sah aus, als würde er sie beide kennen. Ich bekam den Eindruck, auch den Franzosen hat Mister Astley schon früher getroffen. Nur dass Mister Astley viel zu schüchtern, zurückhaltend und verschwiegen ist ... Ja, auf ihn ist wirklich Verlass. Der wühlt nicht in fremder Schmutzwäsche. Jedenfalls würdigt ihn der Franzose kaum eines Kopfnickens, ignoriert ihn beinahe – was wiederum bedeutet: Er fürchtet ihn nicht. Das wäre ja noch zu verstehen, aber warum ignoriert ihn auch Mademoiselle Blanche? Zumal der Marquis sich gestern verplappert hat: In irgendeinem Zusammenhang erwähnte er im Gespräch, Mister Astley sei unermesslich reich, und er wisse dies ganz genau. Na, das wäre doch für Mademoiselle Blanche der beste Grund, ihn anzuschauen. Überhaupt ist der General furchtbar aufgeregt. Es ist klar, was für ihn in dieser Lage ein Telegramm mit der Todesnachricht von seiner Tante bedeuten würde!

Es kommt mir zwar vor, als verfolgte Polina ein bestimmtes Ziel, indem sie jedes Gespräch mit mir vermeidet, allein auch ich selbst spiele den Kühlen und Gleichgültigen, in der Überzeugung: Früher oder später wird sie schon reden. Stattdessen richte ich seit gestern meine geballte Aufmerksamkeit auf Mademoiselle Blanche. Der General kann einem wirklich leidtun, er hat nicht die geringste Spur einer Chance! Sich mit fünfzig Jahren bis über beide Ohren zu verlieben, ist an sich schon traurig. Doch nicht genug! Er ist auch noch verwitwet, hat Kinder, ein ganz und gar heruntergewirtschaftetes Gut, steckt bis zum Hals in Schulden – und da muss er sich unbedingt in diese Frau verlieben? Mademoiselle Blanche ist ja ziemlich hübsch. Doch ich weiß nicht, ob man mich richtig versteht, wenn ich sage: Sie hat eins von diesen Gesichtern, die einem Angst machen können. Jedenfalls mir machen Frauen von solchem Typus schon immer Angst. Sie ist um die fünfundzwanzig. Hochgewachsen, mit ausgeprägten breiten Schultern. Hals und Busen prächtig, die Haut dunkelgelb, das Haar schwarz wie Tusche und so dicht, dass es gewiss auch für zwei reichen würde. Die Augen sind gelblich-schwarz, der Blick rattenfrech, die Zähne perlweiß, die Lippen auch wirklich immer rotgefärbt. Sie verströmt Moschusduft. Ihre Kleidung ist aufgedonnert und schick, aber im Ganzen doch sehr geschmackvoll. Ihre Arme und Beine sind unbeschreiblich. Die Stimme – ein heiserer *contralto*. Manchmal lacht sie aus voller Kehle und zeigt dabei allen ihre Zähne, doch die meiste Zeit über schweigt sie hämisch – zumindest im Beisein von Polina und Marja Filippowna. (Apropos: Angeblich soll Marja Filippowna bald nach Russland reisen. Aha! ...) Ich glaube, Mademoiselle Blanche verfügt über keinerlei Bildung, ist vielleicht auch nicht sonderlich helle, doch auf jeden Fall heimtückisch und durchtrieben. Ich werde das Gefühl nicht los, ihr Leben ist wilder, als es scheint. Und wenn ich schon dabei bin: Möglicherweise ist der Herr Marquis überhaupt nicht ihr Verwandter, und ihre Frau Mutter nicht ihre Frau Mutter. Doch es ist bekannt, dass Mademoiselle Blanche und ihre Mutter in Berlin (wo wir ihnen begegnet sind) durchaus gute Kontakte pflegten. Was den Marquis selbst anbelangt, so bezweifle ich zwar immer noch, dass er ein Marquis ist, aber seine Zugehörigkeit zur besseren Gesellschaft, ob bei uns in Moskau oder irgendwo in Deutschland, scheint jedenfalls außer Frage zu sein. Was er in Frankreich so darstellt, entzieht sich leider meiner Kenntnis. Es heißt, er besitzt irgendsoein *Château*. Ich ging eh davon aus, dass in diesen zwei Wochen reichlich Wasser den Bach hinunterfließen wird, und doch kann ich nicht mit Sicherheit sagen, ob zwischen dem General und Mademoiselle Blanche vollendete Tatsachen geschaffen worden sind oder nicht. Alles hängt jetzt von unserem Kapital ab, im Klartext: davon, wie viele Scheine der General ihnen vorzeigen kann. Erhielten wir jetzt zum Beispiel die Nachricht, dass die Großmutter gar nicht gestorben ist – ich schwöre, Mademoiselle Blanche würde auf der Stelle verduften. (Was bin ich doch für ein Klatschmaul geworden! Irgendwie lustig. Und widerlich. Nur zu gern würde ich sie alle, das alles hier zum Teufel schicken! Aber wie könnte ich jetzt Polina verlassen? Wie könnte ich jetzt aufhören, um sie herum zu spionieren? Es ist schon wahr: Spionieren ist unfein. Was aber kümmert's mich?)

Kurios war auch wieder – gestern und heute – Mister Astley. Ja, es steht für mich fest: Der Mann ist unsterblich in Polina verliebt! Es macht Spaß zu beobachten, wie viel ein schüchterner, fast schon krankhaft diskreter Menschen verrät, wenn er nach jemandem verrückt ist – dabei würde er ja am liebsten in Grund und Boden versinken, bevor er – ob mit Wort oder Blick – auch nur das Geringste von sich preisgibt. Mister Astley begegnet uns oft auf Spaziergängen. Er lüftet den Hut und marschiert vorbei, dabei könnte er glatt vor Lust vergehen, uns zu begleiten. Und wenn man ihn einlädt, lehnt er sogleich dankend ab. An öffentlichen Plätzen, im Kurhaus, bei Freilichtkonzerten oder vor den Wasserspielen bleibt er auch unbedingt irgendwo in unserer nächsten Nähe stehen. Und egal, wo wir sind – ob im Park, im Wald oder auf dem Schlangenberg –, es reicht, nur einmal die Augen zu heben und sie schweifen zu lassen, da verschwindet auf dem Pfad oder hinter dem Busch der letzte Zipfel von Mister Astley. Ich glaube, er sucht nach einer Gelegenheit, um mit mir ungestört reden zu können. Heute Morgen wechseln wir ein paar Worte. Seine Sätze wirken oft extrem abgehackt. Noch bevor er mich grüßt, bemerkt er rasch:

»Ah, Mademoiselle Blanche! … Ich habe viele Frauen gesehen wie Mademoiselle Blanche!«

Dann schweigt er und sieht mich bedeutsam an. Keine Ahnung, was er mir sagen will. Auf meine Frage, was das soll, nickt er nur und schmunzelt verschmitzt: »Ja, das Sie mir glauben können. Mademoiselle Polina liebt Blumen?«

»Ich weiß nicht, ich weiß es wirklich nicht«, antworte ich.

»Wie? Sie nicht einmal das wissen?«, ruft er erstaunt.

»Nein, ich weiß es nicht«, wiederhole ich und lache.

»Hmm … Das mich bringt auf eine Idee. Etwas ganz Besonderes …«, er nickt mit dem Kopf und geht einfach weiter. Dabei hat er freilich einen zufriedenen Gesichtsausdruck. (Wir reden in fürchterlichem Französisch.)

Kapitel 4

Heute war ein lustiger Tag, vollkommen missraten und absurd. Es ist jetzt elf Uhr abends. Ich sitze in meinem Kämmerlein und rekapituliere. Wie fing alles an? Am Morgen musste ich wohl oder übel für Polina Alexandrowna spielen. Ich nahm ihre 160 Friedrichsdor, aber nur unter zwei Bedingungen: Erstens spiele ich nicht fifty-fifty, das heißt, sollte ich etwas gewinnen, dann werde ich nichts davon haben wollen. Zweitens, am Abend wird mir Polina verraten, weshalb sie jetzt unbedingt Geld braucht und vor allem wie viel genau. Irgendwie kann ich mir immer noch nicht vorstellen, dass es ihr bloß um Geld geht. Sie braucht wohl Geld, und zwar möglichst bald, um irgendetwas damit zu erreichen. Sie versprach, es mir später zu sagen, also ging ich los. In den Spielsälen – schrecklich viele Menschen. Und dann noch derart dreist und so gierig. Ich dränge mich bis zur Saalmitte und bleibe in der Nähe des Croupiers stehen. Da beginne ich zag zu setzen, höchstens zwei, drei Münzen pro Spiel. Dabei mache ich mir so meine Gedanken: Ich glaube allmählich, die Strategie ist kaum von Bedeutung und schon gar nicht so entscheidend, wie allgemein behauptet wird. Da sitzen die Spieler mit diesen ganzen Tabellen, notieren sich die Treffer, zählen fleißig, berechnen minutiös ihre Chancen, kalkulieren – schließlich setzen sie, um zu verlieren, genauso wie wir, die einfachen Sterblichen ohne Strategie. Aber eines habe ich festgestellt, und es scheint mir ziemlich sicher zu sein: Der eigentlich rein zufällige Spielverlauf folgt zwar nicht irgendeinem System, dafür aber irgendeinem Schema (was an sich bereits höchst merkwürdig ist). So kommt es vor, dass nach den zwölf mittleren die zwölf letzten Zahlen fallen. Zum Beispiel sind zweimal die Zahlen der mittleren Reihe dran und schon geht es weiter mit den ersten zwölf. Nach den zwölf ersten springt es zurück auf die mittleren, trifft drei-, viermal eine mittlere Zahl und macht wieder kehrt zu den zwölf letzten. Zweimal dort und flugs retour zu den ersten. Ein Treffer dort und drei bei den mittleren. Und das anderthalb bis zwei Stunden lang. Eins – drei – und zwei, eins – drei – und zwei. Das ist wirklich lustig. An manch einem Tag oder manch einem Morgen, da herrscht ein wilder Wechsel zwischen *Rot* und *Schwarz* – am laufenden Band – ohne jedes Muster –, kaum zwei, drei Treffer in einer Farbe. Am nächsten Tag oder nächsten Abend fällt zum Beispiel andauernd *Rot*, vielleicht an die 22 Mal hintereinander – ohne Ausnahme und einige Zeit lang – sagen wir, einen ganzen Tag … Mir hat Mister Astley die Augen geöffnet: Er stand eines Morgens endlos am Spieltisch, ohne ein einziges Mal zu setzen. Nur was mich selbst anbelangt: Ich habe verloren, noch ehe ich's mich versah und bin blitzeblank. Als erstes setze ich 20 Friedrichsdor auf *Gerade* und gewinne. Dann setze ich fünf und gewinne abermals, und das wiederholt sich zwei, drei Mal am Stück. An die 400 Friedrichsdor kommen da plötzlich herübergeflattert und das in nicht mehr als fünf Minuten. An sich ein guter Zeitpunkt zu gehen – von wegen: In mir wächst so ein komisches Kribbeln, eine Kampfansage an das Schicksal, der Wunsch, ihm eine Kopfnuss zu verpassen, ihm eine lange Nase zu zeigen. Also setze ich den Maximalbetrag: stolze 4000 Gulden – und verliere. Dann, in der Hitze des Gefechts, hole ich alles heraus, was ich habe, setze auf dieselbe Farbe und verliere noch einmal. Danach weiche ich zurück, wie vom Donner gerührt. Was ist denn auf einmal mit mir los? Polina Alexandrowna erzähle ich es nicht eher als kurz vor dem Mittagessen. Davor torkele ich durch den Park.

Beim Essen bin ich wieder aufgekratzt, genau wie vor drei Tagen. Der Franzose und Mademoiselle Blanche sind auch diesmal mit von der Partie. Und was stellt sich heraus? – Mademoiselle Blanche war heute Morgen in der Spielbank und durfte daselbst meine Heldentaten bestaunen. Diesmal schenkt sie mir etwas mehr Beachtung. Der Franzmann aber, nicht gerade zimperlich, kommt direkt zur Sache und fragt, ob ich denn tatsächlich *mein eigenes Geld* verspielt habe? Wahrscheinlich vermutet er dahinter Polina. Alles in allem: Hier ist etwas faul. Also lüge ich munter darauf los.

Der General ist wie vor den Kopf gestoßen: Seit wann besitzen wir denn solche Summen? Ich erkläre, ich hätte bei zehn Friedrichsdor angefangen, sechs, sieben Mal erfolgreich verdoppelt, bis ich 5000 oder 6000 Gulden gewann, die ich dann prompt – in nur zwei Einsätzen – wieder sausen ließ.

Das alles klingt ja halbwegs plausibel. Ich rede und sehe Polinas Gesicht, dem freilich nichts anzumerken ist. Sie lässt mich ruhig weitererzählen, ohne mir ins Wort zu fallen. Daraus schließe ich: Es ist rechtens so, niemand soll wissen, dass ich für sie spiele. Wie dem auch sei, sie bleibt mir nach wie vor eine Erklärung schuldig.

Ich vermute, der General will etwas entgegnen, stattdessen schweigt er, doch über seine Stirn huschen Unruhe und Besorgnis. Vielleicht ist es ihm einfach – angesichts seiner prekären Lage – alles andere als angenehm zu erfahren, dass ein so beträchtlicher Haufen Zaster innerhalb einer Viertelstunde durch die Hände eines so unpraktischen Trottels wandert, wie ich einer bin, um darauf auf Nimmerwiedersehn zu verschwinden.

Ich habe den Eindruck, er und der Franzmann sind gestern Abend hart aneinander geraten. Sie schlossen sich nämlich ein und diskutierten lange und hitzig über irgendwas. Der Franzmann ging in gereizter Stimmung, suchte aber den General heute in der Frühe noch einmal auf. Ich nehme an: um das Gespräch fortzuführen.

Und nun hört der Franzose von meinem Verlust, um daraufhin spitz (sogar forsch) zu bemerken: Besonnenheit hätte noch keinem geschadet. Ich weiß nicht wieso, doch er fügt hinzu: Es spielen, weiß Gott, reichlich Russen, dabei sind Russen des Spiels gar nicht fähig.

»Ich bin ganz der gegenteiligen Meinung: Roulette ist ausschließlich für Russen gedacht«, sage ich, und als der Franzose nur spöttisch grinst, ergänze ich: »Und die Wahrheit ist leider auf meiner Seite, denn wenn ich davon rede, dass wir Russen spielen, so ist es viel mehr Tadel als Lob. Folglich kann man mir auch ruhig glauben.«

»Und wie begründen Sie Ihre Meinung?«, fragt der Franzose.

»Mit einer schon beinahe historischen Tatsache: Zu den höchsten westlichen Werten zählt nämlich was? – *Ka-pi-tal-an-häu-fung*. Ach, was rede ich, sie *ist* der höchste Wert! Und darin sind wir Russen recht stümperhaft, ja, mehr noch: Wir schmeißen unser Kapital ohne Sinn und Verstand zum Fenster hinaus auf eine geradezu peinliche Weise. Natürlich benötigen auch wir Geld«, führe ich den Gedanken fort, »also freuen wir uns ganz besonders über Hilfsmittel wie Roulette: Die machen es möglich, auf einen Schlag – vielleicht in zwei Stunden – schwer reich zu werden. Und zwar ohne dafür hart arbeiten zu müssen. In der Tat, das ist sehr verlockend für uns. Doch selbst unser Spiel ist ohne Sinn und Verstand, ohne Anstrengung – und darum verlieren wir alles!«

»Im großen Ganzen gar nicht mal falsch«, bemerkt der Franzose gönnerhaft.

»Nein, das ist falsch, und zwar grundfalsch. Und was Sie anbetrifft, Sie sollten sich schämen, in derlei Worten Ihr Vaterland zu verhöhnen«, posaunt der General.

»Ach, ich bitte Sie!«, versetze ich. »Denn es ist ja noch die ganz große Frage, was schäbiger wäre: Der russische Saustall oder die feine deutsche Art, sich auf ehrliche Weise Geld zu verdienen.«

»Ein zutiefst abscheulicher Gedanke!«, ruft der General.

»Ein zutiefst russischer Gedanke!«, ruft der Franzose.

Ich lache, es juckt mich in allen Fingern, sie alle beide zur Weißglut zu bringen. »Jedenfalls ich für meinen Teil würde viel lieber mit einer kirgisischen Jurte durch die Welt ziehn, als den deutschen Mammon anbeten.«

»Was denn für einen Mammon?«, jault der General, der langsam so gar keinen Spaß mehr versteht.

»Ich meine die feine deutsche Art der Anhäufung von Eigentum. Ich bin zwar noch nicht sehr lange hier, aber was ich hier sehen und erleben durfte, das beleidigt meine wilde Tatarenseele. Denn weiß Gott: Solche Werte brauche ich nicht! Ich bin hier gestern mehr als genug herumgegangen, und ich muss schon sagen: haargenau wie diese kleinen süßen rechtschaffenen deutschen Bilderbücher. All diese braven Familienväter! Durch und durch ehrlich und fürchterlich fromm! So ehrlich, dass man schreckliche Angst haben muss, sich ihnen überhaupt noch zu nähern. Ich hasse ja wie die Pest ehrliche Menschen, bei denen man schreckliche Angst haben muss, sich ihnen überhaupt noch zu nähern. Ein jeder der braven Familienväter hat auch eine brave Familie, und jeden Abend lesen sie brav kleine süße rechtschaffene Bilderbücher. Über dem Häuschen rauschen Ulmen und Kastanien … Ein Sonnenuntergang … Auf dem Dach sitzt ein Klapperstorch … Und alles ist ach, so poetisch, ach, so rührselig …

Nehmen Sie es mir nicht übel, General, wenn ich noch rührseliger werde. Immerhin weiß ich noch selbst, wie mein eigener

Vater – er weilt nicht mehr unter uns – abends unter den Lindenbäumen im Vorgarten mir und meiner Mutter aus ganz ähnlichen Büchern vorlas … Also kann ich es ziemlich gut beurteilen. Hier befindet sich doch jede Familie unter der Fuchtel des braven Familienvaters. Alles hier schuftet wie ein Gaul und scheffelt Geld wie die Juden. Und hat der brave Familienvater sich genug Gulden zusammengespart, dann will er sein Geschäft und sein Fleckchen Land dem ältesten Sohn überlassen. So bekommt die Tochter keine Mitgift und muss ewig alte Jungfer bleiben. So wird der jüngste Bruder als Knecht oder als Soldat verkauft und der Erlös zum Gesamtkapital des Hauses hinzugerechnet. Ja, so läuft das hier, ich habe nachgefragt. Weil alle so verdammt ehrlich sind, so ehrlich, dass selbst der verkaufte jüngste Sohn fest daran glaubt, man habe ihn aus Ehrlichkeit verkauft. Nicht wahr, davon kann man doch nur träumen, wenn das Opfer Luftsprünge macht, wenn es zur Schlachtbank geführt wird! Und weiter? Und weiter stellt sich heraus, dass der älteste Bruder nicht besser dran ist: Er kennt gewiss so ein holdes Amalchen, nach dem sein Herze wonniglich schlägt. Aber heiraten? Von wegen! Man hat ja noch nicht genug Gulden beisammen. Also wartet man ab – schön sittsam – und begibt sich mit sonnigem Lächeln zur Schlachtbank. Amalchens Wänglein sind schon ganz eingefallen, die lieblichste Maid geht langsam ein. Endlich – nach etwa zwanzig Jahren – ist das Vermögen angehäuft, sind die Gulden fromm und redlich verdient. Der brave Familienvater segnet den vierzigjährigen ältesten Sohn und das fünfunddreißigjährige Amalchen mit welkem Busen und roter Nase … Dabei weint er, gibt den Frischvermählten noch Lebensweisheiten mit auf den Weg und scheidet in Fried und Freud dahin. Der älteste Sohn verwandelt sich selbst in einen braven Familienvater, und dieselbe alte Leier beginnt. In, sagen wir, fünfzig oder siebzig Jahren hat der Enkel des ersten Familienvaters tatsächlich einen beachtlichen Batzen erwirtschaftet. Den überreicht er seinem Sohn, der wiederum dem seinen und jener dem seinen – und fünf oder sechs Generationen später haben Sie einen Baron Rothschild oder meinetwegen Hope & Co. oder weiß der Geier, wie sie alle heißen. Na ob das kein herrlicher Anblick ist! Hundert oder zweihundert Jahre gemeinsamen Arbeitens von Generationen! Geduld, Verstand, Ehrlichkeit, Charakter, Festigkeit, Kalkül, ein Klapperstorch auf dem Dach! Was will man mehr? Ist das denn nicht der Gipfel des Erreichbaren? Und von diesem erhabenen Punkt aus beginnen sie nun die übrige Welt zu richten und die Schuldigen, sprich: diejenigen, die ihnen vielleicht nicht ganz ähnlich sind, zum sofortigen Tode zu verurteilen. So sieht es nämlich aus. Und ich meinerseits möchte viel lieber auf Russenart saufen und Unsummen beim Roulette einsacken, als fünf Generationen später Hope & Co werden. Ich brauche Geld allein für mich selbst, und ich halte mich selbst auch nicht für ein notwendiges Anhängsel an das Kapital. Ich weiß, ich fasele dummes Zeug. Nun, was soll es, dann ist es halt so. Denn das ist nun mal meine Überzeugung.«

»Ich weiß nicht, ob an Ihren Behauptungen etwas Wahres ist«, bemerkt der General nachdenklich, »aber eines weiß ich gewiss: Sie lassen sich ganz unmöglich gehen, sobald man Ihnen auch nur ein wenig Freiheit gewährt …«

Gewohnheitsmäßig beendet er den Satz nicht. Jawohl, wenn unser General einmal zu reden anhebt und sein Thema auch nur eine winzige Spur bedeutsamer ist als der graue Alltag, dann pflegt er seine Sätze niemals zu beenden. Der Franzose spielt den Unaufmerksamen, doch seine Augen weiten sich. Er hat vom Gesagten fast nichts verstanden. Polina saß die ganze Zeit über mit verächtlicher Gleichgültigkeit da. So, als hätte sie nicht nur mich, sondern alles Gesprochene ignoriert.

Kapitel 5

Sie ist nachdenklicher als gewöhnlich, aber kaum erheben wir uns vom Tisch, fordert sie mich auf mitzukommen. Wir nehmen die Kinder mit und gehen in den Park zum Wasserspiel.

Da ich über die Maßen erregt bin, frage ich grob und gedankenlos, warum der Marquis des Grieux, unser Französchen, sie jetzt beim Spaziergang nicht begleitet? Ja, mehr noch, er wechselt mit ihr seit Tagen kein Wort!

»Weil er ein Schuft ist«, sagt sie. Seltsam. Ich habe noch nie aus ihrem Mund solche Worte über ihn gehört. Ich verstumme, denn es macht mir Angst, dieser Gereiztheit auf den Grund zu gehen.

»Ist Ihnen eigentlich aufgefallen, dass es heute zwischen ihm und dem General einigermaßen kühl zuging?«

»Sie wollen wissen, was los ist«, versetzt sie trocken und ungehalten. »Er hat doch den General in der Tasche, ihm gehört sein Gut. Wenn Großmutter nicht stirbt, dann übernimmt der Franzose auf der Stelle alles, was ihm als Sicherheit dient.«

»Dann ist es also wahr? Es ist alles verpfändet? Ich habe es gehört, wusste aber nicht, dass buchstäblich alles verpfändet ist.«

»Ja, wie denn sonst?«

»Nun denn: Adieu, Mademoiselle Blanche!«, bemerke ich. »Dann wird sie wohl keine Generalin werden! Wissen Sie was:

Ich habe das Gefühl, der General ist derart vernarrt, dass er sich noch die Kugel geben wird, sollte Mademoiselle Blanche ihm den Korb geben. In seinem Alter ist es nicht ungefährlich, sich mit Haut und Haar zu verlieben.«

»Ich habe ja selbst das Gefühl, dass ihm noch etwas Schlimmes zustößt«, sagt Polina Alexandrowna gedankenverloren.

»Aber ist das nicht schön?«, rufe ich. »Sie würde es ihm förmlich unter die Nase reiben: Ich heirate Sie *nur gegen Vorkasse*. Wozu sich noch irgendetwas vormachen? Wozu diese ganze Maskerade? Einfach köstlich! Und in puncto Großmutter: Was kann peinlicher und grotesker sein, als ein Telegramm nach dem anderen zu senden: Na, ist sie schon tot, na, ist sie schon tot? Wie gefällt Ihnen das, Polina Alexandrowna!«

»Ach, Unsinn«, unterbricht sie mich angewidert. »Das alles scheint Sie ja sehr zu amüsieren. Und ich frage mich, warum das so ist. Worüber freuen Sie sich denn so? Darüber, dass Sie mein Geld verspielt haben?«

»Warum mussten Sie es mir auch geben? Ich habe Ihnen doch gesagt: Ich kann nicht für andere spielen. Schon gar nicht für Sie. Also gut: Was Sie mir auch befehlen, ich tue es. Aber ich habe es nicht in der Hand. Ich habe Sie ausdrücklich gewarnt, dass daraus nichts werden kann. Und? Tut es Ihnen sehr leid, dass Sie so viel Geld verloren haben? Wozu hätten Sie es denn gebraucht?«

»Was sollen die Fragen?«

»Und Ihr Versprechen, es mir zu erklären? Schon vergessen? … Hören Sie: Sobald ich anfange, für mich selbst zu spielen (und ich habe zwölf Friedrichsdor), dann werde ich gewinnen, das steht fest! Davon können Sie haben, so viel Sie wollen.«

Sie setzt eine verächtliche Miene auf.

»Ich bitte Sie nur«, rede ich weiter, »mir diesen Vorschlag nicht übelzunehmen. Ich weiß zu gut: Ich bin eine Null (jedenfalls in Ihren Augen), wozu dann also die falsche Scham? Bedienen Sie sich ruhig! Was ist schon dabei! Es wäre ja bloß ein Geschenk. Zumal ich Ihr Geld verspielt habe.«

Ein Blick genügt, um zu erkennen, dass ich gereizt und sarkastisch bin, also fällt sie mir wieder ins Wort:

»Meine Belange gehen Sie nichts an. Was wissen Sie schon? Vielleicht sind es nur Schulden? Vielleicht habe ich mir etwas Geld geborgt und würde es gern zurückzahlen? Vielleicht war ich förmlich vom Gedanken besessen, dass ich hier – am Spieltisch – sofort gewinne? Ich weiß nicht, woher der Gedanke kam, doch ich habe fest daran geglaubt. Vielleicht weil mir sonst nichts übrig bleibt …«

»Oder vielleicht, weil Sie ja unbedingt um jeden Preis gewinnen *mussten*. Genau wie ein Ertrinkender, der nach jedem Halm greift. Nicht wahr: Würde er nicht ertrinken, wie käme er dazu, einen läppischen Halm für einen Ast zu halten?«

Polina ist verblüfft.

»Das sagt der Richtige! Sie glauben doch selbst genauso daran. Vor zwei Wochen haben Sie mir lang und breit auseinandergesetzt, Sie seien sich des Gewinns ganz sicher und ich sollte Sie nicht für verrückt erklären. Oder war das nur so dahergeredet? Also auf mich hat es ernst gewirkt.«

»Das stimmt«, sage ich und beginne zu grübeln, »ich glaube auch jetzt noch, dass ich gewinne. Oder was meinen Sie, warum mein heutiger dummer und schrecklicher Verlust in mir nicht die Spur eines Zweifels geweckt hat? Ich bin nach wie vor zutiefst überzeugt: Sobald ich anfange, für mich zu spielen, werde ich auf jeden Fall gewinnen.«

»Und was macht Sie Ihrer Sache so gewiss?«

»Soll ich ehrlich sein: Ich habe keine Ahnung. Ich weiß nur, dass ich gewinnen *muss*, dass es auch für mich die einzige Chance ist. Ja, vermutlich ist das der Grund, warum ich überzeugt bin, dass ich gewinne.«

»Sehen Sie? Weil auch Sie ganz unbedingt gewinnen *müssen*, sonst wären Sie sich nämlich nicht dermaßen sicher.«

»Ich wette, Sie trauen mir nicht zu, den wirklichen Ernst einer Sache zu fühlen.«

»Ach, wen interessiert es«, erwidert Polina leise und gleichgültig. »Wenn Sie so wollen: Ja, ich traue Ihnen nicht zu, überhaupt irgendwelche ernsten Gefühle zu entwickeln. Zum Beispiel Leiden. Sie können leiden, aber niemals ernst. Sie sind ein äußerst chaotischer Mensch, ein Mensch ohne jeden inneren Halt. Wozu brauchen Sie schon Geld? Alle Gründe, die Sie mir neulich genannt haben, erscheinen mir jedenfalls unseriös.«

»Apropos«, unterbreche ich sie, »Schulden zurückzahlen, sagen Sie? Das müssen aber ziemlich hohe sein! Dreimal darf ich raten: Bei unserem Franzosen?«

»Was für Fragen! Sie sind mir ja heute nicht besonders taktvoll. Womöglich betrunken?«

»Sie wissen, ich nehme kein Blatt vor den Mund und frage manchmal sehr direkt. Ich wiederhole: Ich bin Ihr Sklave, vor Sklaven braucht man sich nicht zu genieren, und Sklaven können auch keinen kränken.«

»Sie reden Unsinn! Und außerdem hasse ich diese Sklaventheorie.«

»Ich rede ja nicht von meiner Sklaverei, weil ich so versessen darauf bin, Ihr Sklave zu sein, sondern weil es eine Tatsache ist, auf die ich keinerlei Einfluss habe.«

»Sagen Sie, wozu Sie das Geld brauchen!«

»Warum wollen Sie es unbedingt wissen?«

»Wie Sie wünschen«, antwortet sie und macht eine stolze Bewegung mit dem Kopf.

»Die Sklaventheorie, die hassen Sie, verlangen aber trotzdem sklavischen Gehorsam: ›Los, die Antwort und ohne Widerrede!‹ Also gut. Sie wollen Antworten. Wozu brauche ich das Geld. Wie wozu? Geld ist doch alles!«

»Ich verstehe, aber das ist ja noch lange kein Grund, seinetwegen verrückt zu spielen. Was Sie da treiben, ist schon beinahe obsessiv, ist schon beinahe Fatalismus. Dahinter steckt doch gewiss ein Plan. Also reden Sie ohne Umschweife, ich will es so.«

Wird sie etwa böse? Es gefällt mir sehr, dass sie mich so leidenschaftlich verhört. »Aber natürlich existiert ein Plan«, sage ich, »doch ich fürchte, es wird mir nicht gelingen, ihn zu erläutern. Doch ich will es versuchen: Wenn ich Geld habe, werde ich auch für Sie ein anderer Mensch sein, kein Sklave mehr.«

»Wie? Wie wollen Sie das erreichen?«

»Wie? Da erzähle ich Ihnen, ich könnte es erreichen, dass Sie mich nicht mehr als Sklaven behandeln! Und Sie können sich das nicht einmal vorstellen! Doch es sind genau diese Verblüffungsbekundungen, die ich mir gern ersparen möchte.«

»Aber haben Sie nicht gesagt, die Sklaverei bereite Ihnen Genuss? Auch ich selbst habe das geglaubt.«

»Auch Sie selbst haben das geglaubt!«, rufe ich aus, voll seltsamer Lust. »Wenn Sie nur wüssten, wie herzerfrischend Ihre Naivität ist! Aber natürlich bereitet mir die Sklaverei Genuss. Aber natürlich bereitet mir auch noch die unterste Stufe der Erniedrigung und Hörigkeit Genuss!«, lasse ich meinem Irrsinn freien Lauf. »Weiß der Geier, vielleicht sogar eine Peitsche, wenn sie dem Leib Fleischfetzen entreißt … Nur, vielleicht möchte ich ja noch andere Genüsse kosten. Der General liest mir in Ihrem Beisein am Tisch die Leviten – für schlappe 700 Rubel im Jahr, die ich höchstwahrscheinlich noch nicht einmal zu Gesicht bekommen werde. Dem Marquis des Grieux gelingt das Kunststück, mich mit erhobenen Augenbrauen anzusehen, ohne mich auch nur im Geringsten zu beachten! Dabei wünsche ich mir vielleicht nichts inniger, als ihm – und zwar direkt vor Ihren Augen – einmal die Ohren langzuziehen!«

»Was für kindische Reden! Schließlich kann man sich in jeder

Situation halbwegs würdevoll präsentieren! Eine Auseinandersetzung endet doch nicht gleich mit einer Niederlage, ganz im Gegenteil.«

»Mein Gott, Sie reden ja wie gedruckt! Aber stellen Sie sich vor: Vielleicht kann ich mich ja gar nicht würdevoll präsentieren. Vielleicht bin ich ja durchaus ein würdevoller Mensch, aber einfach nicht dazu in der Lage, mich würdevoll zu präsentieren! So was kommt vor, das verstehen Sie doch? Im Grunde sind alle Russen so, und wissen Sie, warum? Weil Russen viel zu begabt sind, um für ihr öffentliches Auftreten eine akzeptable Form zu finden. Es ist bloß eine Frage der Form. Wir Russen sind meistens außerordentlich begabt, doch um eine akzeptable Form zu finden, braucht man schon mehr – Genialität. Und genau daran scheitert es dann, denn Genialität ist an sich ja schon rar gesät. Bei den Franzmännern freilich (und vielleicht noch bei einigen anderen Europäern) hat sich die Form so stark entwickelt, dass ein ganz und gar unwürdiger Mensch ausgesprochen würdevoll dreinschauen kann. Darum bedeutet ihnen die Form auch so viel. Der Franzose erträgt eine Beleidigung – ich meine, eine echte tiefe Beleidigung – ohne mit der Wimper zu zucken, doch eine Kopfnuss erträgt er nicht, unter keinen Umständen, denn sie verstößt gegen die allgemein akzeptierte und althergebrachte Höflichkeitsform. Darum stehen die Franzosen bei unseren Fräuleins auch so hoch im Kurs – eine Frage der Form. Aber für mich ist da gar keine Form – ich sehe da nur den gallischen Hahn, *le coq gaulois*. Doch das übersteigt offenbar mein Fassungsvermögen, denn schließlich bin ich kein Fräulein. Vielleicht ist ein Gockel ja etwas Feines! Und überhaupt: Da rede ich munter vor mich hin, und Sie lassen mich einfach reden! Fallen Sie mir bitte schön öfter ins Wort! Wenn ich mit Ihnen rede, dann möchte ich alles, alles, alles sagen! Ich verliere jegliche Form. Ja, ich bin sogar einverstanden: Ich besitze keinerlei Form und keinerlei Würde. Ja, das sage ich Ihnen in aller Deutlichkeit. Ich pfeife auf Würde! Alles in mir ist jetzt wie gelähmt. Und Sie wissen genau, warum. Kein einziger menschlicher Gedanke mehr. Ich habe nicht mehr den leisesten Schimmer, was gerade in der Welt geschieht – weder in Russland noch hier. Ich bin zum Beispiel durch Dresden gefahren – was denn für ein Dresden? Wo lag das noch mal? Sie wissen genau, was mich auffrisst. Da ich keinerlei Hoffnung habe und in Ihren Augen eine Null bin, sage ich es geradeheraus: Ich sehe *nur Sie* und zwar überall, und alles andere ist mir egal. Wofür und wie ich Sie liebe – ich weiß es nicht. Vielleicht sind Sie in Wirklichkeit auch gar nicht schön. Stellen Sie sich vor: Ich weiß nicht einmal, ob Sie schön sind – selbst Ihr Gesicht! Also, Ihr Herz dürfte weniger schön sein, und Ihre Gesinnung wohl eher von der gemeinen Sorte. Ja, das ist sogar sehr gut möglich.«

»Ist das der Grund, warum Sie mich kaufen wollen?«, fragt sie. »Weil Sie glauben, ich sei von der gemeinen Sorte?«

»Wann wollte ich Sie kaufen?«, rufe ich aus.

»Sie widersprechen sich ja andauernd und haben schon längst den Faden verloren. Na gut, dann wollen Sie eben nicht mich kaufen, sondern meine Wertschätzung.«

»Nein, nein, also das ist nicht ganz richtig. Ich habe ja gesagt, es ist alles andere als leicht zu erklären. Irgendwie nehmen Sie mir die Luft. Bitte nicht böse sein – Sie wissen schon, warum: Weil ich schlicht und ergreifend verrückt bin. Oder von mir aus: Seien Sie böse! Oben in meiner Kammer, da brauche ich nur kurz an Sie zu denken, an das Rascheln Ihres Kleides, und ich könnte mir weiß Gott was antun! Und dann: Warum sind Sie eigentlich böse? Weil ich mich Ihren Sklaven nenne? Da, nehmen Sie doch meine Sklaverei! Nutzen Sie mich aus! Nach Strich und Faden! Sie wissen: Ich werde Sie irgendwann töten … Nicht weil ich aufhöre, Sie zu lieben oder weil ich Eifersucht spüre. Ich werde Sie irgendwann töten, weil mir manchmal einfach danach ist, Sie mit Haut und Haar zu fressen. Sie lachen …«

»Ich lache überhaupt nicht«, sagt sie aufgebracht. »Ich befehle Ihnen: Halten Sie sofort den Mund!«

Sie verstummt, muss vor lauter Wut erst einmal wieder zu Atem kommen. Hand aufs Herz: Ich weiß wirklich nicht, ob sie schön ist. Aber ich mag es, wenn sie so vor mir verstummt, weshalb ich sie besonders gern ärgere. Vielleicht hat sie das bemerkt und wird absichtlich böse? Ich frage sie danach.

»Einfach widerlich!«, ruft sie voll Abscheu.

»Aber mir soll es recht sein«, lasse ich nicht locker. »Wissen Sie, es ist nicht ungefährlich, wenn wir zwei zusammen spazieren: Es juckte mich schon öfter, Sie zu erschlagen, zu verstümmeln, zu erwürgen. Nicht wahr, Sie glauben, das wird nicht geschehen? Sie werden mich noch zur Weißglut bringen! Sie glauben, ich fürchte einen Skandal? Oder Ihren Zorn? – Einfach lächerlich! Ich liebe ohne die leiseste Hoffnung und ich weiß, dass ich Sie danach noch hundertmal mehr lieben werde. Wenn ich Sie eines Tages töte, dann werde ich mich auch selbst töten müssen. Doch das werde ich so weit wie möglich hinauszögern, nur um einmal diesen unerträglichen Schmerz zu fühlen: Ich lebe, doch Sie sind nicht mehr da … Und wissen Sie das Erstaunlichste? Ich liebe Sie jeden Tag mehr und mehr, dabei ist das eigentlich gar nicht möglich. Und da soll ich kein Fatalist sein? Vor zwei Tagen auf dem Schlangenberg. Ich habe geflüstert: Nur ein Wort von Ihnen, und ich springe. Und hätten Sie das Wort gesagt, ich wäre gesprungen. Sie glauben mir nicht?«

»Was für ein hanebüchener Unsinn!«, ruft sie.

»Was kümmert's mich, Unsinn oder nicht Unsinn!«, rufe ich zurück. »Ich weiß nur eines: Wenn ich mit Ihnen zusammen bin, dann muss ich reden, reden, reden! Also rede ich. In Ihrer Gegenwart verliere ich jede Selbstachtung, aber mir soll es recht sein.«

»Wozu Sie vom Schlangenberg springen lassen?«, sagt sie trocken und besonders verletzend. »Das hätte für mich keinerlei Nutzen.«

»Fantastisch!«, jauchze ich. »Fantastisch! Sie haben ganz bewusst dieses herrliche Wort gewählt: *Nutzen*! Und zwar nur, um mich zu zerquetschen. Sehen Sie, Sie können mir nichts vormachen! *Keinerlei Nutzen*, sagen Sie? Aber seit wann wäre denn Spaß nicht von Nutzen? Totale uneingeschränkte Macht – selbst über eine winzige Mücke – ist doch auch eine Art von Spaß, nicht wahr? Der Mensch ist von Natur aus ein Despot und quält andere für sein Leben gern. Und darin sind Sie ja Großmeister!«

Sie mustert mich mit gesteigertem Interesse. Wahrscheinlich offenbart mein Gesicht all diese albernen absurden Empfindungen. (Übrigens merke ich gerade, dass meine Notizen unser Gespräch mehr oder weniger eins zu eins wiedergeben.) Die Augen blutunterlaufen. Schaum vorm Mund. Und was den Schlangenberg anbetrifft, so sage ich mit Nachdruck (sogar jetzt): Hätte sie nur ein Wort gesagt, ich wäre Hals über Kopf gesprungen! Und hätte sie es nur so zum Spaß gesagt, um mich zu demütigen, um auf mich zu pfeifen – ja, auch dann.

»Nun, wieso nicht? Ich glaube Ihnen«, sagt sie in ihrer so besonderen Art, so ganz besonders verächtlich und höhnisch, so ganz besonders von oben herab. (Ich hätte sie auf der Stelle umbringen können. Sie soll sich bloß hüten! Ich habe sie gewarnt, und es war nicht gelogen.)

»Sind Sie ein Feigling?«, fragt sie plötzlich.

»Ich weiß nicht, vielleicht. Ich weiß es nicht … Es ist lange her, dass ich das mal wusste …«

»Würden Sie für mich einen Mord begehen?«

»Einen Mord? Wen soll ich denn umbringen?«

»Das liegt ganz bei mir.«

»Etwa den Franzmann?«

»Sie sollen nicht fragen, Sie sollen antworten. Wie gesagt, wen, das liegt ganz bei mir. Ich will wissen, ob Sie das, was Sie sagen, auch wirklich meinen.« Sie wartet gespannt und meint es offenbar todernst. Das ist ganz schön bizarr.

»Also, was wird hier gespielt? Wollen Sie es mir endlich sagen?«, rufe ich. »Wovor haben Sie Angst? Vor mir etwa? Als wüsste ich selbst nicht, was los ist: Sie sind die Stieftochter eines durch und durch bankrotten und übergeschnappten Menschen, der sich außerdem mit Leib und Seele diesem Biest ausgeliefert hat – dieser Blanche … Dann ist da auch noch der Franzose mit seinem so überaus merkwürdigen Einfluss auf Sie … Und da stellen Sie mir im Ernst solche Fragen? Sie müssen mir schon ein paar Brocken zuwerfen, sonst verliere ich noch den Verstand und stelle in der Tat weiß Gott was an! Oder genieren Sie sich vor mir? Ja, ist das denn die Möglichkeit?«

»Sie wechseln schon wieder das Thema. Ich habe Ihnen eine einfache Frage gestellt und erwarte eine einfache Antwort.«

»Aber natürlich werde ich für Sie einen Mord begehen!«, schreie ich. »An wem Sie wollen! Aber Sie … Sie würden es … tatsächlich … von mir verlangen?…«

»Was denken Sie denn? Dass ich Sie verschone? Sie tun es, und ich bleibe außen vor. Nun, wie würde Ihnen das schmecken? Ach was! Sie bringen es noch fertig, einen Mord auf Befehl zu begehen, um anschließend auch noch mich zu meucheln, weil ich Sie zu einem Mörder gemacht habe.«

Etwas stößt mir bitter auf bei den Worten. Natürlich halte ich die Frage nach wie vor für so etwas wie einen Scherz, für eine pure Provokation. Und doch sagt sie das alles dermaßen ernst. Und ich bin mehr als verwundert darüber. Darüber, dass sie überhaupt solche Gedanken hegt und ihre Macht über mich ganz offen ausspielt, indem sie mir direkt ins Gesicht sagt: *Stürze dich ruhig ins Verderben, und ich bleibe außen vor.* In diesen Worten steckt so viel Zynismus, der es gar nicht mehr nötig hat, sich zu verbergen, dass es schon nicht mehr schön ist. Was also bin ich für sie? Das ist doch längst jenseits von Sklaverei und Demütigung. So spricht man zu einem Ebenbürtigen. Unsere Unterhaltung ist unerhört grotesk, und doch regt sich etwas in mir.

Plötzlich lacht sie kehlig. Wir beide sitzen auf einer Bank. Vor uns spielen Kinder. Auf der gegenüberliegenden Seite halten gewöhnlich die Kutschen an und lassen die Flaneure heraus, die über die Parkallee bis zum Kurhaus spazieren können.

»Sehen Sie diese fette Schachtel?«, ruft sie. »Das ist die Baronin von Wurmerhelm. Sie ist erst drei Tage hier. Sehen Sie ihren Gatten? Dieser zähe preußische Knochen mit einem Stock in der Hand? Wissen Sie noch, wie er uns vor drei Tagen beäugt hat? Also los, Sie gehen jetzt zur Baronin, lüften Ihren Hut und sagen ihr ein paar Worte auf Französisch.«

»Und warum?«

»Sie haben geprahlt, Sie springen vom Schlangenberg. Sie bringen auf meinen Befehl jemanden um. Doch jetzt will ich keine Gräuel, keine Tragödien, ich will mich nur prächtig amüsieren. Also los, gehen Sie. Ohne Widerrede. Ich will sehen, wie der greise Baron Sie mit seinem Stock traktiert.«

»Nicht wahr, Sie wollen mich auf die Probe stellen? Sie denken, ich wage es nicht?«

»Exakt, ich stelle Sie auf die Probe. Also los! Ich will es so!«

»Wie Sie wünschen, ich gehe. Obwohl es, zugegebenermaßen, eine verrückte Idee ist. Ich hoffe ja nur, dass sich daraus keine Schwierigkeiten für den General ergeben und über ihn dann auch für Sie. Es geht nicht um mich, es geht um Sie – und … um den General. Ich muss schon sagen: Ein großartiger Einfall, eine Dame zu beleidigen.«

»Nun, ich sehe schon: Sie sind ein Schwätzer«, sagt sie verächtlich. »Aber dann diese blutunterlaufenen Augen neulich, wirklich zum Fürchten. Oder hatten Sie ein paar Schluck Wein zu viel? Ich weiß doch selbst: Es ist dumm und geschmacklos, und der General wird gewiss toben. Aber ich will mich amüsieren. Tja, so schaut es nun mal aus. Und warum denn gleich eine Dame beleidigen? Eher werden Sie den Stock zu spüren bekommen.«

Ich drehe mich um und gehe schweigend, ihren Auftrag auszuführen. Das alles war in der Tat äußerst dumm, und es ist mir nicht gelungen, meinen Hals aus der Schlinge zu ziehen. Doch als ich mich der Baronin nähere, da spüre ich plötzlich in mir den Sporn. Wie ein Schulbub, der einen Streich spielt. Ja, und ich bin maßlos verärgert, und mein Schädel brummt.

Kapitel 6

Zwei Tage sind verstrichen seit dem dummen Vorfall. Mit all dem Gerede, Geschrei und Gezeter! Mit all dem Tumult und Gewirr und Krawall! Wie viel Peinlichkeit und Geschmacklosigkeit – und ich allein bin an allem schuld. (Obwohl es manchmal schon lustig ist, jedenfalls für mich …) Was ist geschehen? – Bin ich tatsächlich unzurechnungsfähig, außer Kontrolle und gehöre ins Tollhaus? Zuweilen kommt es mir so vor. Ein anderes Mal, ich sei noch ein Kind, ein Pennäler, ein Lausebub …

Das ist Polina, das ist alles Polina! Vielleicht gäbe es gar keine albernen Streiche, wäre nicht sie. Oder spricht aus mir die schiere Verzweiflung? (Ein an sich ziemlich armseliger Gedanke …) Dabei verstehe ich nicht einmal, was an ihr schön sein soll! Obwohl sie vermutlich schon schön ist. Schließlich macht sie auch andere verrückt. Sie ist groß und schlank. Vielleicht etwas dünn … Ich habe das Gefühl, man kann sie leicht zu einer Kordel winden und Knoten hineinschlagen. Ihr Füßchen ist auf geradezu quälende Weise lang und schmal. Ja, auf geradezu quälende Weise. Das Haar rötlich. Die Augen – echte Katzenaugen. Und wie sie schauen kann! So ganz stolz und herrisch! Vor etwa vier Monaten – ich hatte gerade bei ihnen angefangen – saß sie eines Abends im Salon mit des Grieux und diskutierte hitzig. Dabei hat sie ihn so angeschaut ... dass ich hinterher beim Schlafengehen mir lebhaft vorgestellt habe: Jetzt gibt sie ihm eine Ohrfeige. Jetzt steht sie vor ihm und schaut ihn an ... Seit jenem Abend liebe ich sie.

Aber zur Sache.

Ich nehme also den kleinen Pfad hinab zur Allee, stelle mich dort mitten auf den Weg und warte auf die Baronin und den Baron. Auf fünf Schritte Entfernung ziehe ich den Hut und verbeuge mich.

Die Baronin trägt ein ausuferndes Seidenkleid – hellgrau, mit Faltenbesatz, Reifrock und Schleppe. Sie selbst ist klein und unvorstellbar fett. Das Kinn ist wirklich wahnsinnig fleischig und hängt nur schlapp und schwabbelig herab, sodass der Hals überhaupt nicht zu sehen ist. Das Gesicht puterrot. Die Äuglein giftig und frech. Sie stolziert vor sich hin, so als würde sie uns allen weiß Gott was für einen Gefallen tun. Der Baron ist dürr und hochgewachsen. Das Gesicht ist – nach guter deutscher Sitte – schief und übersät mit winzigen Fältchen. Er trägt eine Brille und ist vielleicht um die fünfundvierzig Jahre alt. Seine Beine beginnen gleich an der Brust, das aber bedeutet: Zucht und Rasse. Wie ein Pfau geschwollen, und doch so plump. Im Ausdruck etwas von einem Hammel – eine Art Ersatz für die Denkerstirn.

Das alles erfasse ich in drei Sekunden.

Meine Verbeugung und mein Hut in der Hand erregen erst wenig Aufmerksamkeit. Der Baron kneift leicht die Brauen zusammen. Die Baronin kommt auf mich zugerollt.

»Madame la baronne«, spreche ich überdeutlich, *»j'ai l'honneur d'être votre esclave.«*

Dann verbeuge ich mich, setze den Hut wieder auf und gehe an dem Baron vorbei, wobei ich ihn höflich ansehe und lächele.

Was sagte Polina? – Nur den Hut lüften. Die Verbeugung und die übrigen Verrenkungen stammen höchstpersönlich von mir.

Weiß der Kuckuck, was mich da reitet! Ich bin einfach nicht mehr zu bremsen.

»Ja, sind Sie denn …?«, ruft oder vielmehr zischt der Baron, sichtlich außer sich.

Ich drehe mich um, ich bleibe stehen, verharre in respektvoller Erwartung und sehe ihn weiter an und lächele. Er ist ganz perplex, seine Augen weiten sich. Vorsicht, gleich platzt er! Das Gesicht stockfinster. Auch die Baronin blickt zu mir herüber, starrt mich an, irritiert und wütend. Passanten fangen schon an zu schauen. Manche von ihnen halten an.

»Ja, sind Sie denn …!«, zischt der Baron schon wieder: noch schärferes Zischen, noch stärkerer Zorn.

»Jawohl!«, johle ich und blicke ihm unverwandt direkt in die Augen.

»Sind Sie denn von allen guten Geistern verlassen?«, schreit er mich an, schüttelt kurz seinen Stock, bekommt aber langsam, wie mir scheint, weiche Knie. Vor allem verwirrt ihn mein Aufzug. Ich bin äußerst korrekt, ja, piekfein gekleidet – ein ehrbares Mitglied der besseren Kreise.

»Ja-wo-o-ohl!«, brülle ich urplötzlich aus Leibeskräften, mit langem *O*, wie die Berliner, die im Gespräch endlos ihr *Jawohl!* wiederholen, wobei sie dem *O*, je nach Situation, eine jeweils andere Schattierung geben, um selbst noch den subtilsten intellektuellen oder emotionalen Nuancen Ausdruck zu verleihen.

Der Baron und die Baronin wenden sich ab und ergreifen regelrecht die Flucht. Die Zuschauer beginnen zu tuscheln, viele blicken verdattert drein. Doch von all dem bekomme ich kaum etwas mit.

Ich drehe mich um und gehe, als ob nichts wäre, geradewegs zu Polina Alexandrowna. Ich bin hundert Schritte von der Bank entfernt, als ich sehe, wie sie aufsteht und zusammen mit den Kindern in Richtung des Hotels entschwirrt.

Ich hole sie kurz vor dem Eingang ein.

»Ausgeführt … diese Marotte von Ihnen …«, sage ich, bei ihr angelangt.

»Wie schön für Sie! Na, dann löffeln Sie es aus«, erwidert sie, ohne mich anzuschauen und steigt die steinernen Stufen hinauf.

Den Abend schlage ich im Park tot. Ich durchwandere ihn von Anfang bis Ende, dann den Wald und gelange sogar in das benachbarte Fürstentum. Stärke mich in einer kleinen Hütte mit Eierkuchen und einem Glas Wein und muss für diese ach so unbeschreibliche Idylle dann ganze anderthalb Taler herausrücken.

Erst um elf bin ich wieder zurück. Und werde auch gleich zum General zitiert.

Die Familie belegt im Hotel zwei Suiten, insgesamt also vier Zimmer. Das erste ist ein großer Salon mit Konzertflügel. Gleich daneben das protzige Kabinett des Generals. Hier erwartet er mich – würdevoll emporragend. Des Grieux sitzt lässig daneben auf dem Sofa.

»Gnädiger Herr, darf ich fragen, was Sie sich dabei gedacht haben?«, anhebt der General, an mich gewandt.

»General, ich würde es sehr begrüßen, wenn Sie doch gleich zur Sache kämen«, versetze ich. »Allem Anschein nach, wünschen Sie, über meine heutige Begegnung zu sprechen? Mit diesem … komischen Deutschen …«

»Diesem komischen Deutschen?! Mit Verlaub! Dieser komische Deutsche ist der Baron von Wurmerhelm! Eine Persönlichkeit ersten Ranges! Und Sie haben ihn und die Baronin auf das Gröbste beleidigt!«

»Kein bisschen.«

»Sie haben den beiden einen Schrecken eingejagt, gnädiger Herr«, ruft der General.

»Nicht im Geringsten! Bereits in Berlin hing mir dieses ewig wiederholte *Jawohl!* langsam aber sicher zum Hals heraus. Bei jedem Wort! Und so widerlich gedehnt. Als ich ihn in der Allee antraf, fiel mir dieses *Jawohl!* wieder ein – ganz spontan, wie aus heiterem Himmel – und das hat mich wirklich ein wenig gewurmt … Außerdem besitzt die Baronin eine höchst lästige Eigenschaft: Sie watschelt direkt auf einen zu. Schon dreimal durfte ich das erleben. Als wäre ich ein Floh und gehörte zerquetscht! Sie müssen auch mir etwas Selbstachtung zugestehen. Ich zog meinen Hut und habe recht stilvoll (ja, ich bestehe darauf: recht stilvoll) gesagt: *Madame, j'ai l'honneur d'être votre esclave.* Erst als der Baron sich mir zuwandte und etwas in der Art rief, wie: *Ja, sind Sie denn des Teufels!* überkam es mich plötzlich, mit *Jawohl!* zu parieren. Also tat ich es, ganze zweimal: Das erste Mal auf herkömmliche Weise, das zweite Mal deutlich überbetont. Das ist auch schon alles.«

Diese kindische Erklärung! Einfach köstlich. Ich kann es nicht lassen, sie weiter auszuschmücken, um sie besonders haarsträubend wirken zu lassen. Also komme ich mehr und mehr in Fahrt.

»Nun treiben Sie mit mir keinen Schabernack!«, echauffiert sich der General. Und erläutert dem Franzmann auf Französisch, ich hätte offenbar vor, mich in große Schwierigkeiten zu bringen. Des Grieux verzieht nur verächtlich die Lippen und zuckt mit den Achseln.

»Nein, überhaupt nicht, zu keiner Zeit!«, rufe ich, an den General gewandt. »Ich gebe gern zu: Diese meine Tat ist nicht gerade das, was man als freundlich bezeichnet, da gebe ich Ihnen absolut recht. Sie ist lächerlich, ein Dummejungenstreich! Aber auch nicht mehr als das. Glauben Sie mir, General, ich bereue sie zutiefst. Dennoch sind da gewisse mildernde Umstände, die mich in meinen Augen reinwaschen und selbst die Reue entbehrlich machen. In letzter Zeit, genauer seit zwei, drei Wochen, bin ich ein wenig angeschlagen: Ich fühle mich krank, ich bin überreizt, exaltiert, meine Nerven liegen blank. Oft verliere ich auch ganz die Beherrschung. Ich gestehe, ich hatte manches Mal Lust, mich sogar an den Marquis des Grieux zu wenden, um ihn … Aber ich spreche es besser nicht aus, es würde ihm möglicherweise nicht schmecken … Kurz: Es sind deutliche Krankheitssymptome. Ich weiß nicht, ob die Baronin von Wurmerhelm diese Tatsache mit in Betracht zieht, wenn ich sie um Verzeihung bitte (ja, ich bestehe darauf: um Verzeihung!). Ich fürchte, nein. Zumal, wie ich weiß, solche Momente in letzter Zeit ziemlich oft juristisch missbraucht werden. Unsre Herren Anwälte haben sich angewöhnt, bei Gerichtsverhandlungen ihre Mandanten – die Verbrecher – damit zu rechtfertigen, dass sie zur Tatzeit wie betäubt waren, und das dies eine Art Krankheit sei. Nach dem Motto: Er hat gemeuchelt, aber kann sich an nichts mehr erinnern. Und stellen Sie sich vor, die Medizin tutet munter ins selbe Horn und bestätigt: O ja, es gibt solche Krankheit, solch eine temporäre Umnachtung, wenn der Mensch sich an nichts mehr erinnern kann, oder nur halb, oder nur ein Viertel … Wogegen der Baron und die Baronin – das sind Menschen vom alten Schlag, zumal preußischer Landadel, Junker … Dieser Fortschritt in der Gerichtsmedizin ist ihnen vermutlich gänzlich entgangen, folglich werden sie meine Entschuldigung nicht akzeptieren. Oder doch? Was denken Sie, General?«

»Das reicht jetzt, Verehrtester!«, versucht der General seinen Zorn zu zügeln. »Das reicht jetzt! Ich will mich in Zukunft Ihrer Streiche ein für alle Mal entledigen. Sie werden sich auf gar keinen Fall bei der Baronin und dem Baron entschuldigen. Jede Art von Beziehung zu Ihnen, Verehrtester, und sei es auch nur eine Bitte um Vergebung, wäre für die beiden unter ihrer Würde. Der Baron hat Nachforschungen angestellt und erfahren, dass Sie zu meinem Hause gehören, und sich mit mir bereits ausgesprochen. Ich muss sagen, er war nahe daran, Satisfaktion zu verlangen. Sind Sie sich eigentlich darüber im Klaren, in was für eine Lage Sie mich da bringen, gnädiger Herr?! Ich, ich war gezwungen, mich beim Baron zu entschuldigen und habe ihm versprochen, dass Sie ab sofort nicht mehr zu meinem Hause gehören werden! …«

»Sie gestatten, General: Hat er selbst verlangt, dass ich nicht mehr zu Ihrem Hause gehöre, wie Sie eben die Güte hatten, es auszudrücken?«

»Nein, doch ich hielt es für angebracht, ihm diese Genugtuung zu verschaffen, und natürlich war der Baron voll und ganz zufriedengestellt. Nun, gnädiger Herr, unsre Wege trennen sich. Hätten Sie die Güte, Ihr restliches Gehalt in Empfang zu nehmen: Es sind exakt vier Friedrichsdor und drei Florine. Hier das Geld und die detaillierte Abrechnung. Sie können es gerne nachzählen. Leben Sie wohl. Ich kenne Sie nicht, und Sie kennen mich nicht. Ich hatte mit Ihnen nichts als Ärger. Gleich werde ich den Zimmerkellner rufen und ihm mitteilen, dass ich ab morgen nicht mehr für Ihre Ausgaben aufkomme. Habe die Ehre, mich zu empfehlen, Ihr gehorsamster Diener.«

Ich nehme das Geld und den Zettel, auf dem mit Bleistift die Abrechnung steht, verbeuge mich vor dem General und sage ihm in einem sehr ernsten Tonfall:

»General, so kann die Sache unmöglich enden. Es tut mir leid für Sie wegen der Unannehmlichkeiten seitens des Barons, aber – Sie mögen mir vergeben – schuld daran sind allein Sie selbst. Woher nehmen Sie sich das Recht heraus, dem Baron statt meiner Antwort zu stehen? Und was bitte schön bedeutet der Ausdruck, ich gehöre zu Ihrem Hause? Ich bin nur ein Hauslehrer – mehr nicht. Ich bin weder Ihr Sohn noch Ihr Mündel. Wie könnten Sie für meine Taten büßen? Ich bin juristisch durchaus bewandert. Ich bin fünfundzwanzig Jahre alt, ein Akademiker und von Adel. Und mit Ihnen weder verwandt noch verschwägert. Einzig mein grenzenloser Respekt vor Ihnen hält mich davor zurück, Sie auf der Stelle zur Rechenschaft zu ziehen, da Sie sich das Recht herausgenommen haben, dem Baron statt meiner Antwort zu stehen.«

Der General ist darüber derart erstaunt, dass er nur noch die Achseln zuckt. Dann wendet er sich plötzlich an den Franzosen und erzählt ihm hastig, ich hätte ihn jetzt um ein Haar zum Duell gefordert. Der Franzose kann sich vor Lachen kaum halten.

»Aber ich bin keineswegs gewillt, es dem Baron durchgehen zu lassen«, rede ich vollkommen kaltblütig weiter, ganz unbeeindruckt vom Lachen des Grieux'. »Und da Sie, General, entschieden haben, den vom Baron erhobenen Vorwürfen Ihr Ohr zu leihen und seine Interessen zu vertreten (womit Sie sich gewissermaßen selbst zu einer Partei in dieser Angelegenheit machen), so habe ich die Ehre, Ihnen mitzuteilen, dass ich allerspätestens morgen früh den Baron in meinem eigenen Namen auffordern werde, mich in aller Form über die Gründe aufzuklären, die es ihm gestatten, sich bezüglich eines Gegenstands, der allein ihn und mich betrifft, an eine dritte Person zu wenden, so als sei ich nicht fähig oder unwürdig, für mich selbst zu sprechen.«

Nun geschieht genau das, was ich vermutet habe: Kaum hört er sich diese neue Entwicklung an, fällt ihm auch gleich das Herz in die Hose.

»Wie! Sie haben tatsächlich vor, diese unselige Angelegenheit nicht auf sich beruhen zu lassen?!«, ruft er. »Herrgott, in was ziehen Sie mich da hinein! Unterstehen Sie sich, gnädiger Herr, unterstehen Sie sich! Anderenfalls, ich schwöre Ihnen! … Auch hier gibt es eine Obrigkeit, und ich … und ich … Kurz und gut: Angesichts meines hohen Ranges … und weil der Baron … Kurz und gut: Man wird Sie verhaften und des Landes verweisen und zwar mit Eskorte, dass Sie nicht randalieren! Wachen Sie auf, gnädiger Herr!« Und obwohl er vor Wut kaum noch sprechen kann, fährt ihm der Schreck durch alle Glieder.

»General«, erwidere ich mit einer für ihn unerträglichen Ruhe, »wie sollte jemand fürs Randalieren verhaftet werden, bevor er es tut? Ich habe bezüglich meiner Aussprache mit dem

Baron noch keinerlei Schritte unternommen, während Sie nicht die geringste Kenntnis darüber haben, in welcher Form und mit welcher Begründung ich dies zu tun gedenke. Ich verlange lediglich Aufklärung über jenen mich kompromittierenden Punkt: Als stünde ich unter Vormundschaft einer Person, die Macht über mich und meinen Willen besitzt. Ihre Sorge ist also ganz unberechtigt.«

»Um Gottes Willen, um Gottes Willen, Alexej Iwanowitsch! Schlagen Sie sich dieses vollkommen sinnlose Unterfangen aus dem Kopf!«, murmelt der General, wobei er urplötzlich seinen zornigen Tonfall fallen lässt und gegen einen flehentlichen eintauscht. Ja, er ergreift sogar meine Hand! »Denken Sie doch an die Konsequenzen! Schon wieder ein Ärgernis! Zum wievielten Mal! Begreifen Sie denn nicht: Ich muss hier höchste Umsicht walten lassen! Vor allen Dingen jetzt! Vor allen Dingen jetzt! … O, Sie kennen die Umstände nicht! … Wenn wir von hier wieder abgereist sind, bin ich gern bereit, Sie erneut einzustellen. Ich habe es eben nicht so gemeint … Kurz und gut: Sie verstehen meine Gründe!«, ruft er verzweifelt. »Alexej Iwanowitsch, Alexej Iwanowitsch! …«

Ich setze zum Rückzug an – Richtung Tür, bitte ihn mit Nachdruck, sich keine Sorgen zu machen, verspreche ihm, alles wird wieder gut, vor allem schicklich vonstattengehen, und beeile mich, hinauszugelangen.

Russen im Ausland sind oft viel zu feige, haben Angst vor Gerede und scheelen Blicken – und ist *dies* in Ordnung, und ist *das* erlaubt? Kurzum, sie sind vollkommen verklemmt, vor allem wenn sie wichtig tun. Am liebsten ist ihnen eine festgelegte, ein für allemal etablierte Norm, an die sie sich dann sklavisch halten – im Hotel, beim Spaziergang, in Gesellschaft, unterwegs … Aber der General hat sich verplappert: Irgendwelche Umstände und höchste Umsicht, die er jetzt walten lassen muss. Darum wurde er gleich ganz kleinlaut und veränderte seinen Ton. Ich habe es sehr wohl bemerkt und zur Kenntnis genommen. Und natürlich wäre ihm zuzutrauen, dass er sich morgen – dumm wie er ist – an irgendwelche Obrigkeit wendet. Also besser nicht mit dem Feuer spielen …

Dabei habe ich es eigentlich gar nicht auf den General abgesehen. Vielmehr möchte ich jetzt Polina wehtun. Polina war so gemein zu mir, sie allein hat mich in diese Bredouille hineingeritten, und ich will sie jetzt so weit bringen, dass sie mich selbst bittet aufzuhören. Schließlich können meine Streiche auch ihr schaden. Außerdem regen sich jetzt in mir andere Empfindungen und heimliche Wünsche: Wenn ich mich vor ihr aus freien Stücken heraus erniedrige und zu Staub zerreibe, folgt daraus etwa, dass ich von anderen wie ein Waschlappen zu behandeln wäre? Folgt daraus etwa, dass mich der Baron *mit seinem Stock traktieren* darf? Selbstverständlich nicht. Und ich habe Lust, sie allesamt durch den Kakao zu ziehen, während ich mir ins Fäustchen lache. Kommt her! Na, wie wär's! Einen Versuch gefällig? Da bekommt sie es mit der Angst zu tun und pfeift mich zurück. Und tut sie es nicht – auch egal! Zumindest sieht sie ein: Ich bin kein Waschlappen …

* * *

(Eine aufsehenerregende Nachricht: Soeben erfahre ich von unserem Kindermädchen, dem ich zufällig auf der Treppe begegne, Marja Filippowna sei mit dem Nachtzug nach Karlsbad gereist – zu ihrer Cousine – und zwar mutterseelenallein. Was hat das wohl wieder zu bedeuten? Das Kindermädchen sagt, es sei schon lange geplant. Wie kommt es dann, dass es keiner wusste? Worauf das Kindermädchen durchblicken lässt, Marja Filippowna habe sich den General vor drei Tagen kräftig zur Brust genommen. Verstehe. Es geht wohl um Mademoiselle Blanche … Definitiv, da ist etwas im Busch.)

Kapitel 7

Am Morgen lasse ich den Hoteldiener kommen und weise ihn an, die Rechnung fortan auf meinen Namen auszustellen. Das Kämmerlein kostet noch nicht so viel, dass ich Angst haben und gleich ausziehen müsste. Mir bleiben 16 Friedrichsdor, und wer weiß – vielleicht schlummern ja *dort* wahre Schätze! Ja, *dort* – wer weiß … Schon seltsam: Noch habe ich nicht gewonnen, und doch spiele ich hier den Krösus – ich denke wie Krösus, ich fühle wie Krösus und könnte mir überhaupt nichts anderes vorstellen.

Obwohl es noch früh ist, will ich sofort Mister Astley sprechen. Er wohnt im *Hotel d'Angleterre* ganz in der Nähe. Als plötzlich die Tür aufgeht, und wen habe ich vor mir? – Monsieur des Grieux! Das ist wahrlich eine Premiere. Außerdem sind dieser Herr und ich nicht gerade gute Freunde – ganz im Gegenteil: Unsere Beziehung ist in letzter Zeit mehr als kühl und extrem angespannt. Aus seinem mangelnden Respekt mir gegenüber hat er noch nie einen Hehl gemacht, ja, er gab sich sogar besonders viel Mühe, keinen Hehl daraus zu machen. Ich meinerseits hatte genügend Gründe, ihn nicht zu mögen. Ach was: Ich hasste ihn! Und sein Besuch überrascht mich wirklich sehr. Da braut sich offenbar etwas zusammen …

Er tritt herein, ist auffällig galant, macht mir Komplimente wegen des Zimmers. Als er in meiner Hand den Hut bemerkt, erkundigt er sich, ob ich denn wirklich schon so früh auf den Beinen sei und spazieren zu gehen gedenke. Sobald er hört, ich hätte vor, Mister Astley aufzusuchen und zwar in einer wichtigen Angelegenheit, denkt er kurz nach und auf seinem Gesicht zeigt sich die allertiefste Sorge.

Des Grieux ist ein Franzose, wie er im Buch steht: Heiter und freundlich, wenn es Vorteile bringt, aber die Langeweile in Person, wenn er heiter und fröhlich *zu sein hat.* Der Franzose ist nie von Natur aus freundlich. Er ist freundlich auf Befehl und aus Kalkül. Erscheint es ihm zum Beispiel opportun, originell, kurios, extravagant zu wirken, so erschöpft sich sein ganzer Einfallsreichtum in lauter Dummheiten und Plattitüden. Von Natur aus verkörpert der Franzose hingegen den allerspießigsten, allermickrigsten, abgedroschensten Biedermann – das Paradebeispiel für Profillosigkeit. Bestenfalls absolute Neulinge, allen voran russische Fräuleins fallen noch auf Franzosen herein. Doch für einen halbwegs anständigen Menschen ist diese bis ins kleinste Detail durschaubare und trivialste Konvention einfach nur unerträglich: Diese eingedrillte Routine mit ihrer salonhaften Freundlichkeit, Heiterkeit und Nonchalance.

»Ich komme zu Ihnen in einer gewissen Angelegenheit«, beginnt er sehr lässig, wenn auch überaus höflich, »und ich will Sie gleich darüber in Kenntnis setzen: Ich komme im Auftrag des Generals oder, besser gesagt, als sein Mittelsmann. Ich beherrsche Russisch nur äußerst schlecht und habe gestern fast nichts verstanden. Doch der General hat mir alles ausführlich erläutert, und ich muss gestehen –«

»Aber hören Sie, Monsieur des Grieux«, unterbreche ich ihn, »plötzlich sind Sie der Mittelsmann. Sie haben also tatsächlich vor, sich für diesen Vorfall aus dem Fenster zu lehnen … Ich bin natürlich nur ein *Auslärär* und habe niemals für mich beansprucht, ein enger Freund oder gar ein Vertrauter dieses ehrwürdigen

Hauses zu sein. Darum kenne ich all die Umstände nicht. Aber bitte – klären Sie mich auf: Zählen Sie inzwischen ganz zur Familie? Denn Ihre Anteilnahme ist in der Tat bemerkenswert. Immer und überall gleich den Mittelsmann spielen …«

Meine Frage sagt ihm nicht sonderlich zu. Viel zu heikel ist sie, und er mag sich nicht festlegen: »Meine Beziehungen mit dem General sind geschäftlicher Natur«, versetzt er trocken, »hinzu kommen *einige besondere Umstände* … Im Namen des Generals möchte ich Sie auffordern, Ihre gestrigen Absichten fallenzulassen. Ihr Vorhaben ist gewiss ausgesprochen geistreich, doch der General bat mich, Ihnen auszurichten, es sei auch vollkommen illusorisch. Der Baron wird Sie gar nicht erst empfangen, und zur Not besitzt er auch alle Mittel, um sich etwaige Unannehmlichkeiten durch Sie effektiv vom Leibe zu halten. Nicht wahr? Nun, wozu es auf die Spitze treiben? Im Gegenzug verspricht der General, Sie auf jeden Fall wieder in sein Haus aufzunehmen, sobald sich die passende Gelegenheit bietet und auch bis dahin für Ihr Auskommen – *pour vos appointements* – zu sorgen. Ich meine, das ist doch großzügig.«

Ich antworte ihm sehr reserviert, er läge damit nicht ganz richtig. Vielleicht wird mich der Baron gar nicht fortjagen, sondern mich im Gegenteil anhören. Ich bitte ihn, mir zu gestehen, er sei nur gekommen, um in Erfahrung zu bringen, wie ich die Sache anzugehen gedenke.

»Ach, Gottchen! Wenn der General an der Angelegenheit ein so großes Interesse zeigt, dann wird er gewiss nicht abgeneigt sein, darüber unterrichtet zu werden. Ist das nicht eine Selbstverständlichkeit?«

Ich versuche, meinen Standpunkt zu verdeutlichen, er hört zu, lässig zurückgelehnt, legt den Kopf etwas schief, und seine Miene spiegelt jetzt blanke Ironie. Überhaupt tut er recht gönnerhaft. Ich gebe mir die äußerste Mühe, alles furchtbar ernst aussehen zu lassen. Ich erkläre ihm: Der Baron habe sich beim

General über mich beschwert, so als zählte ich zu des Generals Domestiken. Dadurch sei ich jetzt meine Anstellung los und wurde zudem wie jemand behandelt, der nicht für sich selbst zu sprechen vermag, der es auch nicht wert ist, dass man mit ihm redet. Und obzwar ich mich aus triftigem Grund verletzt fühle, so achte ich doch den Altersunterschied wie auch den gesellschaftlichen Rang des Barons (ha, ha, ha, dass ich nicht lache!), dessen eingedenk ich keinerlei neue Torheit zu begehen wünsche, als da wäre, vom Baron – ob geradeheraus, ob nur angedeutet – Satisfaktion zu verlangen. Dennoch ist es mein gutes Recht, mich bei ihm und besonders bei der Baronin für mein Verhalten zu entschuldigen. Zumal ich in letzter Zeit verstärkt an einer Art Nervenschwäche leide und sozusagen *absonderlich* bin. Et cetera, et cetera. Nun aber bringt mich der Baron, indem er den General um meine Entlassung bittet, in eine moralische Zwickmühle: Wie soll ich jetzt ihm und der Baronin gegenüber mein Bedauern zum Ausdruck bringen? Wo doch er und die Baronin und der Rest der Welt durchaus zu recht glauben werden, ich käme nur deshalb, mich zu entschuldigen, um meine Stelle zurückzuerhalten. Und so bin ich nunmehr gezwungen zu verlangen, dass der Baron sich *als Erster*, bei mir, entschuldigt – und sei es auch nur in beiläufigen Worten, wie, es habe niemals in seiner Absicht gelegen, mich zu kränken. Und tut er dies, dann wird er auch mir die Hände lösen, sodass ich mich wiederum bei ihm aufrichtig entschuldigen kann. »Kurzum«, beende ich meinen Streifzug, »bitte ich den Baron, mir die Hände zu lösen.«

»Sieh an, sieh an, welch Spitzfindigkeiten, welch penible Pedanterie! Wozu in aller Welt die vielen Entschuldigungen? Ach, Monsieur, Monsieur, geben Sie zu … Sie haben sich das alles nur ausgedacht, um den General in Verlegenheit zu bringen … Verfolgen womöglich noch andere Ziele … *mon cher monsieur … pardon, j'ai oublié votre nom … Monsieur Alexis …? N'est ce pas?*«

»Nichts für ungut, *mon cher marquis*, doch was haben Sie damit zu schaffen?«

»*Mais le général* …«

»Und auch der General. Er hat gestern davon gesprochen, er müsse jetzt Vorsicht walten lassen … Und war sehr besorgt … Freilich bin ich aus all dem nicht sonderlich schlau geworden …«

»Und doch verhält es sich genau so. Es ist … Es sind delikate Umstände«, greift des Grieux meine Bemerkung auf. Er sagt das alles in einem bittenden Ton, aus dem immer deutlicher der Unmut zu Tage tritt. »Sie kennen doch Mademoiselle de Cominges? …«

»Sie meinen Mademoiselle Blanche?«

»Aber ja, Mademoiselle Blanche de Cominges … *et madame sa mère* … Sie sollten wissen … Nun, der General ist verliebt und vielleicht … und vielleicht wird hier sogar eine Hochzeit stattfinden. Und jetzt stellen Sie sich vor: Skandale, Geschichten …«

»Tut mir leid, doch ich kann hier beim besten Willen keinerlei Skandale und Geschichten erkennen, die im Zusammenhang mit der Eheschließung stünden.«

»Aber *le baron est si irascible, un caractère prussien, vous savez, enfin il fera une querelle d'Allemand.*«

»Aber doch nur mit mir, nicht mit Ihnen, weil ich doch nicht mehr zum Hause gehöre … (Ich stelle mich besonders unbedarft an.) Demnach ist es also beschlossene Sache? Mademoiselle Blanche heiratet den General? Worauf wartet man noch? Ich meine, wozu es dann noch geheim halten, zumindest vor uns, die wir zum Hause gehören? …«

»Ich kann Ihnen noch nicht … Es ist noch nicht ganz offiziell … Na ja … Sie wissen doch … Man wartet auf weitere Nachrichten aus Russland … Der General muss seine Angelegenheiten in Ordnung bringen …«

»Ah, ah! *La baboulinka*!«

Des Grieux blickt mich hasserfüllt an.

»Nun, langer Rede kurzer Sinn«, sagt er barsch, »ich verlasse mich ganz auf Ihre angeborene Freundlichkeit, auf Ihren Verstand, auf Ihr Taktgefühl … Das sind Sie dieser Familie schuldig! Sie wurden ja wie ein Sohn aufgenommen und von allen geliebt und bewundert …«

»Ach, was! Ich wurde auf die Straße gesetzt! Sie behaupten zwar, es sei nur zum Schein, aber sagen Sie – wenn man Ihnen erklärt: *Ich will dir nicht wirklich die Ohren langziehen. Ich tu es jetzt einfach mal so, zum Schein* – wo ist denn da bitte schön der Unterschied?«

»Nun, wenn das so ist, wenn keinerlei Bitten Sie zu bewegen imstande sind«, beginnt er streng und mit drohender Stimme, »dann seien Sie versichert: Das wird ein Nachspiel haben. Die hiesige Obrigkeit wird Sie noch heute ausweisen – *que diable! un blanc-bec, comme vous*, hegt die Absicht, eine solche Persönlichkeit wie den Baron zum Duell zu fordern! Glauben Sie wirklich, man wird Sie nicht weiter behelligen? Wem bitte können Sie hier Angst einjagen? Es geht mir einzig und allein um die Seelenruhe des Generals. Glauben Sie wirklich, glauben Sie wirklich, dass der Baron Sie empfängt und nicht auf der Stelle hinauswerfen lässt?«

»Ich werde ihn doch nicht persönlich aufsuchen«, antworte ich vollkommen gefasst, »Sie irren sich, Monsieur des Grieux, es wird alles wesentlich gesitteter vonstattengehen, als Sie vermuten. Ich bin auf dem Weg zu Mister Astley, den ich bitten werde, hier zu vermitteln, wie es so schön heißt, mein *second* zu sein. Dieser Mann schätzt mich und wird meine Bitte gewiss nicht ausschlagen. Also wird er den Baron aufsuchen, und der Baron wird ihn empfangen. Ich selbst mag zwar *Auslärär* sein und damit im gewissen Sinne subaltern und schutzlos wirken, doch Mister Astley ist der Neffe eines Lords, eines echten Lords, des Lord Peebroke, und dieser Lord ist auch hier zugegen. Sie können mir glauben, der Baron wird Mister Astley die Ehre erweisen und ihm in aller Form Gehör schenken. Und tut er es nicht, so wird Mister Astley dies für eine persönliche Kränkung halten (Sie wissen ja, die Engländer sind da sehr eigen) und wird dann seinerseits einen Vertrauten zum Baron schicken (und er hat viele). Nun, Sie sehen, die Dinge werden sich ganz anders entwickeln, als Sie befürchten.«

Für den Franzmann wird es jetzt wirklich brenzlig. Das alles klingt doch recht überzeugend. Ich scheine ihm tatsächlich in der Lage zu sein, eine echte Szene vom Zaun zu brechen.

»Aber ich bitte Sie«, redet er diesmal in einem ganz und gar flehenden Ton, »die Sache auf sich beruhen zu lassen! Oder wünschen Sie wirklich eine Szene? Ihnen geht es doch gar nicht um Satisfaktion, Ihnen geht es um eine Szene! Ich sagte schon, es ist sehr amüsant und höchstwahrscheinlich überaus geistreich (offensichtlich der Grund, weshalb Sie es tun). Aber ich will es kurz machen«, schließt er, sobald er mich aufstehen und den Hut nehmen sieht, »ich komme, um Ihnen diese paar Worte von einer bestimmten Person auszurichten. Lesen Sie. Ich soll Ihre Antwort abwarten.«

Er sagt es und holt aus seiner Tasche ein kleines gefaltetes und mit einer Oblate versiegeltes Briefchen und gibt es mir.

Darauf steht in Polinas Handschrift geschrieben:

Mir scheint, Sie wollen die Sache vorantreiben. Sie sind verärgert und fangen an, allmählich ganz schön kindisch zu werden. Aber da sind gewisse Umstände, die ich Ihnen vielleicht einmal später erkläre. Bitte lassen Sie es gut sein und kommen Sie wieder auf den Teppich. Was sind das nur für dumme Spielchen! Ich brauche Sie noch, und Sie haben versprochen, auf mich zu hören. Stichwort: Schlangenberg. Also seien Sie endlich brav (das dürfen Sie von mir aus als Befehl verstehen).

Ihre P.

P.S. Sollten Sie wegen gestern böse sein, dann verzeihen Sie mir.

Vor meinen Augen beginnt alles zu flimmern. Die Lippen werden blass, ein Zittern befällt mich. Der verflixte Franzmann ist jetzt auf einmal die Zurückhaltung in Person: Er blickt beiseite, um mich in meiner Konfusion ungestört zu lassen. Es wäre besser, er hätte mich ausgelacht.

»Gut«, sage ich, »Mademoiselle kann ganz beruhigt sein. Aber gestatten Sie mir eine Frage: Warum haben Sie mit dem Brief so lange gewartet? Anstatt von lauter Lappalien zu schwatzen, hätten Sie ihn mir gleich zeigen sollen … Wenn Sie doch mit dem Auftrag herkamen … Das ist jedenfalls meine Meinung.«

»Das hatte ich auch ursprünglich vor … Es ist alles so seltsam … Sie müssen mir schon meine natürliche Neugier lassen. Ich wollte persönlich – und zwar möglichst rasch – aus Ihrem Munde Ihre Pläne erfahren. Im Übrigen kannte ich ja den Inhalt des Billets nicht und meinte, ich könnte es auch später überreichen.«

»Ich verstehe. Das Billet war für den Notfall gedacht. Und hätten Sie mich überreden können, dann wäre es gar nicht erst verwendet worden. Habe ich recht? Seien Sie ehrlich, Monsieur des Grieux!«

»Peut-être«, sagt er und setzt eine irgendwie besonders diskrete Miene auf, überhaupt schaut er mich so besonders an.

Ich nehme den Hut, er nickt und geht. Ich habe den Eindruck, auf seine Lippen legt sich ein ironisches Grinsen. Aber wie könnte es auch anders sein!

»Na, dir werd ich's zeigen, du kleiner Froschfresser! Mal sehen, wer zuletzt lacht«, murmele ich, während ich die Stufen hinabsteige. Noch kriege ich keinen Gedanken zusammen und torkle wie vor den Kopf gestoßen. Erst die frische Luft bringt mich wieder zurück.

Minuten später, sobald ich anfange, einigermaßen klar zu sehen, fallen mir gleich zwei Dinge ein: *Erstens* – wie wenig reicht doch schon aus (ein paar läppische Phrasen eines jungen Burschen, im Vorbeiflug hinauskrakeelt), um daraus eine solche Gefahr für die zivilisierte Welt zu stricken! Und *zweitens*: Wie groß muss wohl der Einfluss dieses Franzosen auf Polina sein? Nur ein Wink – und sie tut, was er verlangt, schreibt mir ein Brieflein, bittet mich! Zwar sind mir die Beziehungen zwischen den beiden schon immer recht schleierhaft gewesen, eigentlich seit ich sie kenne. Aber jetzt, in den letzten Tagen, ist mir aufgefallen, wie sehr sie ihn verachtet, ja, hasst. Er seinerseits würdigt sie keines Blicks und zollt ihr kein bisschen Respekt. Auch das ist mir aufgefallen. Polina spricht selbst von tiefer Abneigung und spielt im Gespräch auf manches an, was sich als bedeutsam entpuppen könnte ... Das heißt, er hat sie in seiner Gewalt und übt auf sie irgendwie Druck aus ...

Kapitel 8

Auf der Promenade (so nennt man hier die Kastanienallee) treffe ich meinen Engländer.

»O, o!«, sagt er, sobald er mich sieht. »Da gehe ich zu Ihnen und Sie zu mir! Demnach sind Sie also Ihre Stelle los?«

»Verraten Sie mir, woher Sie das wissen?«, frage ich ihn voller Neugier. »Demnach weiß es längst alle Welt, und die Spatzen pfeifen es von den Dächern?«

»Aber nein, niemand weiß es. Und glauben Sie mir, es ist besser so. Kein Gerede.«

»Und Sie? Woher wissen Sie es?«

»Ich weiß es einfach, es hat sich so ergeben. Und? Haben Sie schon Reisepläne? Ich wollte Sie noch einmal besuchen, weil ich Sie mag.«

»Sie sind ein wunderbarer Mensch, Mister Astley«, sage ich, obwohl ich noch immer staune: Woher, um alles in der Welt, weiß er es? »Und da ich noch keinen Kaffee zu mir genommen habe und Sie vermutlich auch nicht oder nur auf die Schnelle, so lassen Sie uns zwei ins Kurhauscafé gehen. Dort können wir uns in Ruhe hinsetzen, etwas rauchen, und ich erzähle Ihnen alles … und Sie mir.«

Das Kurhaus ist nur ein paar Schritte entfernt. Wir bekommen unseren Kaffee serviert und nehmen Platz. Ich stecke mir eine Zigarette an, Mister Astley will nicht rauchen. Er richtet seinen starren Blick auf mich und ist bereit, mir zuzuhören.

»Erstens, ich habe nicht vor zu verreisen, ich bleibe hier«, fange ich an.

»Sehen Sie, auch das habe ich gewusst!«, sagt Mister Astley wohlwollend.

Als ich mich auf den Weg zu Mister Astley machte, wollte ich ihm überhaupt nichts von meiner Liebe erzählen, ganz im Gegenteil, ich wollte es tunlichst vermeiden. Während all dieser Tage habe ich ihm gegenüber kein Wort darüber verloren. Außerdem ist er ziemlich schüchtern. Es fiel mir gleich auf, wie stark er von Polina beeindruckt war, aber wann hätte er schon ihren Namen genannt? Doch seltsam: Kaum sitzt er und starrt mich an mit seinen durchdringenden Augen, erwacht in mir plötzlich der Wunsch, ihm alles zu beichten – meine Liebe – in allen Schattierungen! Eine halbe Stunde lang rede ich, und es bereitet mir außerordentlich viel Vergnügen, denn er ist der Erste, der davon erfährt! Manchmal, an besonders pikanten Stellen läuft er rot an, worauf ich dann mit noch mehr delikaten Details aufwarte. Nur eines tut mir nachträglich leid: Ich hätte den Franzosen nicht so häufig erwähnen sollen …

Mister Astley sitzt mir gegenüber, regungslos und mucksmäuschenstill, lauscht und schaut mir dabei in die Augen. Aber kaum streife ich den Franzosen, unterbricht er mich und fragt streng, ob ich denn das Recht hätte, diesen deplatzierten Umstand ins Spiel zu bringen? Mister Astley stellt immer skurrile Fragen.

»Wenn ich ehrlich sein soll: Ich fürchte, nein.«

»Sie können also über diesen Marquis und Miss Polina nichts Verbindliches sagen? Es handelt sich lediglich um Vermutungen?«

Dass ein derart schüchterner Mann wie Mister Astley eine so kategorische Frage stellen kann!

»Nein, nichts Verbindliches«, antworte ich, »selbstverständlich nicht.«

»Wenn das so ist, handeln Sie schlecht, nicht nur, indem Sie darüber sprechen, sondern allein schon, indem Sie darüber nachdenken.«

»Ja, meinetwegen, *mea culpa*! Aber das ist jetzt gar nicht der Punkt«, falle ich ihm überrascht ins Wort. Dann erzähle ich in allen Details, was gestern geschehen ist: Von Polinas Streich, von meinem Abenteuer mit dem Baron, von meinem Rausschmiss, von der erbärmlichen Feigheit des Generals und schließlich, ganz ungekürzt, von dem heutigen Besuch des Grieux'. Zu guter Letzt zeige ich ihm das Briefchen.

»Was denken Sie darüber?«, frage ich. »Ich wollte unbedingt Ihre Meinung hören, darum war ich auch unterwegs zu Ihnen. Jedenfalls, was mich anbetrifft, so würde ich den Franzmann am liebsten erschießen. Wer weiß, vielleicht tu ich es eines Tages.«

»Ich auch«, antwortet Mister Astley. »Und was Miss Polina anbetrifft … Nun, Sie wissen ja, wir haben es häufig mit uns verhassten Menschen zu tun, wenn dies die Notwendigkeit gebietet. Es kann sich hierbei um Beziehungen handeln, die Ihnen gänzlich fremd und von unbekannten Umständen abhängig sind. Ich denke, Sie können beruhigt sein, oder jedenfalls zum Teil. Was jedoch Ihr gestriges Verhalten anbelangt, so ist es natürlich recht merkwürdig. Nicht weil Miss Polina den Wunsch verspürte, Sie loszuwerden und Sie geradewegs dem Knüppel des Barons auslieferte (wobei ich immer noch nicht verstehe, warum er diesen nicht eingesetzt hat, wo er ihn doch in der Hand hielt), sondern weil sich solche Marotten für ein … für ein so fabelhaftes Fräulein nicht ziemen. Selbstverständlich hätte sie niemals geglaubt, dass Sie ihrer scherzhaften Aufforderung blindlings gehorchen würden …«

»Moment mal!«, rufe ich plötzlich aus, wobei ich Mister Astley genau fixiere. »Warum werde ich das Gefühl nicht los, Sie haben das alles schon einmal gehört? Ich weiß auch, von wem: von Miss Polina!«

Mister Astley sieht mich verwundert an.

»Ihre Augen glänzen, und ich kann darin so etwas wie Verdacht erblicken«, sagt er, bevor er seine ursprüngliche Gelassenheit wiedererlangt. »Aber Sie haben überhaupt kein Recht, Ihren Verdacht in Worte zu kleiden. Auch ich kann Ihnen dies Recht nicht zugestehen und will Sie keinesfalls einer Antwort würdigen.«

»Na bitte! Von mir aus! Wenn Sie nicht wollen!«, rufe ich ungewöhnlich erregt. (Wie komme ich bloß auf diesen Gedanken? Wann und wo und auf welche Weise könnte Mister Astley von Polina ins Vertrauen gezogen worden sein? Aber ich habe in letzter Zeit Mister Astley fast aus den Augen verloren. Und Polina war mir schon immer ein Rätsel – und zwar so sehr, dass ich jetzt, wo ich Mister Astley von meiner Liebe erzähle, mittendrin – wie vom Donner gerührt – mir selber eingestehen muss, dass ich im Grunde überhaupt nichts über meine Beziehung zu ihr sagen kann, was halbwegs genau und zutreffend wäre. Im Gegenteil – alles war absonderlich, extravagant, unbegründet – etwas ganz und gar Beispielloses.)

»Von mir aus! Ich bin reichlich verwirrt und bekomme jetzt einiges nicht zusammen«, rede ich weiter, außer Atem. »Aber Sie sind trotzdem ein guter Mensch. Und ich bitte Sie jetzt nicht um Rat, sondern frage nach Ihrer Meinung.«

Ich schweige eine Weile und fahre dann fort:

»Warum hat der General weiche Knie bekommen? Warum werden meine kindischen Possen zu solch einer Staatsangelegenheit aufgebauscht? Dass selbst so jemand wie des Grieux es für nötig hält, sich einzumischen! (Ich meine, wann mischt der sich schon mal ein? Doch nur in äußersten Ausnahmefällen!) Er sucht mich auf – na, was sagt uns das? Er winselt vor mir, er fleht mich an: Er – des Grieux – fleht *mich* an! Und dann, bitte, dies zu bedenken: Er kommt gegen neun, vielleicht sogar früher, und ist bereits mit diesem Briefchen bewaffnet. Wann hat sie es bitte schön geschrieben? Hat man sie extra wachgetrommelt? Und was ich an all dem noch sehe: Miss Polina ist seine Sklavin. (Ich meine, wenn sie sich schon so weit herablässt, mich – *mich*! – um Verzeihung zu bitten!) Und dann: Was hat sie mit all dem zu schaffen? Warum ist sie so daran interessiert? Und hat Angst vor diesem komischen Deutschen? Und was ist schon dabei, dass der General Mademoiselle Blanche de Cominges heiratet? Die sagen, sie müssten sich weiß Gott wie verhalten, infolge dieser besonderen Umstände! Na, wenn das so ist, dann dürften es aber schon *ganz besondere* Umstände sein! Also, was denken Sie darüber? Ich kann Ihnen förmlich ansehen, dass Sie hierüber mehr wissen als ich …«

Mister Astley schmunzelt und nickt mit dem Kopf.

»Nun, ich scheine in der Tat hierüber sehr viel mehr zu wissen als Sie«, sagt er. »Es geht nur um Mademoiselle Blanche, und ich bin fest davon überzeugt, dass dies die reine Wahrheit ist.«

»Was soll mit ihr sein?«, rufe ich voll Ungeduld (ich habe plötzlich die leise Hoffnung, etwas über Polina zu erfahren).

»Ich glaube, Mademoiselle Blanche hat im Augenblick das lebhafteste Interesse daran, dem Baron und der Baronin aus dem Weg zu gehen, zumal in einer sehr unfreundlichen, skandalträchtigen Atmosphäre.«

»Und weiter! Und weiter!«

»Mademoiselle Blanche war bereits vor drei Jahren hier in Roulettenburg, während der Saison. Ich war damals ebenfalls hier. Mademoiselle Blanche hieß damals noch nicht Mademoiselle de Cominges, und ihre Frau Mutter, Madame *veuve* de Cominges, war damals schlichtweg noch nicht vorhanden. Jedenfalls wurde sie niemals erwähnt. Des Grieux … Des Grieux war auch nicht vorhanden. Ich bin fest davon überzeugt, dass sie nicht nur nicht verwandt sind, sondern sich auch noch nicht allzu lange kennen. Des Grieux ist auch erst seit Kurzem Marquis, rein zufällig weiß ich das genau. Es wäre sogar denkbar, dass er sich noch nicht allzu lange des Grieux nennt. Ich kenne hier jemanden, der ihn noch mit einem ganz anderen Namen ansprach.«

»Aber hat er nicht einen ehrenwerten Bekanntenkreis?«

»O ja, das ist sogar sehr gut möglich. Das gilt selbst für Mademoiselle Blanche. Aber vor drei Jahren erhielt Mademoiselle Blanche aufgrund einer Beschwerde seitens der Baronin von der örtlichen Polizei die Aufforderung, die Stadt umgehend zu verlassen.«

»Wie das?«

»Sie war damals in Begleitung eines Italieners, irgendeines Fürsten mit einem illustren Namen … Barberini oder so ähnlich … Er trägt lauter Ringe und Brillanten, die noch nicht einmal Fälschungen sind. Sie fahren in einer prachtvollen Kutsche. Mademoiselle Blanche spielt *trente et quarante*, erst gewinnt sie, dann aber verlässt sie das Glück, soweit ich mich noch entsinnen kann. Eines Abends verliert sie immense Summen. Aber noch schlimmer ist, dass *un beau matin* ihr Fürst auf Nimmerwiedersehen verschwindet. Mitsamt den Pferden und den Kutschen. Im Hotel bleibt eine riesige Rechnung zurück. Mademoiselle Selma (aus Mademoiselle Barberini wird plötzlich Mademoiselle Selma) ist im letzten Stadium der Verzweiflung. Sie schluchzt, im ganzen Hotel zu hören, zerreißt im äußersten Zorn ihr Kleid. Im selben Hotel weilt als Gast ein polnischer Graf (alle Polen auf Reisen sind ja bekanntermaßen Grafen), und Mademoiselle Selma, die ihre Kleider in Stücke reißt und sich mit ihren hübschen parfümierten Fingern katzenhaft das Gesicht zerkratzt, macht auf ihn einen mächtigen Eindruck. Zwischen ihnen kommt es zu einer Unterredung, und zur Mittagszeit hat sie sich wieder beruhigt. Abends erscheinen sie zusammen, Arm in Arm, im Kurhaus. Mademoiselle Selma lacht wie eh und je und wirkt noch verspielter als sonst. Sie drängt sich sogleich in die Reihe jener Roulette spielenden Damen, die, wenn sie an den Tisch treten, sämtliche anderen mit aller Gewalt beiseite stoßen, um für sich selber Platz zu schaffen. Das gilt hier bei Damen als besonders schick. Das ist Ihnen doch gewiss aufgefallen?«

»O ja.«

»Man sollte sie nicht beachten. Zum Leidwesen des anständigen Publikums bilden sie hier aber den festen Kern, jedenfalls jene unter ihnen, die täglich Tausende von Francs wechseln. Aber es sind genau jene, die, sobald sie aufgehört haben, ihre Tausende von Francs zu wechseln, zum Gehen aufgefordert werden. Mademoiselle Selma hat zwar noch nicht damit aufgehört, doch ihr Spiel wird täglich schwächer und schwächer. Sie sollten wissen, dass all diese Damen für gewöhnlich sehr erfolgreich spielen. Sie besitzen eine erstaunliche Selbstbeherrschung. Hier aber endet meine Geschichte: Eines Morgens verschwindet der Graf. Genau wie vor ihm der Fürst. Spurlos. Am Abend erscheint Mademoiselle Selma am Spieltisch allein, und dieses Mal ist niemand da, ihr den Arm zu bieten. In zwei Tagen verspielt sie ihr restliches Geld. Nachdem sie den letzten Louisdor verliert, schaut sie sich um und erblickt neben sich den Baron Wurmerhelm, der sie aufmerksam und mit großem Missmut studiert. Doch Mademoiselle Selma entgeht sein Missmut. Sie wendet sich an ihn mit ihrem typischen bezaubernden Lächeln und bittet ihn, für sie zehn Louisdor auf *Rot* zu setzen. Infolgedessen bekommt sie am selben Abend auf Bitten der Baronin die Aufforderung, dem Kurhaus künftig fernzubleiben. Sie wundern sich vielleicht, woher mir diese kleinen, durch und durch peinlichen Details bekannt sind? – Ich erfuhr sie anschließend von Mister Feeder, meinem Verwandten, der noch am selben Abend Mademoiselle Selma in seiner Kutsche aus Roulettenburg nach Spa befördert hatte. Sie verstehen, was ich meine? – Mademoiselle

Blanche will jetzt Generalin werden, um sich in Zukunft solche Aufforderungen seitens der Kurpolizei zu ersparen. Sie spielt nicht mehr, aber einzig deshalb, weil sie jetzt, zumindest dem Anschein nach, Kapital besitzt, welches sie den hiesigen Spielern gegen Zinsen zur Verfügung stellt. Das ist wesentlich profitabler. Ich hege sogar den starken Verdacht, dass der arme General ihr Geld schuldet. Vielleicht schuldet er auch des Grieux etwas. Vielleicht steckt des Grieux mit ihr unter einer Decke. Können Sie jetzt verstehen, warum sie wenigstens bis zur Hochzeit die Aufmerksamkeit des Barons und der Baronin nicht erregen will? In ihrer jetzigen Lage kann sie einen Skandal am allerwenigsten gebrauchen. Sie sind doch mit deren Haus verbunden, und Ihre Handlungen könnten unnötig zum Gerede werden, wo doch Mademoiselle Blanche tagtäglich Arm in Arm mit dem General ausgeht oder in Begleitung von Miss Polina. Können Sie jetzt verstehen, warum …«

»Nein, ich kann es keineswegs verstehen!«, schreie ich auf und schlage dabei mit aller Kraft auf die Tischplatte, dass selbst der Kellner erschrocken herbeirennt.

»Sagen Sie, Mister Astley«, rufe ich außer mir, »wenn Sie von dieser Geschichte doch wissen und folglich auch bestens darüber im Bilde sind, um was für eine Sorte Mensch es sich bei Mademoiselle Blanche de Cominges handelt, wie kommt es dann, dass Sie zum Beispiel mich noch nie gewarnt haben? Oder wenigstens den General? Vor allen Dingen aber Miss Polina, die sich im Kurhaus mit Mademoiselle Blanche in aller Öffentlichkeit zeigt? Ja, ist das die Möglichkeit!«

»Wozu hätte ich Sie denn warnen sollen? Was hätten Sie denn schon tun können?«, entgegnet Mister Astley gefasst. »Und vor allem: Warnen wovor? Höchstwahrscheinlich weiß der General über Mademoiselle Blanche besser Bescheid als ich selbst, und trotzdem zeigt er sich mit ihr und Miss Polina in der Gesellschaft. Der General ist ein todunglücklicher Mensch. Ich habe gestern Mademoiselle Blanche ein prächtiges Pferd reiten sehen zusammen mit Monsieur des Grieux und diesem kleinen russischen Fürsten, während der General mit seinem Fuchs ihnen in einigem Abstand folgte. Er hatte mir an dem Morgen erzählt, er spüre Schmerzen in den Beinen, aber sein Sitz zu Pferd war tadellos. Und als ich ihn so reiten sah, kam mir plötzlich der Gedanke: Er ist ganz und gar verloren. Außerdem geht mich das alles nichts an, und ich habe ja erst seit Kurzem die Ehre, Miss Polina zu kennen. Im Übrigen aber (er ereifert sich wieder), wie schon gesagt, kann ich Ihnen das Recht auf manch eine Frage nicht zugestehen, und das obwohl ich Sie als Mensch sehr mag.«

»Das reicht«, sage ich beim Aufstehen. »Jetzt wird mir klar, dass auch Miss Polina über Mademoiselle Blanche alles weiß. Dass sie sich aber von ihrem Franzosen aus irgendeinem Grund nicht trennen kann, weshalb sie sich auf Spaziergänge mit Mademoiselle Blanche einlässt. Glauben Sie mir, nichts sonst auf der Welt hätte sie dazu zwingen können. Wie auch dazu, mich anzuflehen, den Baron in Ruhe zu lassen. Genau hierin wird diese Macht liegen, vor der alles andere weichen muss! Und doch war sie es selbst, die mich auf den Baron angesetzt hat! Verdammt, ich werde aus all dem nicht schlau!«

»Sie vergessen erstens, dass diese Mademoiselle de Cominges die Verlobte des Generals ist. Zweitens, dass Miss Polina – die Stieftochter des Generals – einen kleinen Bruder und eine kleine Schwester hat – die leiblichen Kinder des Generals, die von diesem Verrückten schon beinahe sich selbst überlassen worden sind, wenn nicht gar völlig ausgeraubt.«

»Ja, ja! Genauso ist es! Von den Kindern fortgehen würde heißen: Sie ihrem eigenen Schicksal überlassen, wogegen bei ihnen bleiben hieße: Ihre Interessen verteidigen, vielleicht sogar Reste des Landguts retten. Ja, ja, das ist alles absolut richtig! Und dennoch, und dennoch! Oh, ich kann nur zu gut verstehen, warum sie sich alle im Augenblick so sehr für Omilein interessieren!«

»Für wen?«, will Mister Astley wissen.

»Für diese alte Hexe aus Moskau, die überhaupt nicht ans Sterben denkt. Und nun erwarten alle ein Telegramm, dass sie endlich tot ist.«

»Aber natürlich müssen sich jetzt alle für sie interessieren: Es geht um die Erbschaft! Der General erbt alles und kann heiraten. Miss Polina erhält ihre Freiheit, und des Grieux …«

»Und des Grieux?«

»Und des Grieux bekommt eine Geldsumme ausgezahlt. Das ist das Einzige, worauf er noch wartet.«

»Ach, und auf mehr nicht? Das glauben Sie wirklich?«

»Etwas anderes wäre mir nicht bekannt«, verstummt Mister Astley mit Nachdruck.

»Aber mir, aber mir!«, wiederhole ich wütend. »Er wartet genauso auf die Erbschaft, weil Polina dann eine Mitgift bekommt und ihm schnurstracks um den Hals fällt! Ja, so sind sie, die Frauen! Und die stolzesten unter ihnen werden zu den erbärmlichsten Sklavinnen! Polina ist nur zu einem fähig: zu stürmischer Liebe – zu nichts sonst! Das ist jedenfalls meine Meinung! Sie sollten sie einmal beobachten, wenn sie irgendwo allein, in Gedanken sitzt – dann hat sie etwas zutiefst Verhängnisvolles, Todgeweihtes, Verlorenes an sich! Sie kann jede Heimsuchung ertragen, ist zu allen Leidenschaften fähig … Sie ist … sie ist … Doch wer ruft mich da?«, frage ich plötzlich. »Wer ruft mich da? Da hat doch jemand auf Russisch gerufen: *Alexej Iwanowitsch!* Eine weibliche Stimme. Da! Haben Sie es gehört? Schon wieder!«

Wir nähern uns gerade unserem Hotel. Wir haben schon lange das Café verlassen, beinahe ohne es bemerkt zu haben.

»Ja, ich höre weibliche Stimmen, doch ich weiß nicht, wen man da ruft. Ja, es ist Russisch. Ah, jetzt sehe ich es«, erklärt Mister Astley. »Es ist diese Frau in dem großen Fauteuil, welche dort von den vielen Bediensteten gerade die Stufen hinaufgetragen wird. Die anderen folgen mit Gepäckstücken nach. Ich vermute, sie wird soeben mit dem Zug angekommen sein.«

»Ja, aber weshalb ruft sie nach mir? Da! Schon wieder! Sie winkt uns! Sehen Sie das?«

»Ja, ich sehe: Sie winkt«, antwortet Mister Astley.

»Alexej Iwanowitsch! Alexej Iwanowitsch! Herrgott, was ist das nur für ein Schlendrian!«, schallt es schrill von den Stufen des Hotels.

Wir eilen, ja laufen zum Eingangsbereich. Doch kaum berühren meine Schuhe die Stufen … lasse ich fassungslos die Arme fallen, und meine Füße wachsen fest.

Kapitel 9

Auf der obersten Stufe vor dem prächtigen Eingang, in einem Fauteuil hinaufgetragen, umringt von Dienern und dem servilen Hotelpersonal, angeführt vom Portier, welcher in eigener Person erscheint, um den hohen Gast zu empfangen, der mit solchem Pomp, mit eigenen Lakaien, mit zahllosen Bündeln und Koffern gekommen ist, thront – na wer schon? – *Großmutter* selbst!

Ja, sie ist es! Die mürrische, reiche, fünfundsiebzigjährige Antonida Wassiljewna Tarassewitschewa, die Moskauer Gutsherrin und *grand dame*, kurz: *La baboulinka*, Ursache und Inhalt all dieser verschickten und empfangenen Telegramme, sie, *die Untote* höchstpersönlich! Da kommt sie selbst, wie sie leibt und lebt, plötzlich über unsere Häupter geschneit! Da kommt sie, auch wenn sie nicht mehr laufen kann und wie immer in den letzten fünf Jahren nur noch im Fauteuil getragen wird. Aber wie eh und je: energisch, zäh, selbstherrlich, aufrecht sitzend, alle Welt wüst beschimpfend und nach Herzenslust herumkommandierend. Seit ich im Hause des Generals als Lehrer arbeite, hatte ich schon ein paarmal das Vergnügen, sie zu sehen – und zwar genauso wie jetzt. Kein Wunder also, dass ich dastehe und Klötze staune. Bereits auf hundert Schritt Entfernung, noch während sie hinaufgetragen wird, hat sie mich mit ihren Luchsaugen erspäht und beim Namen gerufen, den sie sich (mal wieder typisch für sie!) auf Anhieb gemerkt hat. – Und so eine will man im Grab sehen? Mit *ruhe sanft* und feierlicher Testamentseröffnung? So eine wird uns noch alle überleben! Aber, Hilfe, was wird jetzt aus all den anderen? Vor allen Dingen aus dem General? So eine ist doch in der Lage, das gesamte Hotel auf den Kopf zu stellen!

»Was stehst denn du da, Freundchen, und glotzt vor dich hin!«, schreit mich Großmutter weiter an. »Hast es verlernt, anständig zu grüßen? Bin dir wohl nicht gut genug, wie? Oder wird dein Gedächtnis löchrig? Da kannst du mal sehen, Potapytsch«, wendet sie sich an einen ergrauten Alten im Frack mit einer weißen Krawatte und einer rosigen Glatze, »da kannst du mal sehen: Aus den Augen, aus dem Sinn! Haben mich unter die Erde gebracht! Schicken ein Telegramm nach dem anderen! Na, ist sie krepiert? Ist sie endlich krepiert? Glaubst du etwa, ich wüsste es nicht? Von wegen! Da schau – bin quicklebendig!«

»Ich bitte Sie, Antonida Wassiljewna, warum sollte ich Ihnen Böses wünschen?«, antworte ich fröhlich, wieder zu mir kommend. »Ich bin nur ein wenig verblüfft … Und es ist ja auch verblüffend … So eine Überraschung …«

»Was soll daran schon verblüffend sein? Oder glaubst du, ich kann nicht Bahnfahren? Ist doch gemütlich und ruckelt nicht … Warst wohl spazieren!«

»Ja, am Kurhaus.«

»Schön hier«, blickt sich Großmutter um, »warm, und die Bäume üppig. Ist nach meinem Geschmack! Wo sind die denn alle? Der General?«

»Oh! Sie sind um die Uhrzeit noch alle hier!«

»Aha! Haben feste Zeiten, wie? Alles streng nach Protokoll! Hauptsache, einem was vormachen! Hab schon gehört, große Kutsche und so! *Les seigneurs russes* von Köpf bis Füß! Tja, wenn man blank ist, dann nix wie ins Ausland! Und Praskowja, ist die etwa auch hier?«

»Ja, Polina Alexandrowna ist auch hier.«

»Und der Franzmann auch, wie? Doch ich seh es ja gleich selbst. Also los, Alexej Iwanowitsch! Marsch! Zeig mir den Weg – direkt zu ihm! Und du selbst, fühlst dich hier wohl?«

»Es geht, Antonida Wassiljewna.«

»Und du, Potapytsch, sag diesem Schwachkopf von Portier, er soll mich gefälligst in eine ordentliche Suite einquartieren, in eine hübsche. Und nicht zu weit oben. Und die Sachen sofort aufs Zimmer bringen! Ja, seid ihr denn alle übergeschnappt, mich alle auf einen Haufen hinaufzutragen! Was tummeln die sich alle um mich herum! Bin ich vielleicht Kleopatra? Und wer ist der da, bei dir?«, richtet sie sich an mich.

»Das ist Mister Astley«, antworte ich.

»Was denn für ein Mister Astley?«

»Ein Reisender, mein guter Bekannter. Er ist auch mit dem General bekannt.«

»Ein Engländer. Deshalb starrt er mich so an mit zusammengebissenen Zähnen … Dabei hab ich ja eigentlich nichts gegen Engländer … Na los, schleppt mich hoch, zu dem Rest der Bande. Wo sind die denn alle?«

Großmutter wird hinaufgetragen. Ich gehe voran auf der breiten Hoteltreppe. Unsere Prozession ist recht imposant. Auch wirklich jeder, der uns entgegenkommt, hält an und macht große Augen. Unser Hotel gilt als das beste, teuerste und vornehmste vor Ort. Auf der Treppe und in den Fluren trifft man auch immer irgendwelche rassige Damen oder blasierte Engländer. Viele erkundigen sich unten beim Portier, der seinerseits ganz benommen ist. Starr vor Schreck kann er nur stammeln: *Eine hochgeachtete Ausländerin,* une russe, une comtesse. *Sie wird die Suite einnehmen, in der vor einer Woche* la grande duchesse de N. *logiert hat.* Doch der Hauptgrund für den allgemeinen Aufruhr ist gewiss dieses herrische Gebaren der Großmutter. Wem sie auch begegnet, sie misst ihn von Kopf bis Fuß mit neugierigem Blick und fragt mich lautstark über ihn aus. Sie ist von ziemlicher Statur, und obwohl sie sich nicht vom Fauteuil erhebt, lässt ihr gesamtes Erscheinungsbild einen Hauch von *Grandezza* spüren. Ihr Rücken hält sich stramm wie ein Brett und lehnt sich nicht nach hinten. Der mächtige ergraute Kopf mit groben und schroffen Gesichtszügen ist aufwärts gerichtet. Sie schaut auch irgendwie keck und streitlustig, und dabei wirken ihre Blicke und Gesten ausgesprochen natürlich. Trotz ihrer fünfundsiebzig Jahre ist das Gesicht ziemlich frisch geblieben, selbst die Zähne sind kaum angegriffen. Sie trägt ein schwarzes Seidenkleid und eine weiße Haube.

»Ich muss schon sagen, sie interessiert mich sehr«, flüstert mir Mister Astley ins Ohr, während wir zusammen die Stufen hinaufsteigen.

Über die Telegramme weiß sie also Bescheid. Des Grieux scheint ihr auch bekannt zu sein. Und Mademoiselle Blanche? – Schwer zu sagen. Ich teile meine Gedanken Mister Astley mit.

Aber wie Menschen nun einmal sind: Kaum hat sich meine erste Verwunderung gelegt, bin ich irrsinnig froh über diesen Wirbelsturm, der gleich über den General hereinbricht. Ich gehe voran und lache mir ins Fäustchen. Die Suite liegt im zweiten Stock. Ohne Vorwarnung, ohne anzuklopfen, reiße ich die Tür weit auf, und die Großmama wird mit viel Trara hineingetragen. Man hätte es nicht besser inszenieren können: Da sitzen sie alle miteinander – im Kabinett des Generals. Es ist Mittagszeit, und offenbar wird gerade ein Ausflug verabredet. Die einen schlagen vor, mit dem Wagen zu fahren, die anderen sind mehr für einen Ausritt. Auch einige Gäste sind dabei. Neben dem General, Polina, den Kindern und dem Kindermädchen befinden sich im Zimmer: Des Grieux, Mademoiselle Blanche (wieder einmal im Redingote), ihre Mutter *Madame veuve* de Cominges, der kleine Fürst und noch irgendein Deutscher – ein Gelehrter auf Reisen, dem ich auch früher schon bei ihnen begegnet bin. Der Fauteuil mit der Großmutter wird direkt in der

Zimmermitte auf dem Boden abgesetzt – drei Schritte vom General entfernt. Donnerlittchen, den Eindruck vergesse ich nie! Bevor wir kamen, muss der General etwas gesagt haben, was des Grieux kommentierte. Ich möchte an dieser Stelle hinzufügen: Mademoiselle Blanche und des Grieux hofieren schon seit einigen Tagen, warum auch immer, den kleinen Fürsten – *jusqu'à la barbe du pauvre général*. So herrscht im Raum eine Stimmung, die, wenn auch künstlich, so doch scherzhaft und ausgelassen ist, ganz wie im trauten Familienkreis. Beim Anblick der Großmutter stutzt der General, sperrt den Mund weit auf, stockt mitten im Satz. Er starrt sie an, macht Glubschaugen, als hätte ihn ein Basilisk versteinert. Auch Großmutter schaut ihn stumm an – doch mit wie viel Courage, Triumph und Verve! Sie schauen einander reglos an – vielleicht zehn Sekunden, vielleicht mehr – während alles rings mucksmäuschenstill ist. Erst kann sich des Grieux nicht von der Stelle rühren, dann aber huscht über sein Gesicht die allertiefste Besorgnis. Mademoiselle Blanche hebt die Brauen, öffnet den Mund und wirft Großmutter etwas irre Blicke zu. Der Fürst und der Deutsche betrachten die Szene mit der denkbar größten Irritation. Polina ist einfach nur perplex, dann wird sie kreidebleich, in der nächsten Sekunde schießt ihr das Blut ins Gesicht, und die Wangen erglühen rot. Ja, das ist eine schöne Bescherung! Was bleibt mir übrig, als meine Augen von Großmutter auf die anderen Anwesenden und wieder zurück schweifen zu lassen. Während Mister Astley abseits steht, seiner Art entsprechend, ruhig und gefasst.

»Halli-hallo! Und hier bin ich! Statt des Telegramms!«, poltert Großmutter los, die Stille störend. »Überraschung, wie?«

»Antonida Wassiljewna … Tantchen … Ja, ist das die Möglichkeit …«, murmelt der Unglückliche. (Hätte Großmutter noch ein paar Sekunden länger geschwiegen, den General hätte glatt der Schlag getroffen.)

»Na und ob das die Möglichkeit ist! Bin einfach in einen Zug gestiegen! Wofür hat man denn sonst die Eisenbahn! Oder meint ihr: Ich beiß ins Gras, und ihr könnt munter die Erbschaft kassieren? Ich weiß doch, du hast Telegramme verschickt. Musstest wohl dafür was springen lassen! Ist ja nicht grad billig von hier. Also nehm ich die Beine unter den Arm – und ab nach Roulettenburg! Ist das der Franzmann? Monsieur des Grieux oder so, nicht wahr?«

»Oui, madame«, greift des Grieux die Worte auf, *»et croyez, je suis si enchanté … votre santé … c'est un miracle … vous voir ici … une surprise charmante …«*

»Von wegen *charmante*! Ich kenn dich, Schlawiner! Und ich glaub dir nicht so viel! (Sie zeigt ihm ihren kleinen Finger.) – Wer ist die da?«, zeigt sie auf Mademoiselle Blanche. Offenbar hat die effektvolle Französin im Redingote, eine Gerte in der Hand, sie beeindruckt. »Wohl eine von hier, was?«

»Das ist Mademoiselle Blanche de Cominges, und das ist ihre liebe Frau Mutter, Madame de Cominges. Sie logieren beide in diesem Hotel«, gebe ich Bericht.

»Tochter verheiratet?«, fragt Großmutter harsch.

»Mademoiselle de Cominges hat noch keinen Mann«, antworte ich besonders ehrfürchtig und mit bewusst gedämpfter Stimme.

»Von der lustigen Sorte?«

Ich verstehe die Frage nicht.

»Ich meine: Nicht zu öde mit ihr? Kann die wenigstens Russisch? Dieser des Grieux da hat sich ja seinerzeit bei uns in Moskau mehr schlecht als recht was zusammengestottert.«

Ich erkläre, dass Mademoiselle de Cominges noch nie in Russland war.

»Na dann: *Bonjour*!«, sagt Großmutter plötzlich, ziemlich schroff an Mademoiselle Blanche gewandt.

»*Bonjour, Madame*«, verneigt sich Mademoiselle Blanche galant und nach allen Regeln der Kunst. Wobei sie sich beeilt, unter dem Schleier des Anstands und der äußersten Sittsamkeit, ihrer Miene und der gesamten Haltung Anzeichen von größter Verwunderung zu verleihen ob dieser doch höchst befremdlichen Behandlung.

»Da schau her! Schon lässt sie die Äuglein sinken, setzt sich in Pose, spreizt sich! Noch so ein Vögelchen, gaukelt mir was vor! Ich bin hier im Hotel abgestiegen«, wendet sie sich plötzlich an den General. »Hallo, Nachbar! Und? Freust dich, wie?«

»O, Tantchen! Könnte ich nur meinen Gefühlen der aufrichtigen Freude … Ausdruck verleihen«, beginnt der General. Er hat sich teilweise wieder gefangen. Und weil er schon immer in der Lage war, bei gegebenem Anlass gut zu sprechen, bedeutungsschwanger und auf Wirkung bedacht, so beginnt er auch jetzt, nach Lust und Laune vor sich hin zu fabulieren. »Wir waren ja so besorgt und ergriffen, als wir von Ihrem Unwohlsein erfuhren … Erst diese trostlosen Telegramme und jetzt plötzlich, wie aus heiterem Himmel …«

»Papperlapapp!«, unterbricht ihn Großmutter.

»Doch wie konnten Sie sich«, fällt ihr seinerseits und zwar möglichst rasch der General ins Wort, um dieses *Papperlapapp!* zu übertönen, »doch wie konnten Sie sich zu dieser halben Weltreise entschließen? Ich meine, in Ihrem Alter und bei Ihrem Gesundheitszustand … ist es zumindest sehr überraschend … Sie verstehen, dass wir verwundert sind. Und doch bin ich so froh … und wir alle wollen (er beginnt, gerührt und begeistert zu lächeln) uns nach Kräften bemühen, Ihnen diese Kursaison unvergesslich werden zu lassen …«

»Und Schluss und Schluss! Dummes Geschwätz. Redest ganz schön viel, wenn der Tag lang ist. Keine Sorge, ich komm schon allein zurecht. Oder auch mit euch, bin nicht nachtragend … Was soll daran überraschend sein? Die einfachste Sache auf der Welt. Da gibt es auch nichts, sich darüber zu wundern. Grüß dich, Praskowja. Was tust du denn hier?«

»Guten Tag, Großmutter«, sagt Polina und kommt näher, »wie war die Fahrt?«

»Na bitte! Wenigstens eine kluge Frage! Nicht immer dieses *ach* und *och*! Da kannst du mal sehen: Ich lag und lag, die haben an mir herumgedoktert. Dann hab ich diese Quacksalber fortgejagt und den Küster von Sankt Nikolaus kommen lassen. Der hat mal ein Weib von derselben Krankheit mit bloßer Weizenkleie geheilt. Hat auch mir geholfen. Nach drei Tagen war ich nassgeschwitzt und wieder putzmunter. Schon kommen meine Deutschen wieder zusammen, setzen ihre schlauen Brillen auf und geben mir weise Ratschläge: *Ach, könnten Sie jetzt noch, zu guter Letzt, ins Ausland reisen, zur Wasserkur, dann wären Sie ganz vom Bett erlöst!* Da denk ich mir: Warum eigentlich nicht? Die Saschigins, diese Pfeifen, jammern mich voll: *Wie wollen Sie das denn anstellen? Ins Ausland reisen? Ja, wie denn das?* – Und? Wie lange hab ich zum Packen gebraucht? – Einen Tag, nicht länger. Und letzte Woche Freitag, da nehme ich meine Zofe, Potapytsch und Fjodor. (Also diesen Fjodor, den Lakaien aus Berlin, den setz ich vor die Tür, denn ich brauch ihn nicht.) Ich hätte auch ganz allein fahren können. Ein Extrawaggon. Träger, die gibt es an jeder Station wie Sand am Meer. Für ein paar Groschen befördern sie dich bis ans Ende der Welt! Schicke Bleibe habt ihr!«, beschließt sie die Rede und schaut sich um. »Fragt sich nur, mit wessen Moneten. Wenn ich richtig seh, hast du alles verpfändet. Allein diesem Franzosenwinzling schuldest du weiß der Kuckuck, wie viel! Ich weiß nämlich alles, ich weiß nämlich alles!«

»Ich muss sagen … Tantchen …«, stammelt der General, »ich muss sagen, Tantchen … Ich glaube, ich kann auch ohne Aufsicht auskommen … Zumal meine Ausgaben auch immer im Rahmen meiner Einnahmen bleiben … Und wir hier …«

»Ach so, im Rahmen? Was du nicht sagst! Hast wahrscheinlich die Kinder bis aufs Hemd ausgezogen, du Vormund, du!«

»Also, ich weiß nicht … Nach solchen Worten …«, echauffiert sich der General.

»So, so, du weißt nicht! Wahrscheinlich kommst du vom Roulette überhaupt nicht los! Alles verzockt, wie?«

Der General ist derart bestürzt, dass er sich beinahe an seinen aufgewühlten Gefühlen verschluckt.

»Vom Roulette? … Ich? … Bei meinem Rang? … Tantchen, kommen Sie wieder zu sich, Sie sind noch nicht ganz wieder gesund …«

»Ach, Unsinn, Unsinn! Ja, vom Roulette! Alles Unsinn! Ich werd es mir heute selbst ansehen, dieses Roulette und was es damit auf sich hat! Und du, Praskowja, erzähl mir, was es hier Sehenswertes gibt und wo. Alexej Iwanowitsch wird mich schon herumführen. Und du, Potapytsch, schreib alles auf: Wohin fahren, wie der Ort heißt. Was schaut man sich hier denn so an?«, wendet sie sich plötzlich wieder an Polina.

»Es gibt hier in der Nähe eine Burgruine, dann den Schlangenberg.«

»Schlangenberg? Was soll das sein, etwa ein Wäldchen?«

»Nein, kein Wäldchen, es ist ein Berg mit einem Aussichtspunkt …«

»Was denn für ein Aussichtspunkt?«

»Es ist der höchste Punkt auf dem Berg, er ist eingezäunt. Und von dort oben ist die Aussicht einfach unvergleichlich.«

»Heißt, der Fauteuil muss hinaufgeschleppt werden? Ob die das packen?«

»Ich denke, man wird hier schon genug Träger finden können.«

Nun ist Fedosja, das Kindermädchen, an der Reihe, Großmutter zu begrüßen und führt auch die Generalskinder zu ihr.

»Ist ja gut! Genug geschmatzt! So ein Geknutsche ist nicht meine Sache: Alle Kinder sind nämlich Rotznasen. Und? Wie fühlst du dich hier, Fedosja?«

»Wu-u-u-nderbar, Mütterchen, Antonida Wassiljewna«, antwortet Fedosja. »Wie geht es denn Ihnen? Wir haben uns ja solche Sorgen gemacht.«

»Ich weiß, bist eine gute Seele. Habt ihr denn lauter Gäste hier?«, wendet sie sich erneut an Polina. »Wer ist denn dieser eine Schmächtige dort, der mit der Brille?«

»Das ist Fürst Nilski, Großmutter«, flüstert Polina.

»Ah, ein Russe? Und ich dachte, der versteht nicht! Hat es vielleicht auch nicht gehört! Mister Astley, den habe ich schon gesehen. Da ist er schon wieder«, bemerkt ihn Großmutter. »Guten Tag!«, richtet sie sich auf einmal an ihn.

Mister Astley verbeugt sich vor ihr schweigend.

»Nun, was haben Sie mir Nettes zu sagen? Los, sagen Sie was! Polina, übersetz.«

Polina übersetzt.

»Dass ich Sie mit großem Vergnügen betrachte und mich sehr darüber freue, dass Sie wohlauf sind!«, erwidert tiefernst, doch mit größtem Eifer, Mister Astley. Man übersetzt es für Großmutter, und sie ist zufrieden.

»Gut antworten, das können die Engländer ja«, stellt sie fest. »Ich hab Engländer schon immer gemocht, kein Vergleich mit diesen Französchen! Kommen Sie mich besuchen«, wendet sie sich wieder an Mister Astley. »Ich werd mir schon Mühe geben, nicht allzu lästig zu sein. Übersetz es ihm und sag ihm, ich wohn da unten – da unten – hörst du? – da unten«, wiederholt sie für Mister Astley und zeigt mit dem Finger hinab zu Boden.

Mister Astley ist begeistert über die Einladung.

Jetzt nimmt sich Großmutter Polina vor und mustert sie von Kopf bis Fuß, aufmerksam und sichtlich zufrieden.

»Und dich, Praskowja, würd ich ja mögen«, sagt sie plötzlich, »bist ein gutes Mädel, tausendmal besser als die alle. Aber dein Charakter – oje! Doch Charakter hab ich ja selbst genug! Lass mal sehen: Was ist das? Eine künstliche Locke?«

»Nein, Großmutter, die ist echt.«

»Gut so, ich hasse diese alberne Mode von heute. Fein schaust du aus, sehr fein. Wär ich ein junger Mann, ich würd mich verlieben. Höchste Zeit zu heiraten! Doch ich will jetzt gehen. Frische Luft schnappen: Immer nur Zugabteil, Zugabteil … Und was ist mit dir? Schmollst du noch?«, wendet sie sich an den General.

»Um Gottes Willen, Tantchen, nein!«, beeilt sich der General, dem ein Stein vom Herzen fällt. »Ich verstehe gut, in Ihrem Alter …«

»Cette vieille est tombée en enfance«, flüstert mir des Grieux ins Ohr.

»Ich will mir hier alles selbst ansehen. Und borg mir Alexej Iwanowitsch aus! Abgemacht?«, fragt sie den General.

»Aber natürlich, ich würde auch selbst … und auch Polina und Monsieur des Grieux … Es wäre für uns alle, für uns alle eine Freude, Ihnen Gesellschaft leisten zu dürfen …«

»Mais, Madame, cela sera un plaisir …«, ergänzt des Grieux mit bezauberndem Lächeln.

»Von wegen *plaisir*! Bist ein Spaßvogel, Freundchen! Im Übrigen: Geld kriegst du von mir keins!«, lässt sie plötzlich in Richtung General fallen. »So, und jetzt ab zu meiner Suite! Mal sehen, was die mir da angedreht haben! Und dann alle Örtlichkeiten ansehen! Na los, hochheben, na, wird's bald!«

Und wieder wird Großmutter hochgehoben, und alle folgen im bunten Reigen dem Fauteuil die Treppe hinab. Der General geht, wie jemand, der soeben einen Knüppelschlag auf den Kopf bekommen hat. Des Grieux versucht, seine Gedanken zu sammeln. Mademoiselle Blanche will erst bleiben, doch überlegt es sich anders und begleitet uns. Auch der Fürst läuft ihr sogleich hinterher, und oben in der Suite des Generals sind nur noch die *Madame veuve* de Cominges und der Deutsche.

Kapitel 10

In Kurorten (und ich vermute, europaweit) lassen sich die Hoteldirektoren und Portiers bei der Zimmervergabe gewöhnlich nicht so sehr von den Wünschen und Forderungen, als vielmehr von der eigenen Einschätzung ihrer Kundschaft leiten, und man muss schon sagen: Sie liegen nicht falsch. Doch bei Großmutter tun sie zu viel des Guten: Was sie bekommt, ist schon fast eine Kaisersuite – vier aufwendigst eingerichtete Zimmer mit Bad, gesondert liegenden Räumen für die Domestiken und die Kammerzofe etc. etc. Es ist wahr, dass hier noch vor einer Woche irgendeine *grande duchesse* weilte, natürlich reibt man das allen neuen Gästen direkt unter die Nase, um die Suite aufzuwerten. Großmutter wird durch die Räume getragen, oder besser gesagt: Sie unternimmt eine Besichtigungstour durch die selbigen, wobei sie alles einer sorgfältigen strengen Prüfung unterzieht. Der Portier, ein älterer Herr mit Glatze, gibt ihr eine Art Ehrengeleit bei dieser ersten Begutachtung.

Ich weiß nicht, für wen sie Großmutter halten – offenbar für eine ungeheuer wichtige, vor allem aber schwerreiche Person. Ins Gästebuch schreibt man auf der Stelle: *Madame la générale, princesse de Tarassevitcheva*, und das obwohl Großmutter nie im Leben eine Fürstin war. Eigene Dienerschaft, ein Extrawaggon, die

Unmenge völlig unnötiger Bündel, Koffer und sogar Kleidertruhen, die mit ihr zusammen angereist sind, dürften ihre Wirkung nicht verfehlt haben. Den Ausschlag aber gaben – der Fauteuil, Großmutters Stimme und der schroffe Tonfall, die aus dem Rahmen fallenden Fragen, gestellt auf eine höchst ungenierte und keinerlei Widerspruch duldende Art. Alles in allem: Ihre ganze Erscheinung – gradlinig, knorrig, herrschsüchtig – sorgte bereits für die Riesenfurore. Bei der Visitation der Räumlichkeiten lässt Großmutter so mir nichts, dir nichts, anhalten, zeigt auf irgendein Ding, das zur Ausstattung der Zimmer gehört und richtet sich mit entwaffnenden Fragen an den zwar noch immer respektvoll lächelnden, aber doch langsam ängstlicher werdenden Portier. Sie fragt auf Französisch, nicht sonderlich flüssig, sodass ich das Meiste davon übersetze. Die Antworten des Portiers gefallen ihr freilich zum größten Teil nicht oder scheinen ihr wenig förderlich. Dabei fragt sie ja nicht wirklich, sondern redet nur so daher. So bleibt sie vor einem Bild stehen – es ist irgendein mythologisches Motiv, eine schlechte Kopie eines berühmten Originals.

»Wessen Porträt soll denn das sein?«

Der Portier erklärt, es sei höchstwahrscheinlich das Porträt irgendeiner Gräfin.

»Wieso weißt du das nicht? Du wohnst hier und weißt es nicht? Warum hängt die hier? Wieso schielt die so?«

Auf all diese Fragen findet der Portier keine besonders erhellende Antwort und gerät bisweilen aus dem Konzept.

»So ein Trottel aber auch!«, ruft Großmutter auf Russisch.

Sie wird weiter getragen. Ein Figürchen aus Sachsen – und haargenau dieselbe Geschichte. Großmutter betrachtet es lange Zeit und beordert es kommentarlos hinaus. Schließlich löchert sie den Portier, woher denn die Teppiche im Schlafzimmer stammen und wie genau sie gewebt werden. Der Portier verspricht, dem nachzuforschen.

»Alles Hornochsen hier!«, wettert Großmutter und richtet ihre geballte Aufmerksamkeit auf das Bett.

»Na so ein Prachtbaldachin aber auch! Los, alles abziehen.«

Das gesamte Bettzeug wird abgezogen.

»Weiter, weiter! Na, los, los! Die Polster, die Laken, hoch mit der Matratze!«

Alles wird auf den Kopf gestellt. Großmutter prüft jedes einzelne Teil.

»Na, wenigstens haben die keine Wanzen. Und los, weg mit dem ganzen Plunder! Ich will meine eigene Wäsche und meine Kissen! Dieser ganze Pomp kann mir gestohlen bleiben! Was braucht eine alte einsame Frau eine solche Wohnung! Da geht man doch ein! Alexej Iwanowitsch, du musst öfter vorbeischauen, wenn du mit den Kindern fertig bist.«

»Ich arbeite seit gestern nicht mehr für den General«, antworte ich, »und in diesem Hotel wohne ich jetzt auf eigene Faust.«

»Wieso das denn?«

»Vor einigen Tagen ist aus Berlin ein geschätzter deutscher Baron angereist mit seiner Gattin, der Baronin. Ich habe gestern bei einem Spaziergang meine Deutschkenntnisse an ihm ausprobiert, allein die Berliner Aussprache ist bei mir etwas eingerostet.«

»Ja und?«

»Er hielt das für eine Frechheit und hat sich beim General beschwert, worauf dieser mich gleich in Pension schickte.«

»Ich verstehe nicht, hast du ihn beschimpft, diesen Baron? Hättest du ruhig mal tun sollen!«

»Nein, ganz im Gegenteil: Der Baron hat mich mit seinem Stock bedroht.«

»Und du, kleiner Frosch, lässt es zu, dass man so mit deinem Hauslehrer umspringt!«, wendet sie sich plötzlich an den General. »Und setzt ihn dann auch noch vor die Tür! Was seid ihr nur für Nieten, was seid ihr für Nieten!«

»Keine Sorge, Tantchen«, erwidert der General in einem etwas hochmütig-familiären Tonfall, »ich kann mich schon selbst um meine Angelegenheiten kümmern. Zumal Alexej Iwanowitsch die Sache nicht ganz korrekt wiedergibt.«

»Und du? Du hast das einfach geschluckt?«, fragt sie mich.

»Ich hatte ja eigentlich vor, den Baron zum Duell zu fordern«, antworte ich und bemühe mich dabei, ganz besonders bescheiden und ruhig zu wirken, »doch der General hat mich davon abgehalten.«

»Wieso hältst du ihn davon ab?«, wendet sie sich erneut an den General. »Und du, Freundchen, mach, dass du fortkommst, bis man dich ruft«, knöpft sie sich nun den Portier vor, »bloß herumstehen und glotzen! Erspart mir dieses Nürnberger Würstel!« Worauf jener mit einer Verbeugung geht, ohne Großmutters Kompliment verstanden zu haben.

»Aber ich bitte Sie, Tantchen, ein Duell? Wo soll das hinführen?«, entgegnet der General mit leisem Schmunzeln.

»Wieso nicht! Männer sind doch allesamt Gockel! Sollen sie sich doch gegenseitig die Birnen wegpusten! Nieten seid ihr, habt keinen blassen Schimmer, wie man sein Vaterland verteidigt! Los, hochheben! Du, Potapytsch, sorge dafür, dass immer zwei Träger bereitstehen. Regele das und miete sie. Mehr als zwei brauch ich auf keinen Fall. Schleppen müssen die mich eigentlich nur die Treppe hinauf. Auf glatter Straße reicht das Schieben. Sag ihnen das und bezahl sie am besten gleich im Voraus, das verschafft Respekt. Und bleib du schön in meiner Nähe. Und du, Alexej Iwanowitsch, musst mir diesen Baron einmal zeigen, wenn wir spazieren gehen. Ich will mir diesen Baron von Soundso einmal genauer ansehen. Nun, wo ist dieses verflixte Roulette?«

Ich erkläre, die Roulettesäle seien im Kurhaus zu finden. Schon folgen die Fragen: Ob es viele sind? Wie sie gebaut sind? Ob viele spielen? Und wie lange? Den ganzen Tag? Ich antworte, das sei schwer zu beschreiben und viel besser mit eigenen Augen zu sehen.

»Na, dann tragt mich doch gleich dorthin! Und du, Alexej Iwanowitsch, gehst voran!«

»Wie, und Sie wünschen nach der Reise kein bisschen Erholung?«, erkundigt sich salbungsvoll der General. Eine leichte Sorge befällt ihn, auch die anderen sind jetzt konfus und wechseln ein wenig ratlose Blicke. Offenbar erscheint es ihnen als heikel oder vielleicht sogar etwas beschämend, Großmutter zum Kurhaus zu begleiten. Sie könnte dort viel Porzellan zerschlagen – diesmal aber in aller Öffentlichkeit. Und doch will sie jeder – jeder – begleiten.

»Was denn für Erholung? Bin gar nicht müde. Fünf Tage lang nix als sitzen, sitzen. Außerdem wollen wir doch gleich sehen, was es hier für Brunnen und Heilquellen gibt und wo die sich alle befinden. Und dann noch dieser … wie hast du es genannt, Praskowja? … Dieser … Aussichtspunkt oder so?«

»Ja, Aussichtspunkt, Großmutter.«

»Na bitte: Also der Aussichtspunkt. Und was gibt es hier noch?«

»Ach, es gibt viele Dinge, Großmutter«, zaudert Polina.

»Weißt es selbst nicht! Marfa, du kommst auch mit!«, sagt sie zu ihrer Kammerzofe.

»Aber wozu denn das, Tantchen?«, ereifert sich plötzlich der General. »Das wird auch gar nicht gestattet sein. Und auch Potapytsch wird man nicht ins Kurhaus lassen.«

»Ach, Unsinn! Soll ich sie hinausjagen, nur weil sie eine Dienerin ist? Ist doch auch ein Mensch! Ziehen schon seit Tagen quer durch die Lande, da will so eine doch auch mal was sehen! Mit wem soll die denn gehen, wenn nicht mit mir? Alleine wagt die sich kaum auf die Straße.«

»Aber Großmutter …«

»Schämst du dich etwa meinetwegen? Na, dann bleib doch zu

Hause, niemand vermisst dich! Und so was schimpft sich noch General! Ich bin mir selbst eine Generalin! Und was brauch ich überhaupt so einen Rattenschwanz von Leuten? Ich kann auch allein mit Alexej Iwanowitsch mir alles seelenruhig anschauen …«

Aber des Grieux muss darauf bestehen, dass wir alle mitkommen und ergeht sich in allerlei Höflichkeitsbekundungen, wie überaus glücklich wir uns alle schätzen, dass wir sie gemeinsam begleiten dürfen, etc. etc. Also brechen wir auf.

»*Elle est tombée en enfance* –, wiederholt des Grieux dem General, – *seule, elle fera des bêtises …*«, mehr kann ich nicht hören. Aber offenbar schmiedet er Pläne, schöpft vielleicht sogar neue Hoffnung.

Bis zum Kurhaus ist es knapp eine Viertelmeile. Unser Weg führt über die Kastanienallee bis zu einem viereckigen Platz, um diesen muss man herumgehen, bevor man beim Kurhaus anlangt. Der General hat sich einigermaßen beruhigt, denn obwohl unser Zug schon exzentrisch wirkt, so ist er dennoch recht ehrwürdig. Und in der Tat, was sollte so seltsam daran sein, dass hier, an einem Kurort, Menschen erscheinen, die krank und gelähmt sind und nicht laufen können? Nein, der General fürchtet sich vor dem Kurhaus: Menschen, die krank sind und nicht laufen können, zumal wenn es sich um alte Frauen handelt, haben rein gar nichts am Spieltisch verloren. Polina und Mademoiselle Blanche begleiten den rollenden Fauteuil zu beiden Seiten. Mademoiselle Blanche lacht oft, ist auf wohlgesittete Art heiter und kokettiert sogar charmant mit Großmutter, sodass diese sie schließlich lobt. Dafür muss Polina, auf der anderen Seite, pausenlos Großmutters Fragen beantworten: *Wer ist das? Wer fährt in dem Wagen da? Wie groß ist die Stadt? Wie groß ist der Garten? Sollen das etwa Bäume sein? Was sind das für Berge? Gibt es hier Adler? Was ist denn das für ein lustiges Dach?* Mister Astley schreitet neben mir her und flüstert mir zu, dass an diesem Morgen gewiss noch einiges geschehen wird. Potapytsch und Marfa gehen hinter dem Fauteuil – Potapytsch im Frack, mit weißer Krawatte, doch auf dem Kopf eine Schirmmütze, und Marfa – eine Jungfer von vierzig Jahren, rotwangig, aber schon leicht ergraut – trägt eine Haube, ein Kattunkleid und Schuhe aus knirschendem Ziegenleder. Großmutter dreht sich oft zu den beiden und plaudert mit ihnen. Des Grieux und der General folgen in einem gewissen Abstand und unterhalten sich recht erhitzt. Der General wirkt niedergeschlagen, des Grieux redet entschlossen. Mag sein, dass er dem General Mut machen will, auf jeden Fall erteilt er ihm allerhand Ratschläge. Doch Großmutter hat den fatalen Satz bereits gesprochen: *Geld kriegst du von mir keins!* Vielleicht klingt das für des Grieux unglaubwürdig – der General aber kennt seine Tante. Mir fällt auf, dass des Grieux und Mademoiselle Blanche sich immer noch gegenseitig zuzwinkern. Den Fürst und den deutschen Gelehrten auf Reisen erkenne ich am hinteren Ende der Allee. Wir haben sie abgehängt und sie scheinen nun ihrer eigenen Wege zu gehen.

Unsere Ankunft am Kurhaus ist ein Triumph. Der Türsteher und die Lakaien erweisen sich als genauso ehrfürchtig wie das Hotelpersonal. Aber schauen tun sie schon etwas neugierig. Zum Warmwerden lässt sich unsre Großmama durch sämtliche Säle hindurchtragen. Manches hebt sie lobend hervor, anderes lässt sie vollkommen kalt. Und über alles stellt sie Fragen. Endlich gelangen wir zu den Spieltischen. Der Lakai, der vor den geschlossenen Türen wacht, reißt sie weit auf – wie vom Donner aus seiner Starre gerüttelt.

Großmutters Auftritt beim Roulette beeindruckt das dortige Publikum schwer. An den Spieltischen und am anderen Saalende beim *trente et quarante* tummeln sich vielleicht hundertfünfzig, vielleicht auch zweihundert Spieler in Reihen. Diejenigen, die es geschafft haben, bis zum Spieltisch vorzudringen, krallen sich dort für gewöhnlich fest und verlassen ihre Stellung nicht eher, als bis sie ganz und gar blank sind. Denn es ist nicht gestattet, sich dort nur als Zaungast aufzuhalten und so die Spieler um ihre Plätze zu bringen. Und obwohl rings um die Tische genug Stühle stehen, setzen sich nur wenige der Spieler hin, vor allem, wenn das Gedränge groß ist, denn stehend gelangt man näher an den Tisch, ergattert sich eine günstigere Position und kann von dort aus geschickter platzieren. Die zweite und dritte Reihe folgen dicht auf die erste und sind auf der Lauer, bis auch sie endlich drankommen. Doch manchmal sind sie zu ungeduldig und zwängen ihren Arm durch die erste Reihe, um ihre Münzen setzen zu können. Sogar manch einem aus der dritten Reihe gelingt es, hin und wieder einen Einsatz zu machen. Weshalb kaum zehn oder auch nur fünf Minuten verstreichen, ohne dass es zu diversen *Geschichten* kommt, die sich allesamt um die Zuordnung der Einsätze drehen. – Aber die Kurhauspolizei ist tüchtig. Der Ansturm lässt sich nur schwer eindämmen, beziehungsweise: Er ist erwünscht, denn viel Volk ist ja gut fürs Geschäft. Doch die acht Croupiers rund um den Tisch überwachen alles mit Argusaugen – sie zahlen die Gewinner aus, ihr Wort beendet die Diskussionen. Im Notfall ruft man die Polizei, und die Sache klärt sich augenblicklich. Die Polizisten halten sich hier im Saal auf, sie mischen sich in Zivil unters Volk, sodass sie nicht zu entdecken sind. Sie achten vor allem auf Diebe und Gauner, von denen es hier nur so wimmelt, denn das Spiel ist zum Stehlen wie geschaffen. In der Tat, an anderen Orten gilt es, die Taschen seiner Nachbarn zu leeren oder irgendein Schloss zu knacken, was im schlimmsten Fall übel ausgehen kann. Hier aber reicht es, sich seelenruhig dem Tisch zu nähern, einen Einsatz zu machen und plötzlich – ganz offen und ungeniert – sich einen fremden Gewinn einzustecken. Und bei Protest besteht der Betrüger lautstark darauf, es handele sich um seinen Einsatz. Wenn das Ganze gut eingefädelt ist und selbst die Augenzeugen zögern, schafft es der Dieb oft genug, das Geld einzuheimsen, vorausgesetzt, der Betrag ist nicht wirklich nennenswert. Anderenfalls steht der Einsatz – seitens der Croupiers oder der anderen Spieler – schon von Anfang an unter Beobachtung. Doch ist die Summe nicht allzu hoch, widerstrebt es manch einem Besitzer, hier einen Streit anzuzetteln und in einen Skandal verwickelt zu werden, und so gibt er nach und tritt beiseite. Wird aber ein Dieb beim Stehlen erwischt, so führt man ihn auf der Stelle hinaus und zwar unter den peinlichen Blicken der Öffentlichkeit.

All das betrachtet Großmutter von fern und mit überaus regem Interesse. Es verschafft ihr zum Beispiel Genugtuung, dass die Diebe hinausgeführt werden. *Trente et quarante* reizt sie weit weniger. Am besten gefällt ihr das Roulette, vor allem, weil dort so ein Kügelchen rollt. Endlich äußert sie den Wunsch, das Spiel einmal aus der Nähe zu sehen. Ich weiß nicht wie, aber die Lakaien und einige der flinken servilen Agenten (in der Regel bankrotte Polacken, die ihre Dienste den glücklichen Spielern, insbesondere Ausländern anbieten) finden sofort einen Platz für sie und räumen ihn frei, trotz des Gedränges – einen Platz gleich an der Mitte des Tisches, direkt neben dem Chefcroupier – und schieben ihren Fauteuil dorthin. Eine große Besuchermenge, die nicht spielt, sondern nur beobachtet (hauptsächlich Engländer mit ihren Familien) strömt auf einmal näher zum Tisch, um durch die Reihen der Spieler hindurch Großmutter begaffen zu können. Zahllose Lorgnetten richten sich auf sie. In den Croupiers erwachen Hoffnungen: Ein so ausgefallener Spieler verspricht in der Tat etwas Außergewöhnliches. Ich meine, eine siebzigjährige Frau, die nicht laufen kann, aber unbedingt spielen will – so etwas sieht man nicht alle Tage. Auch ich kämpfe mich durch bis zum Tisch und stehe Großmutter zur Seite. Potapytsch und Marfa sind weit weg, untergetaucht in der Menschenmenge. Auch der General, Polina, des Grieux und Mademoiselle Blanche stehen im Abseits unter den übrigen Zuschauern.

Als Erstes nimmt sich Großmutter alle Spieler unter die Lupe. Sie flüstert mir schroffe und kurze Fragen zu: *Wer ist denn der? Wer ist denn die?* Am meisten gefällt ihr am anderen Tischende ein sehr junger Mann, der um sehr hohe Beträge spielt. Er setzt Tausende und hat bereits, wie überall hier geraunt wird, an die 40 000 Francs gewonnen, die in einem Haufen vor ihm liegen – teils in Gold, teils in Schecks. Er ist bleich, seine Augen leuchten, und die Hände zittern erregt. Er setzt mittlerweile vollkommen planlos, so viel, wie seine Hand nur zu greifen vermag, und doch gewinnt und gewinnt und gewinnt er und streicht und streicht die Gewinne ein. Die Lakaien umschwirren ihn, schieben ihm von hinten einen Sessel zu, räumen um ihn herum den Platz frei, dass ihn kein Außenstehender störe – und alles in Erwartung eines hohen Trinkgelds. Manche Spieler schmeißen nach einem Gewinn mit Geld um sich, ohne zu zählen, aus lauter Freude spendieren sie so viel, wie sie spontan aus der Tasche ziehen. Neben dem jungen Mann hat sich bereits ein kleiner Polacke eingerichtet, er müht sich ab, was das Zeug hält und flüstert ihm andauernd etwas zu, was sehr respektvoll klingt. Wahrscheinlich erklärt er ihm, wie er setzen soll, erteilt ihm unentbehrliche Ratschläge, versucht, das Spiel zu lenken – natürlich in der Hoffnung auf spätere Entlohnung. Doch der Spieler schenkt ihm keine Beachtung, setzt einfach drauf los und gewinnt und gewinnt. Er weiß gar nicht mehr, wo ihm der Kopf steht.

Großmutter schaut einige Minuten zu.

»Los, sag ihm«, ereifert sie sich plötzlich und gibt mir einen Stoß in die Rippen, »los, sag ihm, er soll Schluss machen, das Geld nehmen und verschwinden. Der verliert noch alles, der verliert noch alles!«, ruft sie besorgt und schnappt fast nach Luft. »Wo ist Potapytsch? Rasch, Potapytsch zu ihm! Los, sag's ihm, sag's ihm!«, schüttelt sie mich. »Wo ist Potapytsch, ach, herrje! Potapytsch! *Sortez! Sortez!*«, schreit sie nun selbst dem jungen Mann zu. Ich beuge mich zu ihr und flüstere entschieden, es sei hier nicht gestattet, so laut zu schreien, selbst schon eine Spur zu lautes Sprechen sei ausdrücklich untersagt, denn es stört das Zählen von Geld, man würde uns gleich hinauskomplimentieren.

»Ach, herrje! Der Mensch ist verloren! Na, dann will er es so … Kann es gar nicht mit ansehen, geht mir richtig unter die Haut. So ein Schwachkopf!«, und Großmutter wendet sich schnell zur linken Seite.

Dort, an der anderen Hälfte des Tisches, steht zwischen den anderen Spielern eine junge Dame und neben ihr ein Zwerg. Wer ist dieser Zwerg? – Ich weiß es nicht: Ein Verwandter von ihr? Oder nimmt sie ihn nur so mit, um besonders aufzufallen? Diese Frau habe ich schon früher bemerkt – Tag für Tag erscheint sie am Spieltisch um ein Uhr nachmittags und verlässt ihn wieder um punkt zwei Uhr. Tag für Tag spielt sie exakt eine Stunde lang. Man kennt sie und stellt ihr sogleich einen Sessel hin. Sie entnimmt ihrer Tasche ein paar Goldstücke und ein paar Schecks über 1000 Francs und beginnt, sie zu setzen – still, kühl, berechnend, wobei sie sich auf einem Blatt Papier mit einem Stift Zahlen notiert, um das System herauszufinden, das momentan die Chancen bestimmt. Sie setzt ausschließlich hohe Beträge. Jeden Tag gewinnt sie 1000, 2000, oft auch 3000 Francs, mehr nicht – und sobald sie gewonnen hat, geht sie. Großmutter studiert sie lange.

»Also, die da verliert nicht! Die da verliert nicht! Was ist das für eine? Was meinst du? Wer ist die?«

»Ich schätze, eine Französin«, flüstere ich.

»Tja, den Löwen erkennt man an den Klauen. Die hat es faustdick hinter den Ohren. Und jetzt komm und erklär mir mal, was das alles bedeutet und wie man setzt.«

Ich erkläre Großmutter so gut es geht, wie die vielen Kombinationen heißen, *rouge et noir*, *pair et impair*, *manque et passe* und schließlich diverse Subtilitäten des Zahlensystems. Großmutter hört aufmerksam zu, prägt sich das ein, fragt manchmal nach und versucht, alles genau zu verstehen. Für jedes Platzieren ist auch gleich ein Exempel parat, was das Erlernen wesentlich vereinfacht. Jedenfalls ist Großmutter sehr zufrieden.

»Und was ist *Zéro*? Dieser Croupier, dieser Struppige rief doch gerade *Zéro*! Und warum packt der sich alles ein, was auf dem Tisch liegt? Ein so dicker Haufen, und der schnappt sich alles! Was soll das?«

»*Zéro*, das nutzt nur der Bank. Wenn die Kugel auf *Zéro* fällt, dann gehören alle Einsätze der Bank. Zwar hat man manchmal beim nächsten Coup noch eine Chance, sein Geld zurückzuholen, doch die Bank zahlt keine Gewinne aus.«

»Menschenskind! Und ich krieg gar nichts?«

»Nein, Großmutter, es sei denn, Sie haben zuvor auf *Zéro* gesetzt. Wenn dann *Zéro* fällt, dann bekommen Sie das Fünfunddreißigfache ausgezahlt.«

»Wie, das Fünfunddreißigfache? Und passiert das oft? Und warum setzen die Idioten dann nix?«

»Sechsunddreißig Chancen stehen dagegen, Großmutter.«

»Quatsch! Potapytsch, Potapytsch! Ach was, ich habe auch so genug Geld mit. Da!«, und sie holt aus ihrer Tasche eine prall gefüllte Börse heraus und entnimmt ihr einen Friedrichsdor. »Los, setz auf *Zéro*!«

»Aber Großmutter, *Zéro* ist gerade gefallen«, sage ich, »darum fällt es so bald nicht wieder. Lassen Sie wenigstens etwas Zeit verstreichen, sonst verlieren Sie möglicherweise viel.«

»Ach, Unsinn! Setz!«

»Wie Sie wünschen, aber es kann durchaus sein, dass sie selbst bis zum Abend nicht fällt. Sie könnten an die 1000 Francs verlieren. Das kommt schon mal vor.«

»Ach, Schnickschnack! Nach dem Motto: Wasch mir den Pelz, aber mach mich nicht nass, wie? – Was? Verloren? Dann setz noch mal!«

Wir verlieren einen zweiten Friedrichsdor und setzen einen dritten. Großmutter kann kaum noch ruhig sitzen. Ihre Augen glühen und verbeißen sich regelrecht in die Kugel, die über die Fächer des sich drehenden Rädchens hüpft. Auch das dritte Mal haben wir verloren. Großmutter ist schon ganz außer sich, sie rutscht in ihrem Fauteuil hin und her, sie schlägt sogar mit der Faust auf den Tisch, als der Croupier statt des erhofften *Zéro* doch nur *trente six* ausruft.

»Verflixt und zugenäht!«, ärgert sie sich. »Wann fällt denn diese dämliche *Zéro*, dieser dämliche *Seeräuber*? Verdammt will ich sein, doch ich setz so lange, bis diese dämliche *Zéro* fällt! War bestimmt wieder dieser Struppige, bei dem klappt ja nie was! Los, Alexej Iwanowitsch! Setz zwei Goldstücke auf einmal! Sonst verlieren wir noch so viel, dass sich selbst eine *Zéro* kaum noch lohnt!«

»Aber Großmutter!«

»Setz, sag ich! Sind schließlich nicht deine!«

Also setze ich zwei Friedrichsdor. Die Kugel läuft lange über das Rad, beginnt dann von Fach zu Fach zu hüpfen. Großmutter erstarrt und verkrallt sich in meinen Arm, und plötzlich – zack!

»Zéro«, verkündet der Croupier.

»Da kannst du mal sehen!«, dreht sich Großmutter rasch zu mir um: Sie ist glücklich und zufrieden. »Na, hab ich's dir nicht gesagt? Zwei Goldstücke, als hätte ich's geahnt! Und? Wie viel krieg ich jetzt? Wo bleibt denn mein Geld? Potapytsch, Marfa! Wo stecken die zwei denn? Und all die anderen? Potapytsch, Potapytsch!«

»Großmutter, später«, flüstere ich, »Potapytsch ist vor der Tür, er darf nicht herein. Da, sehen Sie, Großmutter, da ist schon Ihr Geld!« Sie bekommt eine in blaues Papier eingeschlagene schwere Rolle mit 50 Friedrichsdor und darüber hinaus noch 20 unversiegelte Friedrichsdor ausgehändigt. Das alles schiebe ich mit Hilfe eines Rechens Großmutter zu.

»Faites le jeu, messieurs! Faites le jeu, messieurs! Rien ne va plus!«, ruft der Croupier, der zum Setzen auffordert und zum Spiel bereit ist.

»Mein Gott! Zu spät! Die wollen loskurbeln! Setz, setz!«, erregt sich Großmutter. »Dös mir ja nicht ein, los, mach schon!«, gerät sie außer sich und treibt mich kräftig an.

»Auf was soll ich denn setzen, Großmutter?«

»Auf *Zéro*, auf *Zéro*! Noch mal auf *Zéro*! Setz so viel du kannst! Wie viel haben wir insgesamt? 70 Friedrichsdor? Sei's drum! Setz immer 20 Friedrichsdor auf einmal.«

»Um Gottes Willen, Großmutter! Manchmal müssen erst zweihundert Spiele vergehen, ehe sie wieder einmal fällt! Sie verlieren noch Ihr gesamtes Vermögen.«

»Unsinn, alles Unsinn! Setz nur! Red kein dummes Zeug! Ich weiß, was ich tue!«, und sie zittert vor Wut am ganzen Leibe.

»Den Regeln nach, ist es nicht gestattet mehr als zwölf Friedrichsdor auf einmal auf *Zéro* zu setzen, Großmutter, was ich hiermit tue.«

»Wie, nicht gestattet? Was redest du da! Monsieur! Monsieur!«, schüttelt sie den Croupier, der links neben ihr sitzt und gerade die Roulette losdrehen wollte: *»Combien zéro? Douze? Douze?«*

Schnell erkläre ich ihm auf Französisch, was sie wissen will.

»Oui, madame«, bestätigt höflich der Croupier, »genauso wie jeder einzelne Einsatz, gemäß den Hausregeln, nicht höher als 4000 Florine sein darf«, ergänzt er.

»Dann eben nicht! Los, setz zwölf!«

»Le jeu est fait!«, ruft der Croupier. Die Kugel dreht sich und fällt auf die *Dreizehn*. Wir haben verloren!

»Noch einmal! Noch einmal! Noch einmal! Noch einmal! Setz noch einmal!«, schreit Großmutter. Ich protestiere gar nicht mehr, ich zucke die Schultern und setze noch einmal zwölf Friedrichsdor. Das Rad dreht sich lange. Großmutter zittert die ganze

Zeit, während es sich dreht. Sie glaubt doch nicht im Ernst, dass noch einmal *Zéro* fällt? Ich betrachte sie voller Staunen. Auf ihrem Gesicht strahlt die unfehlbare Sicherheit, dass sie gewinnt, die untrügliche Gewissheit, dass gleich, in der nächsten Sekunde *Zéro* ausgerufen wird. Die Kugel landet auf einer Zahl.

»Zéro!«, ruft der Croupier.

»Na, wer sagt's denn!!!«, bricht Großmutter in allerwildesten Jubel aus.

Bin selbst ein Spieler und das merke ich in diesem nämlichen Augenblick. Meine Arme und Beine beginnen zu beben, im Schädel pocht es. Aber natürlich: Einer jener seltenen Treffer, wo auf zehn fortlaufende Coups dreimal hintereinander *Zéro* fällt. Selten? – Gewiss. Unmöglich? – Kaum. Ich war vor drei Tagen doch selbst Zeuge, wie dreimal hintereinander *Zéro* fiel. Dabei bemerkte einer der Spieler, der sich fleißig jeden Coup aufgeschrieben hatte, lautstark, dass während des vorigen Tags *Zéro* nur ein einziges Mal gefallen war.

Großmutter, die am höchsten gewonnen hat, wird mit besonderer Ehrerbietung und Aufmerksamkeit ausgezahlt. Sie muss exakt 420 Friedrichsdor in Empfang nehmen, das heißt also – 4000 Florine und 20 Friedrichsdor. Die 20 Friedrichsdor bekommt sie in Goldstücken, die 4000 in Form von Schecks.

Diesmal fragt Großmutter nicht nach Potapytsch, nein, sie hat Besseres zu tun. Sie hat aufgehört, mich anzustoßen. Rein äußerlich zittert sie auch nicht mehr. Sie zittert von innen, wenn der Ausdruck erlaubt ist. Sie ist hochkonzentriert, auf ein Ziel gerichtet.

»Alexej Iwanowitsch! Der hat gemeint, man kann immer nur 4000 Florine setzen? Da nimm und setz alle 4000 auf *Rot*«, entscheidet Großmutter.

Es hat keinen Sinn, sie davon abzubringen. Und das Rädchen dreht sich.

»Rouge!«, verkündet der Croupier.

Und wieder ein Gewinn von 4000 Florinen, insgesamt also 8000.

»Die vier gibst du her und die anderen vier setzt du wieder auf *Rot*«, kommandiert Großmutter.

Und wieder setze ich 4000.

»Rouge!«, verkündet der Croupier.

»Insgesamt also zwölf! Los, her damit! Das Gold in die Geldbörse, die Schecks steckst du weg. Das reicht! Nach Hause! Los, wegschieben!«

Kapitel 11

Und der Fauteuil wird weggeschoben – zur Tür am anderen Ende des Saals. Großmutter strahlt. Die anderen umringen sie gleich von allen Seiten und überhäufen sie mit Nettigkeiten. Großmutters Benehmen ist ja gewöhnungsbedürftig, doch ihr atemberaubender Erfolg macht schon wieder einiges wett, sodass sich der General seines Verwandtschaftsverhältnisses mit einer derart schrägen Person in der Öffentlichkeit nicht mehr zu schämen braucht. Mit einem nachlässig gönnerhaften Lächeln gratuliert er Großmutter, als lobe er ein Kind. Und doch ist auch er genauso verblüfft wie die übrigen Schaulustigen. Alle tuscheln und zeigen auf sie. Viele wagen sich an sie heran, um sie besser besehen zu können. Mister Astley redet über sie mit zwei seiner englischen Bekannten. Überaus vornehme Damen machen überaus vornehm große Augen und begaffen sie wie das achte Weltwunder. Des Grieux zerfließt in lauter Glückwünschen und schenkt ihr das herzallerliebste Lächeln.

»*Quelle victoire!*«, trällert er.

»*Mais, madame, c'était du feu!*«, fügt Mademoiselle Blanche kokettierend hinzu.

»Tja, da könnt ihr alle mal sehen! 12 000 Florine bar auf die Hand! Ach, von wegen zwölf – und das Gold erst mal! Zusammen mit dem Klimpergeld sind es fast dreizehn! Wie viel macht das in Rubeln? 6000 vielleicht?«

Ich erkläre ihr, es seien mehr als sieben und nach dem heutigen Währungskurs möglicherweise sogar schon acht.

»8000! Ist doch ein hübsches Sümmchen! Nieten, das seid ihr, sitzt einfach nur rum, ohne einen Finger zu rühren! Potapytsch, Marfa, habt ihr das gesehen?«

»Ach, wie haben Sie das bloß gemacht! 8000 Rubel«, ruft Marfa und windet sich.

»Da habt ihr jeder fünf Goldstücke von mir, da fangt!«

Potapytsch und Marfa beeilen sich, ihr die Händchen zu küssen.

»Und die Träger kriegen auch einen Friedrichsdor. Alexej Iwanowitsch, gib ihnen ein Goldstück pro Nase. Und die Lakaien? Was verneigen die sich so? Ach, die beglückwünschen mich? Na gut: Gib denen auch einen Friedrichsdor.«

»Madame la princesse … un pauvre expatrié … malheur continuel … les princes russes sont si généreux …«, scharwenzelt ein schnauzbärtiges Subjekt in einem verschlissenen Rock und einer bunten Weste, das seine Schirmmütze in weiter Bewegung lüftet und dabei unterwürfig grinst.

»Gib dem auch einen Friedrichsdor. Nein, gib ihm zwei. So, das reicht jetzt, sonst werden wir bis morgen früh nicht fertig. Los, hochheben, und ab! Praskowja!«, wendet sie sich an Polina Alexandrowna. »Ich kauf dir morgen ein hübsches Kleid, und für die da auch … für dies Mademoisellchen … wie heißt die noch mal … Blanche oder so … Für die kauf ich auch ein hübsches Kleid. Los, übersetz es ihr, Praskowja!«

»Merci, madame«, Mademoiselle Blanche macht einen wirklich niedlichen Knicks und kräuselt die Lippen zu einem spöttischen Lächeln, das auch des Grieux und dem General gilt. Der General ist ein wenig verlegen und freut sich, als wir endlich die Allee erreichen.

»Fedosja wird ganz schön dumm aus der Wäsche gucken«, erinnert sich Großmutter an das Kindermädchen. »Kriegt auch ein Kleid. Alexej Iwanowitsch, Alexej Iwanowitsch, komm, wirf dem Bettler da was zu!«

Irgendein Zerlumpter mit krummem Rücken tappt vorbei und schaut uns an.

»Das ist vielleicht gar kein Bettler, Großmutter, sondern einfach nur so ein Halunke.«

»Na, mach schon, mach schon, gib ihm einen Gulden!«

Ich nähere mich ihm und gebe ihm das Geld. Er schaut mich sichtlich verdattert an und steckt sich den Gulden schweigend ein. Er hat eine ziemliche Schnapsfahne.

»Und was ist mit dir, Alexej Iwanowitsch, hast du noch nie dein Glück versucht?«

»Nein, Großmutter.«

»Hattest aber ganz schön leuchtende Augen, hab's gleich gesehen.«

»Ich werde es auf jeden Fall ausprobieren, Großmutter, aber später.«

»Und zwar setzt du direkt auf *Zéro*! Wirst schon sehen! Wie viel hast du als Startkapital?«

»Nur 20 Friedrichsdor, Großmutter.«

»Nicht grade viel. Nun wenn du willst, borg ich dir 50 Friedrichsdor. Kannst gleich diese Rolle hier mitnehmen. Und du, Freundchen, brauchst gar nicht zu warten. Einen feuchten Kehricht kriegst du von mir!«, wendet sie sich plötzlich an den General.

Der zuckt zusammen, sagt aber nichts. Des Grieux runzelt die Stirn.

»*Que diable, c'est une terrible vieille!*«, zischt er durch die Zähne zum General.

»Ein Bettler, ein Bettler, schon wieder ein Bettler!«, ruft Großmutter. »Alexej Iwanowitsch, her mit dem Gulden!«

Diesmal treffen wir auf einen ergrauten Alten mit Holzbein. Er trägt einen blauen Rock mit langen Schößen und einen großen Stock in der Hand. Er hat was von einem alten Soldaten. Doch als ich ihm einen Gulden reiche, weicht er empört einen Schritt zurück und wirft mir einen grimmigen Blick zu.

»Was zum Teufel …!«, ruft er aus, und es folgen jede Menge anderer Flüche.

»Na, dann nicht, Trottel!«, schreit Großmutter zurück und winkt ab. »Und weiter geht's! Ich bin ganz schön hungrig! So, jetzt wird gegessen, dann haue ich mich noch kurz aufs Ohr und dann nichts wie hin!«

»Wie? Sie wollen wieder spielen, Großmutter!«, rufe ich.

»Was denkst denn du, du Schlaukopf? Ihr gammelt da vor euch hin, und ich soll dabei zuschauen?«

»Mais, madame«, versucht des Grieux sein Glück, *»les chances peuvent tourner, une seule mauvaise chance et vous perdrez tout … surtout avec votre jeu … c'était terrible!«*

»Vous perdrez absolument«, tschilpt Mademoiselle Blanche.

»Was habt ihr zwei denn damit zu schaffen? Ist ja nicht euer Geld, sondern meins! Wo ist eigentlich dieser Mister Astley?«, fragt sie mich.

»Er ist im Kurhaus geblieben, Großmutter.«

»Schade, also der ist ein guter Mensch.«

Im Hotel angelangt, noch auf der Treppe, trifft Großmutter den Portier, winkt ihn herbei und brüstet sich mit ihrem Gewinn. Dann ruft sie Fedosja, schenkt ihr drei Friedrichsdor und ordnet an, das Essen zu servieren. Während des Essens loben Fedosja und Marfa sie über den grünen Klee.

»Da sehe ich Sie mir an«, schnattert Marfa, »und sag zu Potapytsch: Um Gottes Willen, was hat sie vor! Und der Tisch schwimmt ja in Geld! So viel Geld hab ich mein Leben lang nicht gesehen. Und rings sitzen Herrschaften, feine Herrschaften. Da sag ich: Potapytsch, wo die bloß herkommen, all diese feinen Herrschaften? Und denk: Jesus und Maria, steht ihr bei. Da bet ich für Sie, und es stockt mir das Herz, es stockt mir das Herz, und ich bange, bange. Ach, Gottchen, hilf ihr, sag ich mir. Und sehen Sie, es hat geholfen. Und sehen Sie, ich bange und bange ja immer noch.«

»Alexej Iwanowitsch, nach dem Essen, gegen vier, halt dich bereit, wir werden hinfahren. Bis dahin mach's gut. Ach, und vergiss nicht, mir so einen Schlingel von Arzt herzubestellen. Außerdem muss ich Wasser trinken, sonst vergess ich das noch.«

Wie benebelt gehe ich hinaus und versuche, mir vorzustellen, was wohl mit all diesen Leuten geschieht und was für eine Wendung die Dinge noch nehmen. Es war deutlich zu sehen, dass keiner von ihnen (und allen voran der General) wieder zu sich gekommen ist, selbst nachdem sich der erste Schock gelegt hatte. Die Tatsache, dass, statt der nahezu stündlich erwarteten Todesnachricht (und somit auch der Nachricht vom großen Geldregen), *baboulinka* selbst plötzlich hier aufkreuzt, lässt das gesamte Koordinatensystem dermaßen durcheinanderwirbeln, dass Großmutters Heldentaten am Roulettetisch nunmehr in äußerster Verwirrung und aus einer gewissen Schockstarre heraus wahrgenommen werden. Dabei ist diese zweite Tatsache möglicherweise weitaus bedeutsamer als die erste, denn obwohl Großmutter schon zweimal beteuert hat, sie werde dem General keinen Heller geben, wäre es sicherlich zu früh gewesen, die Flinte sogleich ins Korn zu werfen. Verlor etwa des Grieux die Hoffnung, der mit dem General unter einer Decke steckt? Und ich behaupte, auch Mademoiselle Blanche, die ja ebenfalls mit von der Partie ist (immerhin blühen ihr Titel und Wohlstand!), hätte bis zum Schluss nicht aufgegeben und ihre gesamte Verführungskunst eingesetzt – im Gegensatz zur sturen und stolzen Polina, die wenig von Streicheleinheiten hält. Aber jetzt, nach so viel Erfolg am Spieltisch, jetzt wo Großmutters Prachtcharakter wie in Stein gemeißelt vor ihnen steht (eine störrische alte

Schachtel, herrschsüchtig, *tombée en enfance*), jetzt ist vermutlich alles hin. Ist sie nicht froh wie ein Kind darüber, dass sie *endlich mal darf*, was am Ende nur so viel heißen kann, wie: Sie wird sich dumm und dämlich verlieren. Mein Gott, sage ich mir (und zwar – *mea culpa* – voll Schadenfreude), ist es nicht so, dass jeder Friedrichsdor, den Großmutter setzt, auf den General wie ein Stich ins Herz wirken muss, des Grieux auf die Palme bringt und Mademoiselle de Cominges nach Luft schnappen lässt, denn sie darf nur schnuppern, aber nicht kosten? Und noch ein pikantes Detail: Selbst nach dem phänomenalen Gewinn, mitten in ihrem Freudentaumel, als Großmutter das Geld nur so verteilte und jeden, der ihr über den Weg lief für einen Bettler hielt, ja, selbst in dieser Situation konnte sie es sich nicht verkneifen, dem General unter die Nase zu reiben: *Alle können was haben, nur du nicht!* Was wiederum heißt: Sie hat es sich jetzt in ihren dicken Schädel gesetzt, hat sich darauf versteift. Eine brenzlige Angelegenheit!

Dies und noch mehr bedenke ich unterwegs nach oben auf der großen Treppe zu meinem kleinen Kämmerlein. Und ich muss sagen: Es beschäftigt mich sehr. Natürlich hätte ich auch früher schon – zumindest in groben Zügen – herausfinden können, auf welche Weise alle Akteure miteinander verflochten sind, und doch waren mir bis zuletzt die heimlichen Beweggründe dieses Spiels nicht bekannt. Polina ist nie ganz offen zu mir. Und wenn sie mir zuweilen etwas anvertraut – gewissermaßen unabsichtlich – dann kehrt sie oft – oder eigentlich fast immer – alles sofort wieder ins Lächerliche oder bringt es bewusst durcheinander, sodass am Ende nichts mehr stimmt. Und vieles spricht sie erst gar nicht aus! Auf jeden Fall fühle ich deutlich: Es naht das Finale für diese ganze verrätselte, zum Zerreißen gespannte Situation. Noch ein einziger Schlag, und es ist vorbei, und alle Karten sind aufgedeckt. Und obwohl auch ich Interessen habe, ist mir mein eigenes Schicksal ziemlich egal. Ein seltsames Gefühl: 25 Friedrichsdor in der Tasche, ich bin in einem fremden Land, ohne Stellung, mittellos, ich habe keine Hoffnung und keinen Plan – und doch stört es mich nicht im Geringsten! Wäre ich nicht mit Polina beschäftigt, hätte ich mich mit Haut und Haar dem kommenden Ausgang der Komödie gewidmet und mich dabei totgelacht! Doch Polina nimmt mir den Wind aus den Segeln. Es ist ihr Schicksal, das gerade entschieden wird, das fühle ich deutlich, doch ich muss gestehen, nicht ihr Schicksal bekümmert mich. Ich möchte in ihr Geheimstes dringen, ich möchte, dass sie zu mir kommt und sagt: *Aber ich liebe dich* … Und kann das nicht sein, dann … Nun, was soll ich mir dann noch wünschen? Ach, als wüsste ich, was ich will! Bin doch selbst verwirrt und möchte nichts anderes, als in ihrer Nähe bleiben, in ihrem Strahlenkranz, in ihrem Nimbus – auf ewig, für immer, mein Leben lang. Und darüber hinaus weiß ich nichts! Und wie könnte ich sie jemals verlassen?

Im zweiten Stock auf dem Flur spüre ich etwas wie einen Stoß. Ich drehe mich um und sehe etwa zwanzig Schritte von mir entfernt die aus der Tür hinaustretende Polina. Als hätte sie nur auf mich gelauert, winkt sie mich zu sich.

»Polina Alexandrowna …«

»Pst!«, warnt sie mich.

»Stellen Sie sich vor«, flüstere ich, »es war, als hätte mich jemand in die Seite gestoßen! Ich drehe mich um und sehe Sie! Als würden Sie elektrischen Strom aussenden!«

»Nehmen Sie diesen Brief«, insistiert Polina mit düsterem Ausdruck, wobei sie meine Worte wohl überhört, »und geben Sie ihn Mister Astley persönlich. Jetzt gleich. Und bitte, beeilen Sie sich. Eine Antwort ist nicht nötig. Er wird selbst …«

Sie spricht nicht zu Ende.

»Mister Astley?«, frage ich verwundert nach.

Doch Polina verschwindet bereits in der Tür.

»Aha! Eine Korrespondenz!«, natürlich renne ich auf der

Stelle los, um Mister Astley zu suchen: Zunächst in sein Hotel, wo er nicht ist, dann zum Kurhaus, wo ich Saal für Saal ablaufe, und schließlich verärgert, wenn nicht gar verzweifelt, kehre ich zum Hotel zurück und begegne ihm rein zufällig bei einem Ausritt englischer Damen und Herren – er sitzt zu Pferd. Ich winke ihn zu mir, halte ihn an und überreiche ihm den Brief. Wir haben noch nicht einmal Zeit genug, um uns dabei in die Augen zu sehen. Doch ich hege den starken Verdacht, er spornt sein Tier bewusst an.

Plagt mich jetzt etwa die Eifersucht? Jedenfalls bin ich in übelster Laune. Es spielt für mich auch gar keine Rolle, worüber sie sich gegenseitig Briefchen schreiben. Hauptsache – er ist ihr Vertrauter! Ich weiß, ich weiß, er ist nur ein Freund (seit wann eigentlich?), aber ist hier auch Liebe im Spiel? – Selbstverständlich, antwortet mein Verstand. Doch mit Verstand allein ist in solchen Fällen meistens nicht viel anzufangen. Aber auch das bleibt zu klären. Die Sache wird unnötig verkompliziert.

Kaum bin ich zurück im Hotel, da berichten der Hausdiener und der Portier, der extra aus seinem Zimmer herauskommt, ich werde gesucht, man verlange nach mir, man habe schon dreimal nachgefragt, wo ich denn sei. Auf jeden Fall werde ich jetzt dringend erwartet – in der Suite des Generals. Ich bin in der denkbar schlechtesten Verfassung, als ich im Generalskabinett, außer dem General selbst, noch des Grieux und Mademoiselle Blanche antreffe (sie ist allein, ohne die Frau Mutter). Die Frau Mutter ist also eindeutig eine Strohfrau, die nur zum Ausgehen verwendet wird, aber sobald es sich um konkrete Geschäfte handelt, arbeitet Mademoiselle Blanche lieber auf eigene Faust. Ich glaube nicht einmal, dass die Frau Mutter überhaupt Einsicht in die Angelegenheiten ihres lieben Töchterleins hat.

Zu dritt führen sie heiße Debatten, selbst die Tür zum Kabinett ist abgesperrt, was so noch nie vorgekommen ist. Als ich näherkomme, vernehme ich laute Stimmen – des Grieux' frechen

Spott, Mademoiselle Blanches hysterisch schrilles Kreischen und die kläglichen Rechtfertigungsversuche des Generals. Bei meinem Erscheinen reißen sie sich zusammen und nehmen eine etwas würdigere Haltung an. Des Grieux streicht sich über das Haar und verwandelt sein gereiztes Gesicht flugs in ein lächelndes – setzt also genau jenes widerliche, amtlich beglaubigte französische Grinsen auf, das ich so sehr hasse. Der malträtierte und ratlose General gibt sich selbst einen Ruck, aber irgendwie rein reflexartig. Allein Mademoiselle Blanche hat es nicht nötig, sich zu verstellen: Sie behält ihre zornentbrannte Miene, verstummt nur und richtet auf mich ihren ungeduldigen, ihren wartenden Blick. Hier muss ich anmerken, dass sie sich bislang überhaupt nichts aus mir gemacht hat, nicht einmal meine Grüße hat sie erwidert – ich war für sie einfach nur Luft.

»Alexej Iwanowitsch«, beginnt der General mit sanftem Tadel, »gestatten Sie mir, einmal festzustellen, dass es seltsam, über die Maßen seltsam ist … Kurzum, Ihr Verhalten mir und meiner Familie gegenüber … Kurzum, über die Maßen seltsam …«

»Eh! Ce n'est pas ça«, unterbricht des Grieux erbost und verächtlich. (Klarer Fall: Er hat hier das Sagen!) *»Mon cher monsieur, notre cher général se trompe*, indem er einen solchen Ton anschlägt (ich gebe hier den Rest seiner Rede auf Russisch wieder), er wollte Ihnen sagen … Beziehungsweise: Er wollte Sie warnen … Oder, um es noch besser zu sagen: Er wollte Sie bitten, ausdrücklich bitten, Sie mögen ihn verschonen, ja, verschonen! Ich benutze bewusst dieses Wort …«

»Doch inwiefern, inwiefern?«, versetze ich.

»Ach, ich bitte Sie: Sie nehmen es auf sich … ihr Instrukteur zu sein (oder wie lässt sich das besser formulieren?), ich spreche von dieser Alten, *cette pauvre terrible vieille*«, er verhaspelt sich. »Aber sie wird doch alles verspielen, einfach alles, bis auf den letzten Heller! Sie sehen doch selbst (Sie waren Zeuge), wie sie spielt! Wenn sie erst einmal zu verlieren beginnt, dann wird sie sich gar nicht mehr vom Tisch losreißen können – aus schierem Trotz, aus Ärger wird sie spielen und spielen, und in solchen Fällen hört die Pechsträhne bekannterweise ja nie auf und dann … und dann …«

»Und dann«, greift der General den Ball auf, »ruinieren Sie die gesamte Familie! Ich und meine Familie sind die einzigen Erben, sie hat darüber hinaus keine anderen Verwandten. Ich sage es Ihnen ganz ehrlich: Um mich steht es schlecht, sehr schlecht. Aber das wissen Sie vermutlich auch selbst … Und verspielt sie eine nennenswerte Summe oder, Gott verhüte, das gesamte Vermögen, was wird dann aus meinen armen Kleinen! (Der General blickt hinüber zu des Grieux). Was wird aus mir! (Nun blickt er hinüber zu Mademoiselle Blanche, die sich angeekelt von ihm abwendet.) Alexej Iwanowitsch, Sie müssen uns retten, retten Sie uns!«

»Aber General, was kann ich tun … Wer hört hier auf mich?«

»Sagen Sie *Nein*, verweigern Sie ihr jeden Beistand!«

»Aber dann findet sich doch gleich ein Ersatz!«, rufe ich.

»Ce n'est pas ça, ce n'est pas ça«, unterbricht schon wieder des Grieux, *»que diable!* Nein, verweigern Sie ihr nicht den Beistand, aber reden Sie ihr ins Gewissen, lassen Sie sie zur Vernunft kommen, lenken Sie sie ab … Tun Sie einfach irgendetwas, dass sie keine Chance hat, zu viel zu verlieren.«

»Aber wie soll ich das anstellen? Könnten Sie das nicht selbst übernehmen, Monsieur des Grieux«, spiele ich den Naiven.

Da bemerke ich den kurzen feurigen fragenden Blick von Mademoiselle Blanche, den sie des Grieux zuwirft. Und auf einmal zeigt sich auf des Grieux' Gesicht etwas Eigentümliches, ein Anflug von Ehrlichkeit, den er nicht mehr abschütteln kann.

»Aber das ist es ja genau, von mir wird sie es auf keinen Fall akzeptieren!«, ruft des Grieux und schlägt die Hände zusammen. »Wenn ich nur! … Später …«

Des Grieux wechselt schnelle vielsagende Blicke mit Mademoiselle Blanche.

»O mon cher Monsieur Alexis, soyez si bon«, tut Mademoiselle Blanche *höchstpersönlich* einen Schritt auf mich zu, drapiert mit einem bezaubernden Lächeln, und ergreift ganz fest meine beiden Hände. Verflixt, dieses Teufelsgesicht! Es wandelt sich innerhalb von Sekunden! In einem Moment ist es plötzlich flehend und herzig und kindlich lächelnd, ja, sogar ein klein wenig schelmisch. Am Ende der Phrase zwinkert sie mir zu – ein ganz klein wenig kokett und ohne dass die anderen es sehen. Will sie mich mit einem Schlag zu Boden schleudern? Es hätte auch um ein Haar gewirkt, wäre es nicht ganz so plump gewesen …

Und ihr nach kommt der General angehüpft, angehüpft im buchstäblichen Sinne:

»Alexej Iwanowitsch, verzeihen Sie mir den Fehlstart, ich wollte etwas ganz anderes sagen … Ich bitte Sie, ich flehe Sie an, ich werfe mich nieder zu Ihren Füßen, auf die gute alte russische Art: Sie allein, Sie allein können uns retten! Ich und Mademoiselle de Cominges flehen Sie an – Sie verstehen doch, was ich meine?«, winselt er und zwinkert mit den Augen in Richtung von Mademoiselle Blanche. Er gibt eine jämmerliche Gestalt ab.

Im selben Augenblick ertönen drei leise und ehrfürchtige Schläge an der Tür. Es wird aufgemacht: Geklopft hat ein Hoteldiener, einige Schritte hinter ihm steht Potapytsch. Eine Gesandtschaft von Großmutter. Es gilt, mich zu finden und auf der Stelle zu ihr zu bringen. Und Gnädige sei schon ganz außer sich, wie mir Potapytsch mitteilt.

»Aber ist es nicht erst halb vier?«

»Gnädige konnten nicht einmal einschlafen, haben sich immerzu hin und her gewälzt. Dann sind Gnädige plötzlich aufgestanden, verlangten nach ihrem Fauteuil und nach Ihnen. Gnädige warten jetzt draußen am Hoteleingang, wenn's beliebt …«

»Quelle mégère!«, flucht des Grieux.

Tatsächlich finde ich Großmutter draußen am Hoteleingang vor, ihr Geduldsfaden reißt allmählich. Bis vier Uhr hat sie es nicht ausgehalten.

»Na los, hoch mit mir!«, schreit sie. Also nichts wie zurück zum Roulette.

Kapitel 12

Großmutter scharrt schon mit den Hufen. Das Roulette hat sich ihr tief ins Hirn eingebrannt. Alles andere interessiert sie jetzt herzlich wenig, überhaupt ist sie hochgradig zerstreut. So stellt sie unterwegs keine Fragen mehr, ganz im Gegensatz zum letzten Mal. Als sie eine Prachtkutsche vorbeirauschen sieht, hebt sie gerade mal die Hand und fragt: *Was ist? Wer?* … ohne auf die Antwort achtzugeben. Ihr nachdenklicher Zustand ist andauernd von hektischen hastigen Körperbewegungen und allen möglichen Anwandlungen durchsetzt. Und als ich ihr, kurz bevor wir am Kurhaus ankommen, von ferne den Baron und die Baronin von Wurmerhelm zeige, schaut sie unkonzentriert hin, lässt wie beiläufig ein *Ah!* fallen und dreht sich rasch zu Potapytsch und Marfa, die ihr hinterherwackeln, um:

»Und ihr? Was klebt ihr an mir wie die Kletten? Soll euch wohl ewig mitschleppen, wie? Husch nach Hause! Einer reicht mir«, fügt sie hinzu, sobald sich die beiden gehetzt verbeugen und zurück zum Hotel humpeln.

Im Kurhaus wird Großmutter bereits erwartet. Ihr alter Platz neben dem Croupier wird gleich freigeräumt. Ich habe das Gefühl, diese Croupiers – die sich immer so förmlich geben, als seien sie ganz gewöhnliche Beamte, denen es vollkommen gleichgültig ist, ob die Bank gewinnt oder verliert – sind überhaupt nicht gleichgültig, was den *Verlust* der Bank anbetrifft, und mit den nötigen Instruktionen ausgestattet, um die Spieler heranzulocken und die Interessen der Institution nach bestem Gewissen zu vertreten, wofür sie ohne Frage auch Prämien und Boni bekommen. Wie dem auch sei, sie sehen Großmutter bereits als leichte Beute an. Und schließlich geschieht haargenau das, was wir alle befürchtet haben.

Folgendes passiert:

Großmutter stürzt sich geradezu auf *Zéro* und lässt nacheinander jedes Mal zwölf Friedrichsdor setzen. Einmal, zweimal, dreimal, viermal – aber *Zéro* will und will nicht fallen. *Los, setzen! Und los!*, treibt sie mich unwirsch an. Ich gehorche.

»Wie oft haben wir jetzt verloren?«, fragt sie mich endlich, vor Ungeduld mit den Zähnen knirschend.

»Schon zwölf Mal, Großmutter. Insgesamt 144 Friedrichsdor. Ich sage Ihnen doch: Bis zum Abend wird es gewiss nicht …«

»Mund halten!«, fährt mich Großmutter an. »Setz auf *Zéro* und noch 1000 Gulden auf *Rot*. Hier, nimm den Scheck.«

Rot gewinnt, aber *Zéro* ist wieder geplatzt. Wir bekommen 1000 Gulden zurück.

»Kannst mal sehen!«, zischt Großmutter. »Fast alles, was wir verloren haben, holen wir uns jetzt zurück. Los, setz auf *Zéro*. Wir machen es noch zehnmal, und dann ist gut.«

Doch nach dem fünften Mal ist Großmutter ganz niedergeschlagen.

»Vergiss diese *Zéro*, diesen Seeräuber. Zum Teufel mit ihm. Hier, setz alle 4000 Gulden auf *Rot*«, weist sie mich an.

»Großmutter! Das ist zu viel! Und was, wenn *Schwarz* fällt?« Aber Großmutter erschlägt mich fast. (Überhaupt stößt sie mich dauernd so kräftig an, dass es sich beinahe wie Prügel anfühlt.) Was bleibt mir anderes zu tun, als die gesamte Summe, die wir kürzlich gewonnen haben, auf *Rot* zu setzen? Das Rädchen dreht sich. Großmutter sitzt ruhig und in stolzer Körperhaltung, sie ist sich absolut siegesgewiss.

»*Zéro*«, verkündet der Croupier.

Zuerst begreift Großmutter nicht, was geschehen ist, als sie dann aber sieht, wie der Croupier ihre 4000 Gulden einfach einstreicht, zusammen mit allem, was auf dem Tisch liegt, und erlebt, dass *Zéro*, die so lange nicht fiel, worauf wir fast 200 Friedrichsdor verspielt haben, just in dem Augenblick fällt, als sie darüber schimpft und es aufgibt, ächzt sie und schlägt die Hände zusammen, so laut – dass es der ganze Saal hört. Einige fangen sogar an zu lachen.

»Ach, herrje! Da ist der verflixte Seeteufel!«, kreischt Großmutter. »Dieses elende Mistvieh! Alles nur deine Schuld! Nur deine Schuld!«, fällt sie wütend über mich her. »Du hast mich davon abgebracht!«

»Großmutter, was ich gesagt habe, war vernünftig! Wie kann ich für Treffer garantieren?«

»Treffer? Ich zeig dir Treffer!«, zischt sie grimmig. »Scher dich fort!

»Leben Sie wohl, Großmutter«, schicke ich mich an zu gehen.

»Alexej Iwanowitsch, Alexej Iwanowitsch. Halt! Hier geblieben! Wohin des Wegs? Na, was denn, was ist? Was regst du dich auf? Dummchen! Und jetzt setz dich, setz dich! Bin selbst eine alte dumme Kuh! Los, sag mir, was soll ich jetzt tun?«

»Ich will Ihnen nichts mehr raten, Großmutter, sonst werden Sie sagen, es sei meine Schuld. Spielen Sie selbst, befehlen Sie, und ich werde Ihre Einsätze platzieren.«

»Na los, los! Setz noch 4000 Gulden auf *Rot*! Hier, nimm meine Brieftasche!« Sie holt ihre Brieftasche und reicht sie mir. »Nun mach schon! Hier sind 20 000 Rubel in bar.«

»Aber Großmutter«, hauche ich, »solche Summen …«

»Verdammt will ich sein, wenn ich's mir nicht zurückhole!« Wir setzen wieder und verlieren wieder.

»Setz, setz, alle acht! Los!«

»Großmutter, das geht nicht, vier ist die Obergrenze!«

»Dann setz vier!«

Diesmal gewinnen wir. Großmutter fasst schon wieder Mut.

»Siehst du! Weiter setzen! Noch einmal vier!«, stößt sie mich an.

Wir setzen und verlieren und verlieren und verlieren.

»Großmutter, die ganzen 12 000 sind weg«, gebe ich Bericht.

»Ich seh, dass die weg sind«, sagt Großmutter, wenn sich das so sagen lässt, in ihrer Wut ruhend. »Ich seh's ja selbst, ich seh es«, murmelt sie, blickt wie in Trance vor sich hin und scheint über etwas nachzudenken. »Nein, verdammt will ich sein! Setz noch mal 4000 Gulden!«

»Wir haben doch gar kein Geld mehr, Großmutter. Hier in der Brieftasche sind nur Schuldscheine zu fünf Prozent und irgendwelche Belege. Kein Geld.«

»Und in der Börse?«

»Nur noch Kleingeld, Großmutter.«

»Es gibt hier doch diese Wechselstuben! Man hat mir erzählt, unsere Papiere kann man hier zu Bargeld machen«, sagt Großmutter entschlossen.

»Jede Menge, aber der Wechselkurs! … Das hält ja selbst ein Jude nicht aus!«

»Blödsinn! Ich hol mir alles zurück! Los, bring mich dorthin! Wo bleiben nur diese Witzfiguren!«

Ich rolle den Fauteuil beiseite, die Träger kommen, und wir verlassen das Kurhaus.

»Rasch, zack, zack!«, kommandiert Großmutter. »Los, Alexej Iwanowitsch, du zeigst den Weg! Nimm den kürzeren … Wie weit ist es noch?«

»Ein paar Schritte, Großmutter.«

Auf dem Weg vom viereckigen Platz zur Allee kommen sie alle auf uns zu: Der General, des Grieux und Mademoiselle

Blanche mit Frau Mama. Polina Alexandrowna ist nicht unter ihnen, genauso wenig wie Mister Astley.

»Nix da, nix da! Und weiterfahren!«, schreit Großmutter. »Was wollt ihr denn schon wieder! Keine Zeit, keine Zeit!«

Ich gehe hinten, und des Grieux eilt sofort herbei.

»Alles, was sie gewonnen hat, ist wieder weg. Dazu noch 12 000 Gulden aus eigener Tasche. Wir fahren die Schuldscheine einlösen«, flüstere ich auf die Schnelle.

Des Grieux stampft mit dem Fuß und läuft zum General, um es ihm zu sagen. Wir sind weiter damit beschäftigt, Großmutter vorwärts zu bewegen.

»Sie müssen sie aufhalten! Sie müssen sie aufhalten!«, zischelt der General, dem der Atem stockt.

»Wie wäre es, wenn Sie es einmal versuchen?«, flüstere ich ihm zu.

»Tantchen!«, nähert sich ihr der General. »Tantchen … Wir wollten … Wir wollten gerade …« Seine Stimme zittert und wird ganz schwach. »Wir wollten uns gerade eine Kutsche mieten … Und ins Grüne fahren … Ein herrlicher Anblick … Ein Aussichtspunkt … Möchten Sie nicht mitkommen? Wir würden uns freuen!«

»Du schon wieder mit deinem Aussichtspunkt!«, stößt ihn Großmutter schroff von sich.

»Es ist auf dem Lande … Wir werden zusammen Tee trinken …«, faselt der General, nunmehr vollends verzweifelt.

»Nous boirons du lait, sur l'herbe fraîche«, ergänzt des Grieux, kochend vor Wut.

Du lait, de l'herbe fraîche – ist ja bekanntermaßen das Ideal, die perfekte Idylle des Pariser Bourgeois – sein ganzer Blick auf *la nature et la vérité*!

»Du und deine dämliche Milch! Schlürf die doch selbst, davon krieg ich nur Magenkrämpfe. Was wollt ihr überhaupt?!«, schreit sie. »Keine Zeit, sag ich! Husch, husch!«

»Wir sind da, Großmutter!«, rufe ich. »Hier ist es!«

Wir nähern uns dem Gebäude mit einem Bankkontor. Ich gehe wechseln, Großmutter wartet draußen am Eingang. Des Grieux, der General und Blanche stehen unschlüssig abseits. Großmutter wirft ihnen einen zornigen Blick zu, und sie entfernen sich auf dem Pfad Richtung Kurhaus.

Der Kurs, der mir vorgeschlagen wird, ist dermaßen haarsträubend, dass ich es nicht übers Herz bringe, ihn zu akzeptieren, und zu Großmutter gehe, um weitere Anweisungen zu erhalten.

»Diese Halsabschneider!«, schreit sie und schlägt die Hände zusammen. »Na, was soll's! Akzeptier!«, kreischt sie entschlossen. »Oder halt! Hol mir den Bankier!«

»Sie meinen wohl einen Angestellten, Großmutter?«

»Na, dann von mir aus einen Angestellten, ist doch Jacke wie Hose, diese Halsabschneider!«

Der Bankangestellte kommt gern heraus, als er erfährt, dass eine alte gelähmte Gräfin, die nicht mehr laufen kann, nach ihm verlangt. Großmutter beschimpft ihn wüst, laut und ausgiebig für die Spitzbübereien und feilscht mit ihm in einem Mischmasch aus Deutsch, Französisch und Russisch, wobei ich als Dolmetscher aushelfe. Der ernste Angestellte schaut uns beide an und schüttelt schweigend den Kopf. Er betrachtet Großmutter schon fast zu eifrig, das ist nicht mehr anständig. Endlich lächelt er.

»Na, dann fahr doch zur Hölle!«, schreit Großmutter. »Stopf dir mein Geld sonstwo hin! Los, Alexej Iwanowitsch, gib ihm die Papiere! Keine Zeit, sonst würden wir zu einem anderen fahren …«

»Aber der Angestellte sagt, ein anderer hätte noch weniger gezahlt.«

Ich kann mich an den Kurs nicht mehr genau erinnern, aber er ist wirklich haarsträubend. Ich bekomme an die 12 000 Florine in Gold und Schecks ausgezahlt, nehme die Quittung und bringe das alles Großmutter.

»Ist ja gut! Was soll ich groß nachzählen!«, fuchtelt sie mit den Armen. »Los, mach, mach, mach! Nie wieder setz ich auf diese verflixte *Zéro*. Und auf *Rot* auch nicht!«, sagt sie, als wir uns dem Kurhaus nähern.

Ich gebe mir alle Mühe, sie zu überreden, ein möglichst kleines Süppchen zu kochen, denn später, wenn sich der Wind gedreht hat, kann sie immer noch hohe Einsätze machen. Doch obwohl sie mir im Grunde zustimmt, ist sie dermaßen ungestüm, dass sie beim Spiel selbst nicht mehr zu halten ist. Kaum gewinnt sie mit Einsätzen von zehn oder 20 Friedrichsdor, stößt sie mich an: »Kannst du mal sehen! Gewonnen! Und hätten wir statt zehn 4000 gesetzt, hätten wir jetzt 4000 gewonnen! Jetzt schau dir diese lausigen Summen an! Alles deine Schuld, alles deine Schuld!«

Und wie sehr mich ihr Spiel auch wurmt, entschließe ich mich doch, den Mund zu halten und keine Empfehlungen mehr zu machen.

Plötzlich springt des Grieux herbei. Ich stelle fest: Alle drei sind sie hier – Mademoiselle Blanche steht mit Frau Mama etwas abseits und kokettiert mit dem kleinen Fürsten. Der General ist in tiefer Ungnade, ja, beinahe schon auf dem Abstellgleis. Blanche schenkt ihm keinerlei Beachtung und das, obwohl er sich nach Kräften um sie bemüht. Der arme General! Er wird blass, er wird rot, er bebt und verfolgt das Spiel von Großmutter überhaupt nicht mehr. Blanche und der kleine Fürst gehen hinaus, und der General trippelt ihnen hinterher.

»Madame, madame«, haucht des Grieux mit süßer Stimme direkt in Großmutters Ohr. *»Madame*, so platzieren nischt mögliche …«, verstümmelt er unsere russische Sprache, »aben Sie geört?«

»Wie denn? Na komm schon, wenn du so schlau bist!«, richtet

sich Großmutter an ihn. Da sprudelt des Grieux plötzlich los – auf Französisch – und beginnt, Empfehlungen auszusprechen. Er redet sich den Mund fusselig, sagt, man muss die Glückssträhne abwarten, hantiert mit irgendwelchen obskuren Zahlen … Für Großmutter sind das böhmische Dörfer. Und so wendet er sich andauernd an mich, damit ich es ihr übersetze. Er zeigt mit dem Finger auf den Tisch, zückt endlich einen Bleistift und fängt an, lauter Formeln zusammenzukritzeln. Großmutter reicht es irgendwann.

»Und jetzt mach, dass du fortkommst! So ein Schwachsinn! *Madame, madame*! Als wüsst er es besser! Husch, husch!«

»Mais madame«, zwitschert des Grieux und schon klopft er wieder mit dem Finger auf den Tisch und zeigt ihr etwas und lässt sich gehen.

»Na, dann setz doch mal so, wie der es sagt«, weist mich Großmutter an, »wollen wir mal sehen: Vielleicht steckt ja doch noch was in seinem Schädel!«

Aber des Grieux will nur eines: sie vor zu hohen Einsätzen bewahren. Er rät, verstärkt auf Zahlen zu setzen, auf einzelne oder kombiniert. Ich setze nach seinen Anweisungen je einen Friedrichsdor auf eine ungerade Reihe der ersten zwölf Zahlen und je fünf Friedrichsdor auf die Zahlengruppen von 12 bis 18 und von 18 bis 24 Insgesamt sind es 16 Friedrichsdor.

Das Rädchen dreht sich. *»Zéro«*, ruft der Croupier. Schwuppdiwupp, schon haben wir alles verloren.

»Na schaut euch mal den Schwachkopf an!«, schreit Großmutter, an des Grieux gewandt. »Diesen scheußlichen kleinen Franzmann! Ja, wenn der was empfiehlt! Los, weg mit dir! Hat keine Ahnung, aber davon genug!«

Des Grieux ist zutiefst beleidigt. Er zuckt die Schultern, wirft Großmutter einen verächtlichen Blick zu und tritt beiseite. Er bereut es bereits, sich eingemischt zu haben – ihn hat die Leidenschaft übermannt.

Wie wir uns auch schlagen, eine Stunde später verlieren wir auch noch den letzten Rest.

»Los, nach Hause!«, schreit Großmutter.

Unterwegs bis zur Allee spricht sie kein Wort. In der Allee, schon fast am Hotel, bricht sie aus in vereinzelte Ausrufe:

»Verdammte alte Schachtel! Du dumme Kuh! Was bist du doch für ein alter Schwachkopf!«

Kaum sind wir in der Suite, ruft sie: »Tee! Und alles zusammenpacken! Wir fahren!«

»Wohin belieben Sie denn zu fahren?«, will Marfa noch wissen.

»Was geht's dich an! Schuster bleib bei deinen Leisten! Potapytsch, los, pack das Zeug zusammen! Wir fahren! Wir fahren zurück nach Moskau! Hab 15 000 Rubel in den Wind gejagt!«

»15 000 Rubel, du meine Güte!«, ruft Potapytsch und schlägt innig die Hände zusammen. Er will wohl den übereifrigen Diener spielen.

»Ist ja gut, alter Narr! Schon flennt er los! Mund halten! Und packen! Und die Rechnung! Na, wird's bald!«

»Der nächste Zug fährt erst um halb zehn, Großmutter«, teile ich mit, um ihren Drang ein wenig zu drosseln.

»Wie spät ist es jetzt?«

»Halb acht.«

»So ein Pech! Aber was soll's! Alexej Iwanowitsch, ich habe keinen blanken Heller mehr. Hier hast du noch zwei Schecks, lauf mal rüber und löse die ein. Sonst bleibt mir noch nicht einmal was für die Fahrt.«

Ich tu, was sie verlangt. Eine halbe Stunde später komme ich ins Hotel zurück und treffe sie alle bei Großmutter an. Die Nachricht, dass Großmutter nach Moskau zurückkehrt, erstaunt sie weit mehr als ihr Verlust. Gut, ihre Abreise rettet ihr Vermögen, doch was wird jetzt aus dem General? Wer zahlt des Grieux aus? Mademoiselle Blanche wird doch nicht warten bis

Großmutter tot ist, sondern sich vermutlich aus dem Staub machen – mit dem kleinen Fürsten oder sonst einem. Da stehen sie vor ihr, trösten sie, reden auf sie ein. Polina ist auch diesmal nicht dabei. Großmutter schreit alle heftig an.

»Was wollt ihr überhaupt von mir, ihr Lumpen! Was geht's euch an! Was rückt mir dieser Ziegenbart da auf die Pelle?«, schreit sie des Grieux an. »Und du, Zwergmeise, was willst du denn schon wieder?«, wendet sie sich an Mademoiselle Blanche. »Willst mir schon wieder was vortschilpen?«

»Diantre!«, zischt Mademoiselle Blanche, und ihre Augen schleudern zornige Blitze. Doch dann bricht sie in kehliges Lachen aus und geht.

»Elle vivra cent ans!«, ruft sie zum General beim Verlassen des Zimmers.

»Ach so! Du erwartest wohl meinen Tod!«, kreischt Großmutter in Richtung des Generals. »Scher dich zum Teufel! Los, Alexej Iwanowitsch! Jag die allesamt zum Teufel! Was geht's euch an! War doch mein Geld und nicht euers!«

Der General zuckt nur die Schultern, verbeugt sich tief und geht hinaus, gefolgt von des Grieux.

»Praskowja zu mir!«, befiehlt sie Marfa.

Fünf Minuten später kehrt Marfa mit Polina zurück. Polina saß vorher auf ihrem Zimmer zusammen mit den Kindern und hatte wohl vor, sich den ganzen Tag lang nicht blicken zu lassen. Ihre Miene ist ernst, traurig, besorgt.

»Nun zu dir, Praskowja«, fängt Großmutter an, »stimmt das, was ich neulich am Rande erfahren habe? Dass dein idiotischer Stiefvater wieder heiraten will? Und zwar dieses alberne Ding mit nichts als Flausen im Kopf, diese Französin? Was war sie noch mal: Eine Schauspielerin? … Wenn nicht gar was Schlimmeres? … Los, sag schon: Stimmt's?«

»Ich kann es nicht beschwören, Großmutter«, antwortet Polina, »aber Mademoiselle Blanche sieht ganz offenbar keine Notwendigkeit, es geheim zu halten, weshalb ich … ihren Worten nach …«

»Genug!«, unterbricht Großmutter energisch. »Ich verstehe! Hab schon immer gewusst, was für einer der ist und ihn nicht umsonst für einen vollkommen hohlen und nichtigen Menschen gehalten! Protzt mit seinem Generalstitel! Dabei ist er doch bloß ein Oberst, der den Rang bekommen hat, als er abserviert wurde! Schon ist er stolz wie ein Spanier! Ich weiß doch alles. Auch wie ihr nach Moskau Telegramme verschickt habt – eins nach dem anderen! Und? Die alte Schachtel? Noch immer putzmunter? Noch immer nicht verreckt? Wann ist es so weit? Euch lief schon das Wasser im Mund zusammen! Ohne Geld kann er doch dieser Schnepfe geschenkt bleiben, dieser Cominges oder wie sie sich schimpft. Nicht mal als Kutscher wird sie ihn nehmen, schon gar nicht mit seinem falschen Gebiss! Es heißt, die hat selbst Geld wie Heu! Redlich verdient, wie? Verleiht es auf Zinsen! Schon gut, Praskowja, du bist nicht schuld. Hast auch keine Telegramme verschickt. Und was früher mal war – Schwamm drüber! Deinen miesen Charakter, denn kenn ich zwar! – Richtige Wespe! Sticht, dass es wehtut! Aber sei's drum: Ich mochte ja deine Mutter, die Katharina, Gott hab sie selig. Also, von mir aus: Schmeiß alles hin und komm mit. Viel bleibt dir ja nicht übrig … Und hier mit denen – der reinste Sumpf! Warte!«, unterbricht sie Polina, die gerade etwas zu sagen versucht. »Ich bin noch nicht fertig. Ich will von dir nichts und verlange nichts. Mein Haus in Moskau kennst du ja: Ein wahrer Palast! Kannst dir von mir aus ein Stockwerk nehmen, und wenn dir mein Charakter nicht passt, kannst du dich wochenlang nicht blicken lassen. Nun, was hältst du davon?«

»Aber ich würde Sie gern zuerst etwas fragen: Wollen Sie wirklich jetzt gleich fahren?«

»Ja, glaubst du, ich scherze? Na, was denn sonst! Ich sage: Ich fahre – also fahre ich! Immerhin hab ich heute 15 000 Rubel durch den Kamin gejagt mit eurem elenden Roulette. Hab vor fünf Jahren mal versprochen, draußen vor der Stadt eine Holzkirche in eine Steinkirche umzubauen. Stattdessen verjubel ich hier ein Vermögen! Nein, ab jetzt ist die Kirche dran!«

»Und das Heilwasser, Großmutter? Sie wollten doch hier zur Kur bleiben?«

»Du und deine Kur! Willst mich ärgern, wie? Also los, sag mir: Kommst du nun mit oder nicht?«

»Großmutter, ich muss sagen, ich bin Ihnen sehr, sehr dankbar«, antwortet Polina von Herzen, »das wäre wenigstens ein Dach über dem Kopf ... Denn was meine Lage anbetrifft, Sie haben sie zum Teil ganz richtig erfasst. Und glauben Sie mir, ich werde auf Ihren Vorschlag vermutlich schon sehr bald zurückkommen, aber im Augenblick kann ich mich noch nicht entschließen ... und habe dafür meine Gründe ... Gewichtige Gründe ... Weshalb ich mich unmöglich so spontan entschließen kann ... Wären Sie hier wenigstens noch zwei Wochen geblieben ...«

»Also willst du nicht.«

»Also kann ich nicht. Zumal ich jetzt die Kinder nicht verlassen darf, weil sie ... weil sie ... Weil es tatsächlich passieren könnte, dass sie plötzlich ... auf sich allein gestellt sind ... Also, wenn Sie mich zusammen mit den Kleinen aufnehmen, Großmutter, dann werde ich mit Sicherheit kommen und, Sie sollen sehen, mich dafür auch erkenntlich zeigen!«, fügt sie mit Inbrunst hinzu. »Doch ohne Kinder – nein, tut mir leid ...«

»Hör schon auf zu flennen! (Polina *flennt* ja gar nicht, überhaupt liegt ihr das Weinen nicht.) Die Küken kriegen wir auch noch unter – der Hühnerstall ist ja Gott sei Dank groß genug. Die müssen ja auch schon bald in die Schule. Also kommst du jetzt nicht mit. Nun gut, Praskowja, wirst schon wissen, was du da tust! Jedenfalls will ich dir Glück wünschen ... Glaub ja nicht, ich wüsste nicht, was du treibst! Ich weiß alles, Praskowja! Und dieser Franzmann … Ich kann nur sagen: Lass die Finger von dem!«

Polina erglüht. Und ich zucke zusammen: Typisch: Alle wissen es, nur ich nicht!

»Ist ja gut, ist ja gut, nicht gleich böse werden. Ich sag auch gar nichts mehr. Nur sieh zu, dass die Sache für dich gut ausgeht. Verstehst? Bist doch nicht auf den Kopf gefallen! Es wär schade um dich … Aber genug jetzt! Was geb ich mich mit euch ab! Los, geh schon, ist gut!«

»Ich werde Sie noch zur Bahn begleiten«, sagt Polina.

»Ach was! Lass mich bloß in Ruhe! Ich hab euch alle gehörig satt!«

Polina küsst Großmutter die Hand, aber sie zerrt ihre Hand zurück und küsst sie selbst mitten auf die Wange.

Als Polina an mir vorbeigeht, streift mich ihr kurzer Blick, dann wendet sie rasch die Augen ab.

»Und auch du, Alexej Iwanowitsch, mach's gut! Nur noch eine Stunde bis zum Zug. Sei froh: Gleich bist auch du mich los! Hier, nimm dir diese 50 Friedrichsdor.«

»Vielen Dank, Großmutter, es ist mir fast peinlich …«

»Ich will nichts wissen!«, schreit Großmutter, derart energisch und grimmig, dass ich es nicht übers Herz bringe, die Goldstücke abzulehnen.

»Bevor du in Moskau ohne Stelle herumstreunst, kommst du zu mir, ich empfehle dich schon irgendwo. Und jetzt mach, dass du fortkommst!«

Ich gehe in meine Kammer und lege mich aufs Bett. Ich liege eine geschlagene halbe Stunde rücklings, die Hände unter dem Kopf. Die Katastrophe ist schon im Gange, es gibt also reichlich Stoff zum Nachdenken. Morgen will ich mit Polina ein Wörtchen reden. So, so! Der Franzmann! Dann stimmt es also! Was aber kann zwischen ihnen schon sein? Polina und des Grieux! Dass ich nicht lache, was für eine wilde Kombination! Klingt einigermaßen hanebüchen … Plötzlich fahre ich hoch, ganz außer mir, und will auf der Stelle Mister Astley sprechen. Ich werde ihn schon zwingen, mir reinen Wein einzuschenken! Mit ziemlicher Sicherheit weiß er auch in dem Fall viel mehr als ich. Mister Astley … Noch so ein Rätsel.

Doch da klopft es an meine Tür. Ich sehe nach – es ist Potapytsch.

»Alexej Iwanowitsch, schnell, zur Gnädigen, die belieben zu rufen!«

»Was ist los? Reist sie etwa schon ab? Aber nein, erst in zwanzig Minuten …«

»Gnädige sind besorgt, wie auf glühenden Kohlen. Nur: *Los!* und *los!* Verlangen nach Ihnen. Also schnell, schnell, um Gottes Willen!«

Sofort laufe ich hinunter. Großmutter wird bereits in den Flur getragen. Sie hält ihre Brieftasche in der Hand.

»Alexej Iwanowitsch, geh du voran. Los, fahren wir! Fahren wir! …«

»Wohin denn, Großmutter?«

»Will verdammt sein, wenn ich's mir nicht zurückhole! Also, vorwärts und ohne dumme Fragen! Die sind doch bis Mitternacht geöffnet, oder?«

Ich bin wie vor den Kopf gestoßen. Ich gehe in mich und treffe sofort die Entscheidung:

»Antonida Wassiljewna, Ihr gutes Recht. Aber ich komme nicht mit.«

»Wie denn das? Was sind denn das für Faxen! Wohl närrisch geworden alle miteinander?«

»Wie gesagt, Ihr gutes Recht. Aber ich will mir später keine Vorwürfe machen. Nein, ich will weder Zeuge noch Mittäter sein. Drängen Sie mich bitte nicht, Antonida Wassiljewna. Hier haben Sie Ihre 50 Friedrichsdor wieder, leben Sie wohl!« – Ich lege die Rolle mit den Geldstücken auf einen kleinen Tisch, neben dem ihr Fauteuil zu stehen kommt und empfehle mich mit einer Verbeugung.

»Na, so ein Schwachsinn aber auch!«, schreit mir Großmutter hinterdrein. »Na bitte! Dann nicht! Ich find auch allein den Weg! Los, Potapytsch, du kommst mit! Und hochheben! Na, wird's bald!«

Mister Astley kann ich nirgends finden und kehre zurück ins Hotel. Erst spät, nach zwölf, erfahre ich von Potapytsch, wie Großmutters Tag zu Ende ging. Sie hat alles verloren, was ich ihr für ihre Schuldscheine auszahlen ließ. Nach unserer Währung also noch einmal 10 000 Rubel. Dieser kleine Polacke, dem sie zwei Friedrichsdor geschenkt hatte, nahm sich ihrer an und instruierte sie die ganze Zeit. Davor hatte sie es mit Potapytsch versucht, ihn dann aber bald fortgejagt – schon erwuchs vor ihr der kleine Polacke. Wie es der Zufall gerade so wollte, konnte er etwas Russisch und parlierte in einer heillosen Mischung aus drei Sprachen, sodass sie sich gegenseitig halbwegs verstanden. Großmutter muss ihn die ganze Zeit über arg beschimpft haben, und obwohl er sich andauernd, wie er sagt, unter *dero erlauchte Schühchen* begibt, ist er mit Ihnen nicht zu vergleichen, Alexej Iwanowitsch –, erzählt Potapytsch. »Mit Ihnen«, sagt er, »hat sie geredet wie mit einem feinen Herrn! Und der da (hab's mit eigenen Augen gesehen), Gott strafe mich, wenn ich Falsches sage, steckt sich doch gleich ihre Münzen ein. Zweimal hat sie ihn dabei erwischt, gleich am Tisch, und ihn ganz schön angeschrien! Richtig zur Schnecke gemacht hat sie ihn! Ihn sogar kräftig am Schlafittchen gepackt, also im Ernst jetzt, dass die Leute rings nur so lachten! Alles hat sie verspielt, einfach alles, was Sie ihr gewechselt hatten. Wir bringen sie her, sie will nur was trinken, schlägt ein Kreuz und legt sich ins Bett. Hat sich wohl etwas überanstrengt, die Ärmste, darum ist sie auch sofort eingeschlafen. Gott schicke ihr erholsame Träume! Von wegen Ausland!«, schließt Potapytsch, »hab doch gleich gesagt, das gibt nichts Gutes! Also nichts wie zurück nach Moskau! Zu Hause in Moskau ist ja alles da! Der Garten, die Blumen, von denen sie hier nicht einmal die Namen wissen! Voller Duft! Die Apfelbäume stehen in Blüte! Von wegen Ausland, nein, nein, nein! Und nochmals – nein.«

Kapitel 13

Fast ein Monat ist seither vergangen. So lange ließ ich diese Aufzeichnungen ruhen, die möglicherweise unter chaotischen, aber doch starken Eindrücken entstanden sind. Die Katastrophe, die ich damals habe kommen sehen, hat sich inzwischen tatsächlich ereignet, nur hundertmal krasser und unerwarteter, als ich damals dachte. Das alles war irgendwie seltsam, bizarr, vielleicht sogar tragisch – zumindest für mich. Es sind einige Dinge passiert, die mir beinahe schon wundersam erscheinen und die ich bis heute noch genauso einschätze, obwohl sie auf einen Außenstehenden – insbesondere unter Berücksichtigung jenes Strudels, in welchen ich damals hineingeraten war – bestenfalls befremdlich wirken würden. Und das größte Wunder ist immer noch meine damalige Einstellung diesen Ereignissen gegenüber – ich verstehe mich ja selbst nicht mehr! Und das alles ist nun wie ein Traum verflogen, sogar meine Passion – und die war doch wirklich stark und echt … wo ist sie denn auf einmal hin? Und ab und zu durchflimmert's mein Hirn: Habe ich damals vielleicht den Verstand verloren und saß die gesamte Zeit über (sitze womöglich immer noch) irgendwo in einer Irrenanstalt, sodass mir alles nur so vorkam (und womöglich immer noch so vorkommt) …

Ich habe meine Notizen geordnet und durchgesehen. (Wer weiß, vielleicht nur um mir selbst zu beweisen, dass sie nicht im Irrenhaus entstanden sind.) Jetzt bin ich mutterseelenallein. Es ist Herbstanfang, das Laub färbt sich gelb. Und ich stecke fest in dem öden Loch (was soll ich schon sagen: Ein deutsches Kaff! …) und, anstatt alles Weitere zu überdenken, lebe ich einzig unter dem Einfluss der just verflossenen Eindrücke, unter dem Einfluss der noch frischen Erinnerungen, unter dem Einfluss des Wirbelsturms, der mich vor Kurzem beim Schopf gepackt, in den Strudel gerissen und erneut irgendwo hinausgeschleudert hat. Manchmal kommt es mir vor: Ich rotiere noch immer in diesem Wirbelsturm: Da fegt er hinweg – da erfasst mich sein Flügel – da überschlage ich mich und purzele heraus aus dem System, falle aus dem Rahmen und schwirre und schwirre weiter herum …

Doch vielleicht schaffe ich es zurück auf den Teppich, höre auf, herumzuschwirren und überdenke noch einmal alles, was mir in diesem Monat widerfahren ist. Es treibt mich zum Schreibtisch. Und außerdem habe ich abends nichts zu tun. Seltsam: Um mich irgendwie zu beschäftigen, borge ich mir in der hiesigen recht armselig bestückten Bücherei Paul-de-Kock-Romane aus. Sie sind an sich schon schlimm genug, und dann noch in deutscher Übersetzung! Die lese ich nun und staune über mich selbst: Es ist, als fürchte ich, durch ernste Lektüre oder halbwegs ernsten Zeitvertreib dem Vergangenen all seinen Reiz zu nehmen. Als sei dieser hässliche Albtraum samt den Eindrücken, die er hinterlassen hat, mir dermaßen teuer, dass ich Angst habe, ihn anzurühren, damit er sich ja nicht in Rauch auflöst! Ist mir das alles wirklich so teuer? Aber natürlich ist es das – so sehr, dass ich noch in vierzig Jahren mich daran erinnern werde …

Also fange ich an. Vielleicht lässt sich das Ganze auch knapper erzählen: Die Eindrücke sind nicht mehr dieselben …

Zunächst einmal, um das Kapitel *Großmutter* abzuschließen:

Sie verliert am nächsten Tag auch noch den Rest, verspielt einfach alles. Das musste ja so kommen: Wer von diesen Leuten einmal auf solch eine Bahn gerät, dem ist einfach nicht mehr zu helfen, der rauscht wie im Schlitten den Berg herab, immer schneller und schneller. Sie spielt bis acht Uhr abends pausenlos. Ich selbst bin nicht dabei und weiß davon einzig vom Hörensagen.

Potapytsch bleibt im Kurhaus den ganzen Tag lang in ihrer Nähe. Die kleinen Polacken, die Großmutter Ratschläge erteilen, wechseln sich einige Male ab. Es fängt damit an, dass sie den freundlichen polnischen Herrn vom Vortag (den sie angeblich sogar an den Haaren gezerrt hat) zum Teufel jagt und sich einen neuen nimmt, der freilich fast noch gerissener ist. Dann entledigt sie sich auch seiner Dienste und prompt ist der erste wieder im Spiel. (Übrigens dachte der nicht im Traum daran zu gehen und saß seine Verbannung einfach ab – lungerte hinter dem Fauteuil und schob unaufhörlich seinen Kopf hervor.) Spätestens jetzt ist Großmutter verzweifelt. Aber auch der zweite Vertriebene ist mit keinen zehn Pferden von hier wegzukriegen: Er postiert sich rechts und der andere links von ihr, von wo aus sie sich gegenseitig wüst beschimpfen und wegen der Einsätze heiß debattieren. Sie bedenken einander mit Wörtern wie *Łajdak* und anderen polnischen Nettigkeiten, dann sind sie plötzlich wieder dicke Freunde, schmeißen wild mit dem Geld umher und platzieren es ohne jeden Sinn und Verstand. Wenn sie im Streit sind, setzt jeder auf seine Seite – der eine auf *Rot*, der andere auf *Schwarz*. Es endet damit, dass sie Großmutter vollkommen durcheinanderbringen, bis sie sich – fast schon den Tränen nahe – an den ergrauten Croupier wendet und ihn bittet, ihr beizustehen und die beiden hinauszuwerfen. Sie werden auch sogleich hinausgeworfen, ungeachtet ihrer Protestrufe: Sie kläffen im Chor, Großmutter sei ihnen Geld schuldig und habe sie grässlich hintergangen, sie ehrlos und schäbig behandelt. Als der arme Potapytsch mir das alles noch am Abend erzählt, muss er selbst fast weinen. Er beklagt sich, sie hätten sich mit Geld vollgestopft. Er hat mit eigenen Augen gesehen, wie sie ganz ungeniert die Gewinne einstrichen und sie permanent in die Taschen steckten. Da schnorrt sich zum Beispiel einer von ihnen für seine außerordentliche Mühe fünf Friedrichsdor und platziert sie auf der Stelle beim Roulette direkt neben Großmutters Einsätzen. Kaum gewinnt Großmutter, da posaunt er schon, er habe gewonnen und Großmutter verloren. Als sie hinausgejagt werden, meldet Potapytsch, ihre Taschen seien noch voller Goldstücke. Da verlangt Großmutter vom Croupier, er solle doch seines Amtes walten – und egal, wie die beiden auch krakeelen (wie zwei bei der Gurgel gepackte Gockel!), rückt die Polizei an und leert ihnen die Taschen – sehr zur Freude von Großmutter. Solange sie noch nicht den Rest verliert, genießt sie bei den Croupiers und der gesamten Administration allerhöchste Autorität. So langsam ist sie *das* Stadtgespräch. Alle Kurgäste – ganz gleich welcher Nation, ganz gleich, ob sie gewöhnliche Sterbliche oder feine Herrschaften sind – strömen herbei, um sie zu begaffen, diese *vielle comtesse russe, tombée en enfance*, die bereits *etliche Millionen* verspielt hat.

Doch Großmutter profitiert nur wenig von der Tatsache, dass sie die beiden jetzt los ist. Denn schon ersetzt sie ein dritter Polacke, diesmal einer, der fließend Russisch spricht, sich ziemlich *gentlemanlike* kleidet (und trotzdem die Visage eines Lakaien hat) – mit riesigem Schnauzer und riesigem Ego. Auch er küsst *dero erlauchte Schühchen* und begibt sich geradewegs *unter dero Söhlchen*, aber, was die Umherstehenden anbelangt, ist er arrogant und rechthaberisch – kurzum, er geriert sich als Großmutters Vormund, weniger als Großmutters Diener. Unaufhörlich, nach jedem Coup, schwört er ihr bei allem, was ihm heilig ist, er sei auch selbst ein *Hochwohlgeboren* und nehme von ihr keinen einzigen Heller. Er wiederholt seine Beteuerungen so oft, dass es Großmutter allmählich mulmig wird. Weil aber dieser Herr im ersten Moment ihr Spiel tatsächlich ein wenig verbessert und kleinere Gewinne einfährt, hängt Großmutter jetzt selbst an ihm. Eine Stunde später zeigen sich auf einmal die beiden aus dem Kurhaus geworfenen Polacken: Sie sind wieder da an Großmutters Spieltisch und bieten wieder ihre Dienste an – und sei es auch nur als Laufburschen. Potapytsch schwört, dass *Hochwohlgeboren* ihnen vieldeutig zuzwinkert und sogar etwas in die Hand drückt. Da Großmutter noch nichts gegessen und ihren Fauteuil nicht verlassen hat, macht sich einer von ihnen nützlich: Er eilt gleich zum Speisesaal in der Nähe und bringt ihr eine Suppe und etwas Tee. Auch der andere erledigt für sie Kleinigkeiten. Und am Ende des Tages, als jedermann sieht, dass sie gerade dabei ist, noch ihren letzten Scheck aufs Spiel zu setzen, stehen hinter ihrem Fauteuil auf einmal ganze sechs Polacken, die sich vorher weder blicken noch hören ließen. Und schließlich, als sie noch ihr Klimpergeld verspielt, achtet kein Mensch mehr auf das, was sie sagt, ja, man ignoriert sie komplett. Sie drängen sich über sie hinweg direkt an den Tisch, packen sich das Geld, beraten, was zu tun sei, platzieren es selbst, streiten sich, brüllen, schwatzen kumpelhaft mit *Hochwohlgeboren* (für den Großmutter überhaupt nicht mehr zu existieren scheint). Selbst als sie abends gegen acht Uhr, vollkommen pleite, ins Hotel zurückkehrt, halten es drei oder vier der Polacken für unangebracht, sie in Frieden zu lassen, umringen den Fauteuil von allen Seiten, schreien aus Leibeskräften, reden wie ein Wasserfall auf sie ein, beharren darauf, sie habe sie – weiß der Geier, wie – übers Ohr gehauen und schulde ihnen noch allerhand. Und so geht es bis zum Hotel, wo sie schlussendlich mit Tritten davonjagt werden.

Laut Potapytschs Rechnung, hat sie an diesem Tag an die 90 000 Rubel verspielt (den gestrigen Verlust nicht mitgezählt). Alle Wertpapiere, alle fünfprozentigen Anleihen, alle Aktien, die sie mithat, löst sie nacheinander ein. Eben frage ich mich noch, wie sie es geschafft hat, sieben, acht Stunden am Tisch zu verbringen, ohne ihren Fauteuil zu verlassen, da erklärt mir Potapytsch, sie habe tatsächlich an die drei Mal eine mächtige Glückssträhne gehabt und war so von der neuen Hoffnung gepackt, dass sie sich nicht mehr losreißen konnte. Für einen Spieler ist es nichts Ungewöhnliches, auch vierundzwanzig Stunden lang an einem Fleck zu sitzen, ohne seinen Blick von den Karten zu wenden und sie zu beobachten – die rechte, die linke …

Indessen geschehen bei uns im Hotel am selben Tag bedeutsame Dinge. Schon am Morgen, vor elf (Großmutter ist noch da), entschließen sich der General und des Grieux zum allerletzten verzweifelten Schritt. Als sie erfahren, dass Großmutter überhaupt nicht daran denkt, wegzufahren, vielmehr vorhat, sich zum Kurhaus zu begeben, statten sie ihr im stolzen Gremium einen Besuch ab (nur Polina ist nicht dabei), um sich mit ihr zu unterhalten – ihr *reinen Wein einzuschenken*. Der General zittert wie Espenlaub, erstarrt zu Stein, angesichts der für ihn schlimmen Folgen – sodass er über die Stränge schlägt: Nach einer halben Stunde von flehentlichen Bitten und echten Geständnissen (er steckt bis zum Hals in der Schuldenfalle, er betet Mademoiselle Blanche an) verliert er nun völlig den Kopf, macht ein grimmiges Gesicht, erhebt seine Stimme, stampft mit den Füßen – sie sei ein Schandfleck der Familie, sie sei das Stadtgespräch Nummer eins und schließlich … und schließlich: *Sie besudeln einen unbescholtenen russischen Namen, Gnädigste!*, donnert er, *für dergleichen gibt es die Polizei!* Kein Wunder, dass Großmutter ihn mit einem Stock verjagt (ich meine jetzt buchstäblich: mit einem Stock). Der General und des Grieux beraten sich an dem Morgen noch einoder zweimal. Was sie erörtern, ist genau dieser Punkt: Wäre es vielleicht doch möglich, irgendwie die Polizei einzuschalten? Nach dem Motto: Eine alte Dame, ein bemitleidenswertes, wenn auch ehrenwertes Geschöpf, ist leicht senil und verspielt ihr letztes Geld etc. etc. Punktum: Lässt sich nicht irgendeine Form von

Aufsicht oder gar Verbot verhängen? … Aber des Grieux zuckt die Schultern und hat für den General nur ein Lachen übrig, der gar nicht mehr weiß, was er da redet und im Kabinett wie ein Hamster im Käfig herumrennt. Dann winkt des Grieux ab und sucht das Weite. Am Abend wird klar, dass er das Hotel – nach einer sehr eindringlichen und doch mysteriösen Unterredung mit Mademioselle Blanche – verlassen hat. Und was Mademoiselle Blanche anbelangt, so hat sie schon am Morgen alle nötigen Vorkehrungen getroffen: Sie gibt dem General nun entschieden den Korb, er darf ihr nicht einmal mehr unter die Augen treten. Als er ihr auf dem Weg zum Kurhaus nachläuft und sie Arm in Arm mit dem kleinen Fürsten vorfindet, scheinen weder sie noch *Madame veuve* de Cominges ihn zu kennen. Auch der kleine Fürst würdigt ihn keines Kopfnickens. Den ganzen Tag lang bearbeitet Mademoiselle Blanche den Fürsten, dass er sich endlich ein Herz fasst und sich ihr eröffnet. Aber – herrje! – sie wird arg enttäuscht! Diese Katastrophe (geringeren Ausmaßes) ereignet sich bereits am Abend: Plötzlich stellt sich nämlich heraus, dass der Fürst blitzeblank ist, ja, mehr noch, dass er ganz auf sie zählt und sie sogar noch anbetteln will, damit er beim Roulette überhaupt noch setzen kann. Blanche verscheucht ihn verärgert und sperrt sich ein.

Am Morgen desselben Tages gehe ich zu Mister Astley, beziehungsweise suche den ganzen Morgen nach ihm, denn Mister Astley ist nirgendwo zu finden – weder auf seinem Zimmer noch im Kurhaus noch im Park. Im Hotel hat er nicht gespeist. Gegen fünf Uhr sehe ich ihn endlich: Er kommt von der Eisenbahnstation und geht in Richtung *Hotel d'Angleterre*. Er wirkt sehr besorgt, obwohl sein Gesicht normalerweise nur wenig Auskunft darüber gibt, wie beunruhigt oder konfus er ist. Er reicht mir wie immer freundlich die Hand, ruft *Ah!*, hält aber nicht an und setzt seinen Weg in Eile fort. Ich hänge mich an ihn dran, aber irgendwie schafft er es, mir so zu antworten, dass ich kaum Gelegenheit habe, ihn auszufragen. Außerdem ist es mir peinlich, mit ihm über Polina zu sprechen – er selbst verliert über sie kein Wort. Ich erzähle ihm von Großmutter. Er hört mir mit ernster Miene zu und zuckt die Schultern.

»Sie wird alles verspielen«, bemerke ich.

»O, gewiss«, antwortet er, »schließlich begann sie das Spiel noch vor meiner Abreise. Und so wusste ich gleich, sie wird viel verlieren. Wenn ich Zeit finde, gehe ich nachher ins Kurhaus und schaue es mir an: Es ist sehenswert …«

»Vor der Abreise?«, rufe ich aus, verwundert, dass ich ihn noch nicht danach gefragt habe.

»Ja, ich war in Frankfurt.«

»Geschäftlich?«

»Ja.«

Was soll ich ihn da weiter ausforschen! Im Übrigen gehe ich noch immer an seiner Seite, als er plötzlich zum *Hotel Des quatre saisons*, das auf unserem Weg liegt, abbiegt, mir noch kurz zunickt und verschwindet. Während ich zurückgehe, wird mir klar: Auch in zwei Stunden hätte ich genauso wenig herausbekommen, weil … ich einfach nicht weiß, was ich fragen soll! Ja, natürlich, genauso ist es! Wie könnte ich jetzt eine Frage formulieren!

Diesen ganzen Tag lang geht Polina mal mit den Kindern und dem Kindermädchen im Park spazieren, mal ist sie allein auf ihrem Zimmer. Den General meidet sie seit einer Weile, redet kaum ein Wort mit ihm, jedenfalls nichts, was von Belang wäre. Das habe ich seit geraumer Zeit bemerkt. Da ich aber weiß, in welchem Zustand sich der General heute befindet, vermute ich, dass er nicht umhin kann, sich mit ihr gründlich auszusprechen – sozusagen auf höchster Familienebene. Doch dann kehre ich zurück ins Hotel (nach meinem Gespräch mit Mister Astley) und begegne dort Polina mit den Kindern – und auf ihrem Gesicht zeigt sich die allergrößte Ruhe, so als sei sie allein von den

Familienstürmen verschont geblieben. Meinen Gruß erwidert sie mit leisem Kopfnicken. Ich betrete meine Kammer in denkbar schlechter Laune.

Es versteht sich von selbst, dass ich ihr nach dem Eklat mit den Wurmerhelms eher aus dem Weg gehe. Gut, das ist zum Teil ein wenig gespielt, eine Pose, doch mit der Zeit erwächst in mir so was wie echte Verärgerung: Und wenn sie mich auch kein bisschen liebt, so ist es noch lange kein Grund, meine Gefühle derart in den Dreck zu ziehen und meine Geständnisse mit einer solchen Geringschätzung entgegenzunehmen. Sie weiß doch, dass ich sie aufrichtig liebe, schließlich hat sie mir selbst erlaubt, sie auf diese Art anzusprechen! Aber irgendwie hat es mit uns schlecht angefangen. Es ist länger her, vielleicht zwei Monate, da habe ich bemerkt, dass sie ernsthaft vorhat, mich zu ihrem Freund, zu ihrem Vertrauten zu machen, ja, mich bereits als einen solchen behandelt. Nur ging das dann irgendwie nicht so recht weiter, deshalb haben wir jetzt dieses Kuddelmuddel – gewissermaßen als Trostpreis –, darum habe ich auch angefangen, auf solch eine Weise mit ihr zu reden. Nun, wenn ihr meine Liebe derart zuwider ist, dann soll sie mir doch verbieten, davon zu sprechen.

Doch nichts dergleichen geschieht – im Gegenteil: Oft genug verlangt sie das sogar von mir … zieht es dann aber sofort ins Lächerliche. Es steht fest, dass es ihr Lust bereitet, mich reden zu lassen, bis zur Weißglut zu bringen, um mich dann auf einmal mit ihrem ganzen Hohn, mit ihrer ganzen Verachtung zu überschütten. Dabei weiß sie genau, dass ich ohne sie nicht leben kann. Es sind gerade mal drei Tage vergangen seit der Chose mit dem Baron, und schon halte ich unsere *Trennung* nicht aus. Und jetzt treffe ich sie am Kurhaus, und mein Herz pocht so stark, dass ich blass werde. Und dann: Wie schafft sie es ohne mich? Sie braucht mich doch und hoffentlich – hoffentlich! – nicht bloß in der Rolle des Hofnarren!

Sie hütet ein Geheimnis, so viel ist klar. Und neulich ihr Gespräch mit Großmutter, das hat mir ja ganz schön wehgetan. Denn habe ich sie nicht schon tausendmal beschworen, mit mir absolut offen zu sein? Und sie weiß nur zu gut: Ich scherze nicht, wenn ich sage, dass ich liebend gern für sie sterbe. Und sie? Wie windet sie sich heraus? – Mit eiskaltem Spott! Und statt meines Lebens verlangt sie was? – Einen albernen Streich, wie mit diesem Baron! Ist das nicht der Gipfel! Existiert für sie denn einzig dieser Franzose? Und was ist mit Mister Astley? – Alles sehr seltsam! Vor allem leide ich wie ein Tier!

Wieder bei mir, greife ich wütend zu Feder und Papier und kritzele folgendes:

Polina Alexandrowna, ich sehe deutlich: Es ist das Finale, und es trifft auch Sie. Zum letzten Mal: Brauchen Sie meine arme Rübe? Und falls ja (ganz egal wofür), kann ich nur sagen: Bitte! Nur zu! Bis dahin bleibe ich auf meinem Zimmer (jedenfalls die meiste Zeit) und werde nirgendwo hingehen. Wenn nötig, schreiben Sie mir oder lassen Sie mich rufen.

Ich versiegele das Brieflein und verschicke es über einen Hoteldiener, der es nur ihr persönlich aushändigen soll. Mit einer Antwort rechne ich nicht, aber schon drei Minuten später kehrt der Diener zurück und lässt mich wissen: Einen herzlichen Gruß zurück!

Kurz nach sechs werde ich zum General gerufen.

Er ist in seinem Kabinett, gekleidet, als würde er gleich ausgehen. Hut und Spazierstock auf dem Sofa. Als ich eintrete, steht er mitten im Zimmer, die Beine breit, den Kopf gesenkt, und es kommt mir vor, als führe er laut Selbstgespräche. Aber kaum bin ich da, überfällt er mich, beinahe schreiend, dass ich spontan zurückweiche und Reißaus nehmen will, da hat er mich bereits an den Händen gepackt, schleppt mich zum Sofa, setzt sich selbst, ohne mich dabei loszulassen. Seine Lippen zittern, auf seinen Wimpern glänzen Tränen. Mit flehender Stimme bringt er hervor:

»Alexej Iwanowitsch, helfen Sie mir, retten Sie mich, Sie müssen, Sie müssen!«

Ich verstehe lange Zeit rein gar nichts mehr, doch er redet und redet und redet: *O bitte, o bitte!* Schließlich begreife ich: Er erwartet von mir so etwas wie einen Rat, oder, besser gesagt: Von allen verlassen, voller Sorge und Furcht, denkt er an mich und lässt mich kommen und will nur eines: Reden und reden und reden.

Er ist von Sinnen oder zumindest sehr durch den Wind. Er faltet die Hände und ist drauf und dran, vor mir auf die Knie zu fallen, nur damit ich (richtig geraten!) sofort zu Mademoiselle Blanche gehe und sie überzeuge, zu ihm zurückzukehren und ihn auf der Stelle zu heiraten.

»Um Gottes Willen, General«, rufe ich aus, »Mademoiselle Blanche hat mich womöglich noch nie bemerkt! Was kann ich schon tun?«

Doch alle Einwände sind vergebens. Er hört überhaupt nicht, was man ihm sagt. Zwischendurch faselt er etwas von Großmutter, doch es ist lauter wirres Zeug. So meint er zum Beispiel immer noch, die Polizei rufen zu müssen.

»Bei uns, bei uns«, braust er auf in edlem Zorn, »kurzum: Bei uns, heißt: Wo es noch Gesetze, wo es noch eine Obrigkeit gibt, hätte man für die Alte doch längst eine Vormundschaft angeordnet! Jawohl, gnädiger Herr, jawohl«, setzt er fort, in tadelnden Ton verfallend, hochfahrend und im Zimmer umherstolzierend, »tja, das haben Sie noch nicht gewusst, gnädiger Herr«, wendet er sich an irgendeinen imaginären *gnädigen Herrn* dort in der Ecke, »nun, dann sollen Sie es sogleich erfahren … Tja … Also, bei uns werden solche Weiber ganz klein gehalten, so klein mit Hut, so klein mit Hut, mit Hut, mit Hut, ja, zum Teufel noch mal, mit Hut!«

Und wieder stürzt er sich auf das Sofa und kurz darauf, fast schon schluchzend und japsend, jammert er mir vor, Mademoiselle Blanche würde ihn nur deshalb nicht heiraten, weil statt des erhofften Telegramms Großmutter selbst gekommen ist und weil jetzt ein für allemal klar ist, dass er die Erbschaft vergessen kann. Er glaubt, ich wüsste das alles noch nicht. Kaum erwähne ich des Grieux, winkt er ab: »Er ist weg! Und hat mich fest im Griff. Es ist alles, alles verpfändet! Ich bin vollkommen blank! Dieses Geld, das Sie mitgebracht haben … Dieses Geld … Ich weiß nicht, wie viel es ist … Ich glaube an die 700 Francs … Es wird schon reichen. Nun ja, das ist alles … Und weiter? Ich weiß nicht, ich weiß es nicht! …«

»Mein Gott, und wie wollen Sie im Hotel bezahlen?«, rufe ich erschrocken. »Und dann … Und dann …«

Er betrachtet mich grübelnd, aber ich glaube, er hat nichts verstanden, vielleicht nichts gehört. Ich versuche, das Gespräch auf die Kinder zu lenken und auf Polina Alexandrowna. Worauf er nur antwortet: »Ja! Ja!« Doch schon sprudelt er wieder von dem Fürsten, und dass Blanche mit ihm weggeht und dann … Und dann … »Was soll ich denn machen, Alexej Iwanowitsch?«, wendet er sich plötzlich an mich. »Bei Gott, was soll ich denn machen? Sagen Sie es mir! Diese Undankbare! Sie ist so undankbar, nicht wahr?«

Da heult er los und vergießt reichlich Tränen.

Wie behandelt man einen solchen Menschen? Ihn alleinlassen ist nicht ganz ungefährlich. Er könnte sich irgendetwas antun. Irgendwie bin ich ihn losgeworden, aber gab noch dem Kindermädchen Bescheid, damit sie öfter vorbeischaut. Außerdem rede ich mit dem Hoteldiener, und ich muss schon sagen: Der Bursche ist sehr helle. Er verspricht mir, die Augen offenzuhalten.

Kaum bin ich den General los, beglückt mich Potapytsch: Großmutter ruft! Es ist gegen acht Uhr, sie ist soeben vom Kurhaus zurück – nach ihrem endgültigen Bankrott. Also, nichts wie zu ihr: Die Alte sitzt im Fauteuil, vollkommen erschöpft und offenbar krank. Marfa reicht ihr eine Tasse Tee und zwingt sie mit Gewalt, daraus zu trinken. Großmutters Stimme, der ganze Auftritt hat sich nun gravierend verändert.

»Grüß Sie, Alexej Iwanowitsch«, spricht sie langsam und den Kopf tiefernst nach unten gebeugt. »Verzeihen Sie, dass ich noch einmal störe, haben Sie Nachsicht mit einer alten Frau. Ich habe dort einfach alles gelassen, beinahe 100 000 Rubel. Recht hattest du gestern, dass du nicht mitgekommen bist. Bin jetzt ohne Geld, hab nicht einen Heller. Will keine Verzögerung, nicht eine Minute: Punkt halb zehn fahr ich. Hab nach deinem Engländer geschickt, diesem Astley oder wie er heißt. Will ihn um 3000 Francs bitten, für eine Woche. Mach, dass er nichts Falsches denkt und sie mir gibt. Hab, weiß Gott, noch immer genug daheim. Hab noch drei Dörfer und zwei Häuser. Und auch Geld, hab nicht alles mitgenommen. Nicht, dass er was Falsches denkt … Ah, da ist er ja! Guter Mann!«

Mister Astley kommt auf ihren ersten Ruf. Ohne mit der Wimper zu zucken, blättert er ihr 3000 Francs hin und gibt sie ihr gegen einen Schuldschein, den sie unterschreibt. Dann verbeugt er sich und eilt hinaus.

»Geh jetzt auch, Alexej Iwanowitsch. Hab noch etwas mehr als eine Stunde, will mich noch kurz aufs Ohr hauen, mir tun die Knochen weh. Sei mir nicht böse, der alten dummen Kuh. Werd nie wieder die Jugend leichtgläubig nennen. Und auch diesem Waschlappen, eurem General, wie kann ich ihm nach all dem noch die Leviten lesen! Geld kriegt er zwar keins, wie er's sich erträumt, weil er ein dämlicher Trottel ist, aber ich alte Schachtel bin nicht viel schlauer. Tja, wenn man so selbstsicher ist, dann wird man bestraft auf seine alten Tage. Mach's gut. Marfuscha, weck mich dann!«

Ich will Großmutter aber dennoch zum Zug bringen. Außerdem bin ich irgendwie angespannt: Es wird etwas passieren. Ich kann nicht ruhig sitzen. Ich streife durch den Korridor, dann auch kurz draußen durch die Allee. Mein Brief war klar und definitiv, und die Katastrophe ist nicht mehr abzuwenden. Im Hotel höre ich von des Grieux' Abreise. Also gut, will sie mich nicht zum Freund, dann vielleicht wenigstens als eine Art Diener? Sie braucht mich doch, und sei es als Laufburschen. Ich werde mich schon nützlich machen, was sonst!

Ich renne noch zum Bahnsteig und verabschiede Großmutter. Sie steigen alle in einen Extrawaggon. »Dank dir für deine großzügige Hilfe«, sagt sie mir noch zu guter Letzt, »und richte Praskowja aus: Was ich ihr gestern gesagt habe, gilt. Ich warte auf sie!«

Ich gehe zurück. Neben dem Zimmer des Generals treffe ich das Kindermädchen und erkundige mich nach dem General. »Nichts Besonderes«, sagt sie trübselig. Trotzdem will ich hinein, erstarre jedoch an der Tür zum Kabinett und staune Klötze: Blanche und der General kullern sich vor Lachen. *Veuve* de Cominges gleich daneben auf dem Sofa. Der General ist vor Freude fast übergeschnappt. Er plappert lauter Mumpitz und prustet los in unaufhörlichen nervösen Kaskaden, wovon sein ganzes Gesicht von Tausenden Fältchen überzogen wird und die Augen andauernd verschwinden. Später erfahre ich von Blanche selbst, dass sie, nachdem sie den Fürsten verjagt hatte, vom untröstlichen General gehört hat und sein Los etwas mildern wollte. Deshalb kommt sie vorbei auf ein paar Minuten. Aber der Ärmste weiß noch nicht, dass sein Schicksal bereits besiegelt ist, dass Blanche bereits packt, dass sie morgen früh mit dem allerersten Zug nach Paris entflattert.

Ich bleibe unschlüssig an der Schwelle stehen, überlege es mir dann aber anders und gehe wieder, ohne dass mich jemand bemerkt. Ich steige hinauf zu meinem Kämmerlein, öffne die Tür und erblicke im Zwielicht – auf dem Stuhl – in der Ecke – vor dem Fenster – eine Gestalt. Sie steht nicht auf, als ich eintrete. Ich eile zu ihr und sehe sie an – es verschlägt mir den Atem: Es ist Polina!

Kapitel 14

Fast schreie ich auf.

»Was ist denn? Was ist denn?«, fragt sie seltsam. Sie ist bleich und schaut mich düster an.

»Wie, was ist denn? Sie hier! Bei mir!«

»Nun ja, wenn ich komme, dann komme ich eben. Ist so eine dumme Angewohnheit von mir. Sie werden es gleich sehen. Machen Sie Licht.«

Ich mache Licht. Sie erhebt sich, geht zum Tisch und legt einen geöffneten Brief vor mich hin.

»Hier, lesen Sie«, sagt sie herrisch.

»Aber … Aber das ist die Schrift von des Grieux!«, rufe ich aus und packe den Brief. Meine Hände zittern, und die Zeilen hüpfen vor meinen Augen. Ich weiß den genauen Wortlaut nicht mehr: Aber hier der Inhalt, wenn nicht Wort für Wort, so doch wenigstens Sinn für Sinn.

Mademoiselle! Unerfreuliche Umstände zwingen mich zur sofortigen Abreise. Gewiss ist es Ihnen aufgefallen, dass ich eine definitive Aussprache mit Ihnen ganz bewusst vermieden habe, solange die Dinge noch so offen standen. Allein die Ankunft der alten Dame (de la vieille dame), *Ihrer Verwandten, und ihr so gänzlich törichtes Tun brachten mich zurück auf den*

Boden der Tatsachen. Und da meine eigenen Angelegenheiten daran Schaden genommen haben, darf ich mir nicht ferner gestatten, jene allzu wonnigen Hoffnungen zu hegen, die lange genug meine Labsal waren. Ich bedauere das Vergangene zutiefst, bin jedoch zuversichtlich, dass Sie in meinem Verhalten nichts finden werden, das eines edlen und ehrlichen Mannes unwürdig wäre (gentilhomme et honnête homme). *Nachdem ich fast mein gesamtes Geld durch die Anleihen Ihres Herrn Stiefvaters eingebüßt habe, muss ich wohl oder übel auf das zurückgreifen, was mir noch geblieben ist: Ich habe bereits meine Freunde in Petersburg über die Vorfälle unterrichtet und sie beauftragt, den sofortigen Verkauf des an mich verpfändeten Besitzes anzuordnen. Da mir jedoch bekannt ist, dass Ihr leichtsinniger Herr Stiefvater auch Geld, welches Ihnen rechtmäßig zusteht, verprasst hat, habe ich beschlossen, ihm 50 000 Francs zu erlassen, und will ihm einen Teil seiner Pfandbriefe in dieser Höhe zurückgeben, was Sie, Mademoiselle, in die Lage versetzt, alles, was Sie verloren haben, wiederzuerlangen und von ihm in juristischer Form einzufordern. Ich hoffe, bei dem jetzigen Stand der Dinge wird meine Tat Ihnen sogar nützlich erscheinen. Ich hoffe außerdem, mit dieser Tat wie ein Ehrenmann gehandelt zu haben. Seien Sie versichert, dass die Erinnerung an Sie auf ewig in meinem Herzen verbleibt.*

»Klarer Fall«, sage ich zu Polina und füge noch aufgebracht hinzu, »haben Sie denn etwas Anderes erwartet?«

»Ich habe überhaupt nichts erwartet«, antwortet sie, nach außen ruhig, während in ihrer Stimme etwas erbebt. »Ich habe es seit Langem entschieden. Ich konnte in seinen Gedanken lesen und herausbekommen, was er will. Er glaubte, ich werde ihm nachlaufen, darauf bestehen –« Sie hält mitten im Satz an, beißt sich auf die Lippen und verstummt. »Ich habe ihn einfach noch mehr verachtet und es ihn deutlich spüren lassen«, fährt sie fort. »Wann hätte ich denn etwas von ihm erwartet? Wäre dieses Telegramm damals gekommen, ich hätte ihm die Summe, die ihm dieser Trottel schuldet, um die Ohren geschlagen und ihn anschließend zum Teufel geschickt! Ich hasse diesen Widerling schon sehr, sehr lange. Ach, er war früher ein anderer Mensch, kein Vergleich, kein Vergleich! Aber jetzt! … Ich würde ihm nur zu gern diese 50 000 in sein Schweinegesicht schmettern, ihn anspucken und ihm den Speichel in seine dämliche Visage schmieren!«

»Aber dieses Papier, dieser erlassene Pfandbrief über 50 000 Francs ist beim General? Nehmen Sie es doch und geben Sie es des Grieux zurück!«

»Ach was! Ach was! …«

»Tja, da haben Sie allerdings recht. Der General könnte jetzt alles Mögliche anstellen. Und Großmutter?«, rufe ich plötzlich aus.

Polina schaut mich irgendwie zerstreut und zugleich ungeduldig an.

»Großmutter? Was soll mit ihr sein?«, sagt sie verärgert. »Ich kann nicht zu ihr! … Vor wem soll ich denn noch zu Kreuze kriechen!«, fügt sie hinzu, sichtlich gereizt.

»Und was tun wir jetzt?«, rufe ich aus. »Wie konnten Sie diesen Menschen überhaupt lieben! Diesen Schweinehund, diesen miesen Bastard! Wollen Sie, und ich bringe den Kerl um! Bei einem Duell! Wo ist er jetzt?«

»Er ist in Frankfurt und bleibt dort drei Tage.«

»Ein Wort, und ich fahre morgen zu ihm, und zwar mit dem allerersten Zug!«, rufe ich mit fast kindischem Überschwang.

Sie schmunzelt.

»Da wird er bestimmt sagen: Erst will ich meine 50 000 zurück! Abgesehen davon, hätte er doch gar keinen Grund, sich zu duellieren … Was für ein Unsinn!«

»Diese 50 000, woher nehmen? Woher nehmen?«, wiederhole ich zähneknirschend, so als lägen sie mitten auf der Straße. »Hören Sie, ich weiß was: Mister Astley!«, spiele ich mit einem bizarren Einfall.

Ihre Augen funkeln.

»Dann willst du also, dass ich statt *deiner* diesen Engländer besuche?«, spricht sie mit verbittertem Lächeln und schaut mich dabei durchdringend an. Es ist das erste Mal, dass sie mich duzt …

Dann wird ihr schwindlig, vielleicht vor Erregung, und wie erschöpft sinkt sie aufs Sofa.

Da stehe ich wie vom Donner gerührt und traue meinen Augen und Ohren nicht! Dann liebt sie mich also? Sie kommt *zu mir* und nicht etwa zu Mister Astley! Sie, ganz allein, eine junge Frau, kommt zu mir aufs Zimmer, in einem Hotel! Das ist glatter Selbstmord! Und da stehe ich noch und spiele die Unschuld vom Lande?

Ein verrückter Gedanke schießt mir durch den Kopf.

»Polina! Gib mir nur eine Stunde! Warte hier auf mich, nur eine Stunde … und ich komme zurück! Das … ist ganz, ganz wichtig! Du wirst sehen! Warte hier, warte!«

Ich flitze aus dem Zimmer ohne Rücksicht auf ihren verwunderten und überraschten Blick. Sie ruft mir etwas nach, doch ich kehre nicht um.

Ja, manchmal fasst ein verrückter Gedanke, ein ganz und gar unmöglicher Gedanke, im Gehirn so tief Wurzeln, dass er zu etwas Reellem wird … Doch nicht genug: Wenn sich ein solcher Gedanke mit einem starken und intensiven Wunsch zusammentut, hältst du ihn am Ende noch für etwas Fatales, Unumgängliches, Unabdingbares, für etwas, das einfach *geschehen muss*! Vielleicht ist es mehr, vielleicht ist es eine Verflechtung unterschiedlichster Ahnungen, irgendeine unglaubliche Willensanstrengung, eine Überdosis der eigenen Fantasie oder noch irgendetwas anderes – ich weiß es nicht, doch an diesem Abend (den ich niemals vergessen werde) geschehen sehr wundersame Dinge. Mögen sie auch statistisch erklärbar sein – für mich sind sie nach wie vor wundersam. Warum um alles in der Welt sitzt dieser Gedanke so fest in mir? Und offenbar seit geraumer Zeit? Denn ich gehe da nicht von etwas aus, das möglicherweise *gesche-*

hen könnte (was nur so viel heißt, wie: *Vielleicht auch nicht*), sondern – ich wiederhole mich – von etwas, das – koste es, was es wolle – unter allen Umständen – *geschehen muss*!

Es ist kurz nach zehn. Ich betrete das Kurhaus mit einem so sicheren Gefühl und zugleich in einer solchen inneren Anspannung, wie ich es noch nie zuvor erlebt habe. In den Spielsälen tummelt sich noch genug Volk, doch im Vergleich zu heute Morgen ist es nur halb so voll.

Um diese Uhrzeit ist an den Spieltischen nur der harte Kern anzutreffen, die wirklichen eingefleischten Spieler. Für sie besteht die Kur allein aus Roulette. Sie sind nur dafür hierhergekommen. Sie nehmen kaum wahr, was um sie geschieht, sie haben keine anderen Interessen und das während der gesamten Saison. Sie spielen vom Morgen bis in die Nacht und würden mit Freuden gern die ganze Nacht bis zum Sonnenaufgang durchspielen, wäre dies gestattet. Nur schweren Herzens verlassen sie den Tisch, wenn um zwölf Uhr das Kurhaus geschlossen wird. Und wenn der Chefcroupier vor der Schließung – also kurz vor zwölf – verkündet: *Les trois derniers coups, messieurs!* wären sie manches Mal bereit, in diesen letzten drei Runden alles zu setzen, was sie mit sich tragen – und tatsächlich kommt es bei solchen Gelegenheiten zu den allergrößten Verlusten. Ich trete an denselben Tisch, an dem noch vor Kurzem Großmutter spielte. Es gibt kein allzu großes Gedränge, und so finde ich schon bald einen Stehplatz neben einem Stuhl. Direkt vor mir auf dem grünen Filz ist das Wort *Passe* aufgedruckt.

Passe ist eine Zahlenreihe von Neunzehn einschließlich bis Sechsunddreißig. Wogegen die erste Reihe von Eins bis Achtzehn einschließlich *Manque* heißt. Aber was habe ich damit zu schaffen? Ich plane nichts, ich frage nicht einmal, welche Zahl als letzte gefallen ist (was jeder einigermaßen vernünftige Spieler an meiner Stelle getan hätte). Ich hole meine 25 Friedrichsdor hervor und werfe sie auf *Passe* direkt vor mir.

»*Vingt deux!*«, ruft der Croupier.

Ich habe gewonnen und setze nun alles – die vorige Summe mitsamt dem Gewinn.

»*Trente et un*«, ruft der Croupier. Und wieder gewonnen! Dann habe ich jetzt insgesamt 80 Friedrichsdor! Ich schiebe alle 80 auf die zwölf mittleren Zahlen (ein dreifacher Gewinn, aber zwei Chancen stehen gegen dich). Das Rädchen dreht sich, und es fällt Vierundzwanzig. Man reicht mir drei Rollen à 50 Friedrichsdor und zehn Münzen in Gold. Insgesamt, zusammen mit dem Startkapital, habe ich jetzt also 200 Friedrichsdor.

Ich bin wie im Fieber, schiebe diesen ganzen Haufen auf *Rot* – und zucke plötzlich zusammen! Nur ein einziges Mal an diesem ganzen Abend, während des gesamten Spiels packt mich die Angst – eine Kälte, ein Zittern in Armen und Beinen. Ich bin entsetzt, mir wird bewusst, *was* ich auf einmal verlieren könnte! Mein ganzes Leben steht auf dem Spiel!

»*Rouge!*«, ruft der Croupier, und ein Stein fällt mir vom Herzen, feurige Funken durchrieseln den Leib. Ich bekomme Schecks ausgezahlt. Macht zusammen 4000 Florine und 80 Friedrichsdor! (Noch verfolge ich den Stand.)

Dann, wenn ich mich recht entsinne, setze ich 2000 Florine, schon wieder auf die zwölf mittleren Zahlen – und verliere. Ich setzte mein Gold und noch 80 Friedrichsdor – und verliere. Jetzt werde ich wütend: Ich packe die letzten mir gebliebenen 2000 Florine und setze sie auf die zwölf ersten – einfach so – blind – auf gut Glück – ohne nachzudenken! Doch dann gibt es auch diesen Moment des Wartens: Für Sekunden bin ich Sophie Blanchard und stürze mit dem Ballon aufs Pariser Pflaster.

»*Quatre!*«, ruft der Croupier! Zusammen mit dem alten Einsatz sind es jetzt wieder 6000 Florine. Ich sehe mich bereits als einen Gewinner, ich habe bereits jede Furcht verloren und werfe 4000 Florine auf *Schwarz*. Zehn Mann beeilen sich, mir nachzueifern.

Die Croupiers tauschen Blicke und Worte aus. Rings – Geraune und große Erwartung.

Es fällt *Schwarz*. Wie setze ich weiter? In welcher Reihenfolge? Ich weiß es nicht. Ich sehe in Trance, wie ich ungefähr 16 000 Florine gewinne. In drei Runden, im Zuge einer Pechsträhne, verliere ich davon 12 000. Dann schiebe ich meine letzten 4000 auf *Passe* – apathisch, reflexartig, harrend – und gewinne. Dann noch vier weitere Male. Ich scheffele das Geld nur so in Tausendern, am meisten fallen die zwölf mittleren Zahlen, an denen ich dann auch hängenbleibe. Sie fallen irgendwie regelmäßig – immer drei- oder viermal hintereinander, dann setzen sie ungefähr zweimal aus und kehren wieder für drei oder vier weitere Male. Solch eine erstaunliche Kontinuität ereignet sich in gewissen Intervallen, und genau das verwirrt die erfahrenen Spieler, die sich da mit Bleistift in der Hand Gewinnchancen ausbaldowern. Sie erleben beizeiten ihr blaues Wunder!

Seit meiner Ankunft, denke ich, ist kaum eine halbe Stunde vergangen. Plötzlich erklärt mir der Croupier, ich hätte 30 000 Florine gewonnen, und da die Bank für mehr nicht aufkommt, wird das Spiel bis morgen früh geschlossen. Ich packe mein ganzes Geld zusammen, verteile es auf alle meine Taschen, schnappe mir die Scheine und wechsele den Saal, begebe mich an einen anderen Roulettetisch, und sämtliche Spieler strömen mir nach. Dort wird mir sogleich der Platz freigemacht, und schon setze ich wieder wild drauf los … Dass ich das überlebt habe!

Zwischendurch zucken mir Zahlen durch den Kopf, Strategien und Wahrscheinlichkeiten setzen sich fest. Doch dann stoße ich sie von mir und spiele spontan, rein instinktiv, lasse mich blindlings treiben. Offenbar bin ich sehr durch den Wind. Die Croupiers müssen mich mehrfach korrigieren wegen einiger ziemlich schwerer Fehler. Ich muss mir immer wieder die Schläfen befeuchten, die Hände zittern die ganze Zeit. Ab und zu springen kleine Polacken herbei, mit ihren Gratisratschlägen, doch ich höre nicht hin. – Und die Glückssträhne reißt nicht ab! Plötzlich erhebt sich rings Geraune und Gelächter: *Bravo, bravo!*, rufen alle, manch einer applaudiert sogar. Ich habe auch hier die Bank leergeräumt, und sie wird bis morgen früh geschlossen!

»Gehen Sie jetzt, gehen Sie«, raunt mir von rechts jemand ins Ohr. Wohl irgendein Frankfurter Jude, der die ganze Zeit über am Tisch steht und mir vielleicht auch ein paarmal geholfen hat.

»Um Gottes Willen, gehen Sie«, flüstert mir eine andere Stimme von links zu. Ich schaue schnell aus den Augenwinkeln. Es ist eine diskret und anständig gekleidete Dame um die Dreißig mit kränklich bleichem Gesicht, das aber große einstige Schönheit erahnen lässt. In dem Moment stopfe ich mir die Taschen mit den Schecks voll, die ich einfach zusammenknülle und sammle die restlichen Goldmünzen ein. Als ich die letzte Rolle von 50 Friedrichsdor ergreife, gelingt es mir, diese ganz unauffällig in die Hand der bleichen Dame zu drücken – ich muss es einfach tun –, und ihre dünnen schlanken Finger krallen sich in meiner Hand fest – zum Zeichen des innigsten wärmsten Danks. (Das alles geschieht in einer Sekunde.)

Ich packe und gehe über zu *trente et quarante*.

Trente et quarante ist für feinere Kreise. Das sind schließlich Karten und kein Roulette. Die Bank kommt für 100 000 Taler auf. Das Limit beträgt 4000 Florine. Ich kenne das Spiel so gut wie gar nicht, weiß auch nicht, wie man setzt, außer auf die Farben *Schwarz* oder *Rot* (was hier wie bei Roulette möglich ist). Und genau die nehme ich mir vor. Das ganze Kurhaus läuft zusammen. Habe ich bei all dem Trubel auch nur einmal an Polina gedacht? – Ich empfinde nur tiefe unsägliche Lust, diese Geldscheine anzufassen, die da vor mir zu Haufen anwachsen.

Als hätte mich das Schicksal selbst gelenkt! Diesmal geschieht etwas Besonderes, was aber gar nicht so selten vorkommt: Da bleibt das Glück an einer Farbe hängen – zum Beispiel an *Rot* – und lässt sie nicht los, zehn- oder fünfzehnmal in Folge. So weiß ich zum Beispiel vom Hörensagen, dass *Rot* letzte Woche zweiundzwanzigmal hintereinander gefallen ist. Wann gibt es denn so etwas beim Roulette? Jedenfalls erzählt man es mit der größten Verwunderung. Natürlich setzt niemand mehr auf *Rot*, nach etwa zehn Mal traut sich einfach keiner mehr. Aber auch auf *Schwarz*, auf die Gegenfarbe, würde kein erfahrener Spieler setzen. Denn ein erfahrener Spieler weiß, dass der Zufall sehr launisch sein kann. Man sollte doch meinen: Nach sechzehnmal *Rot* kommt es auch mal anders. Auf so etwas stürzen sich die Anfänger zuhauf, verdoppeln, verdreifachen ihre Einsätze und verlieren haushoch.

Aber verbiestert wie ich bin, bleibe ich, sobald ich bemerke, dass *Rot* siebenmal hintereinander fällt, ganz bewusst bei dieser Farbe. Natürlich ist das zur Hälfte auch Eitelkeit: Ich will allen zeigen, was für ein Teufelskerl ich bin, aber auf einmal – ein seltsames Gefühl – erfasst mich tatsächlich, auch ohne jede Eitelkeit, ein kolossaler Übermut. Vielleicht ist die Seele, die so viel erlebt hat, von all den Eindrücken gar nicht satt, sondern wird von ihnen nur angestachelt und verlangt nach stärkerem Nervenkitzel bis sie vollkommen entkräftet ist. Und ich lüge nicht: Wäre es erlaubt, 50 000 Florine auf einmal zu setzen, ich hätte sie kurzerhand gesetzt. Rings heißt es nur: *Verrückt, verrückt! Rot* sei schon vierzehnmal gefallen!

»*Monsieur a gagné déjà cent mille florins*«, erklingt neben mir eine fremde Stimme.

Da komme ich zu mir. Wie? Dann habe ich an diesem Abend 100 000 Florine gewonnen? Wozu brauche ich denn mehr! Ich stürze mich auf die Scheine, zerknülle sie und stopfe sie in meine Taschen, ohne zu zählen, dann das Gold, alle Rollen und will nur hier fort. Als ich durch die Säle gehe, lacht alles beim Anblick meiner prall gefüllten Taschen und meines torkelnden Gangs wegen des Gewichts der Goldmünzen (ich glaube, es waren weit über zehn Pfund). Hände strecken sich mir entgegen, und ich verteile so viel ich kann. Am Ausgang halten mich zwei Juden auf.

»Sie sind mutig! Sie sind sehr mutig!«, sagen sie mir. »Aber Sie müssen morgen früh unbedingt wieder abreisen, sonst verspielen Sie einfach alles …«

Ich höre nicht hin. Die Allee ist dunkel, man sieht seine eigene Hand vor Augen nicht. Bis zum Hotel ist es noch ein Weg. Ich hatte noch nie Angst vor Dieben und Räubern, selbst als Kind nicht, sie beschäftigen mich auch jetzt nicht. Was aber beschäftigt mich jetzt? – Ich weiß es nicht, ich kann keinen klaren Gedanken fassen. Ich fühle nur Lust an all dem Erfolg, es ist ein Machtrausch, ein Siegestaumel – wie lässt sich das noch treffender ausdrücken? Mir schwirrt Polinas Bild durch den Sinn. Ich weiß: Ich bin unterwegs zu ihr, gleich werde ich sie sehen, ihr alles berichten, es ihr zeigen … Doch kaum fällt mir ein, was sie mir vorhin erzählt hat und weswegen ich ins Kurhaus gegangen bin, erscheinen mir all die Empfindungen, die mich vor gerade mal anderthalb Stunden heimgesucht haben, als etwas Vergangenes, längst Überholtes, Ausgedientes, an das wir nie mehr zurückdenken werden, weil alles jetzt neu geworden ist … Fast schon am Ende der Allee angelangt, werde ich nun doch von Furcht ergriffen: Was, wenn mich einer überfällt, ermordet, ausraubt? Mit jedem Schritt verdoppelt sich meine Panik. Beinahe laufe ich. Doch da zeigt sich auf einmal unser Hotel, von tausenden Lichtern bestrahlt – Gott sei Dank, nichts passiert.

Ich eile nach oben und stoße rasch die Tür auf – Polina sitzt da – auf meinem Sofa – vor einer Kerze – die Arme gekreuzt. Irritiert starrt sie mich an, und vermutlich gebe ich in dem Augenblick auch tatsächlich ein recht befremdliches Bild ab. Ich bleibe vor ihr stehen und beginne, das große Geld auf dem Tisch aufzutürmen.

Kapitel 15

Ich weiß noch, sie blickt mich sehr durchdringend an, freilich ohne dabei ihren Platz zu verlassen oder auch nur die Position zu wechseln.

»Ich habe 200 000 Francs gewonnen«, rufe ich, die letzte Rolle herausholend. Ein riesiger Haufen von Schecks und Münzen nimmt den gesamten Tisch ein, und ich kann meine Augen nicht von ihm lassen. Für eine Weile existiert Polina nicht. Mal bringe ich diese Stapel von Schecks in Ordnung, mal schiebe ich diese Goldmünzen zusammen, mal lasse ich alles ruhen und beginne, durchs Zimmer zu tigern, zerbreche mir den Kopf, trete plötzlich zurück an den Tisch und zähle das Geld zum zigsten Mal. Dann, wie von einer Wespe gestochen, renne ich zur Tür, sperre sie zu und wende den Schlüssel dreimal im Schloss um. Dann bleibe ich gedankenversunken vor meinem kleinen Koffer stehen.

»Oder soll ich es bis morgen im Koffer verstauen?«, frage ich in Richtung Polina. Und da fällt sie mir wieder ein. Immer noch sitzt sie, ohne sich zu rühren, am selben Platz und beobachtet mich. Ihr Gesichtsausdruck ist irgendwie seltsam, nein, dieser Ausdruck verheißt nichts Gutes! Und ich liege bestimmt richtig, wenn ich sage: Er ist regelrecht hasserfüllt.

Ich gehe auf sie zu.

»Polina, hier sind 25 000 Florine, das macht 50 000 Francs, sogar mehr. Nehmen Sie das Geld und schleudern Sie es ihm ins Gesicht, schon morgen!«

Sie antwortet nicht.

»Wenn Sie wollen, bringe ich es ihm selbst vorbei, morgen früh, ja?«

Auf einmal lacht sie los. Sie lacht sehr lange.

Voller Verwunderung und mit bitterem Gefühl sehe ich sie an. Dieses Lachen! Es erinnert mich stark an das Lachen neulich: Jenes nicht enden wollende Lachen! Jenes spöttische Lachen, das sie immer befällt, wenn ich mich ihr gegenüber öffne. Jetzt hört sie auf zu lachen und runzelt die Stirn, mustert mich streng von oben herab.

»Ich nehme Ihr Geld nicht«, sagt sie verächtlich.

»Wie? Was soll das?«, rufe ich aus. »Was ist los, Polina? Warum nicht?«

»Ich nehme kein Geld ohne Gegenleistung.«

»Aber ich gebe es Ihnen als Freund, nehmen Sie von mir aus mein ganzes Leben!«

Sie wirft mir einen langen bohrenden Blick zu, so als wollte sie mich durchstechen.

»Zu viel der Ehre!«, sagt sie und verzieht den Mund. »Eine Geliebte von des Grieux ist keine 50 000 Francs wert.«

»Polina, wie können Sie so mit mir reden!«, rufe ich vorwurfsvoll. »Bin ich vielleicht des Grieux?«

»Ich hasse Sie! Jawohl! … Ich hasse Sie noch viel mehr als des Grieux!«, zischt sie und lässt ihre Augen blitzen.

Dann schlägt sie die Hände vors Gesicht und bricht in hysterisches Schluchzen aus. Ich stürze zu ihr.

So langsam begreife ich, dass sich mit ihr in meiner Abwesenheit etwas ereignet haben muss. Sie ist wie von Sinnen.

»Kauf mich! Willst du? Willst du es? Für 50 000 Francs, wie des

Grieux!«, entreißt es sich ihr in krampfhaftem Stöhnen. Ich drücke sie, küsse ihre Hände, ihre Füße, sinke vor ihr auf die Knie.

Der Anfall klingt allmählich ab. Sie legt beide Arme auf meine Schultern und betrachtet mich aufmerksam, will offenbar etwas aus meinem Gesicht herauslesen. Sie hört mich an, ohne hinzuhören. Irgendein Kummer, irgendein Gedanke überschattet sie jetzt. Sie macht mir Angst: Ich werde das Gefühl nicht los, dass sie den Verstand verliert. Mal beginnt sie, mich leise an sich zu ziehen, und ein vertrauensvolles Lächeln wiegt sich bereits auf ihrem Gesicht, mal stößt sie mich weg und lässt ihren trüben Blick über mich schweifen.

Plötzlich fällt sie mir um den Hals.

»Du liebst mich doch, nicht wahr?«, sagt sie. »Du hättest …. du hättest dich für mich um ein Haar mit dem Baron duelliert!«, und wieder lacht sie los, als sei ihr etwas Lustiges und Nettes eingefallen. Und sie weint und lacht durcheinander. Was soll ich da tun? Ich bin selbst wie im Fieber. Sie versucht, mir etwas zu sagen, aber ich kann fast gar nichts verstehen. Irgendein wirres Gestotter, Gelall, als müsste sie mir ganz dringend etwas mitteilen, eine Kaskade, die manchmal vom ausgelassenen Lachen unterbrochen wird, was mir, offen gesagt, Sorgen macht. »Nein, nein, du bist lieb, du bist lieb«, wiederholt sie. »Du bist treu, du bist treu!«, und wieder legt sie mir ihre Arme auf die Schultern, sieht mich an und sagt unaufhörlich: »Du liebst mich doch, liebst mich doch … Du wirst mich doch lieben, nicht wahr, nicht wahr?« Ich kann meinen Blick nicht von ihr wenden. Ich habe bei ihr noch nie zuvor einen solchen Sturm von Liebe und Zärtlichkeit beobachten können, das ist jetzt natürlich etwas Krankhaftes, aber … als sie meine Erregung bemerkt, setzt sie plötzlich ein schelmisches Lächeln auf und spricht – so mir nichts, dir nichts – von Mister Astley …

Aber von Mister Astley hat sie auch vorher schon geredet (auch gerade, als sie versuchte, mich etwas Wichtiges wissen zu lassen), doch wurde ich aus all dem nicht schlau. Wie es aussieht, macht sie sich über ihn lustig, wiederholt andauernd, er würde warten ... Und man dürfe davon ausgehen, dass er jetzt, in diesem Augenblick, unten vor dem Fenster steht. »Ja, genau, unten, vor dem Fenster. Sieh doch nach, wenn du mir nicht glaubst! Er ist hier, er ist hier!« Und sie stößt mich zum Fenster, doch schon bei meiner kleinsten Bewegung, kullert sie sich vor Lachen, und so bleibe ich da, bei ihr, und schon umarmt sie mich wieder wie wild.

»Wir werden doch abreisen ... morgen ... nicht wahr?«, kocht es in ihrem überanstrengten Hirn. »Was glaubst du ... (sie versinkt in Grübeln) ... schaffen wir es, Großmutter einzuholen? Also spätestens in Berlin. Was glaubst du, was die sagt, wenn wir sie einholen und sie uns sieht? Und Mister Astley? ... Na, wenigstens stürzt der sich nicht vom Schlangenberg! Oder? Was meinst du? (Sie prustet los.) Hör dir das an: Weißt du, wohin er im nächsten Sommer fährt? Zum Nordpol für wissenschaftliche Studien! Und hat auch mich eingeladen, mitzukommen, ha, ha, ha! Er sagt, wir Russen wären ohne die Europäer geliefert und zu gar nichts fähig ... Aber er ist trotzdem lieb! Selbst den General verurteilt er nicht, kannst du dir das vorstellen? Er sagt, es ist Blanche ... es ist Leidenschaft ... ich weiß nicht, ich weiß nicht«, wiederholt sie ein paarmal, verhaspelt sich und verliert den Faden. »Irgendwie tun die mir alle so leid, auch Großmutter ... So, so, dann willst du also des Grieux töten! Und glaubst, du könntest es einfach so tun? Dummchen! Wie kommst du auf die Idee, dass ich dich gegen ihn antreten lasse! Du würdest ja noch nicht mal mit dem Baron fertigwerden!«, fügt sie hinzu und lacht plötzlich lauthals. »Ach, du warst neulich zum Schießen komisch, bei der Sache mit dem Baron! Ich sah euch beide von der Bank aus. Du hast dich ja nicht gerade darum gerissen, meinen Befehlen Folge zu leisten! Mein Gott, ich musste ja so lachen, so lachen«, sagt sie und lacht.

Und schon küsst sie mich wieder und umarmt mich, drückt ihr Gesicht voller Zärtlichkeit an meines. Und schon höre und sehe ich nichts mehr. Ein Schwindel erfasst mich.

Ich vermute, es ist gegen sieben Uhr morgens, als ich wieder zu mir komme. Die Sonne scheint ins Zimmer herein. Polina sitzt neben mir und sieht sich etwas verwundert um, so als würde sie aus einer Umnachtung zurückkehren und ihre Erinnerungsfetzen sammeln. Auch sie ist gerade erst aufgewacht und betrachtet aufmerksam den Tisch und das Geld. Mein Schädel ist schwer und brummt. Eben möchte ich Polinas Hand ergreifen, da stößt sie mich fort und springt vom Sofa. Ein trüber Tag schleicht heran, vor dem Morgengrauen hat es geregnet. Sie geht ans Fenster, öffnet es, lässt Kopf und Brust hinaushängen, stützt sich mit den Ellen am Fensterbrett ab und bleibt so an die drei Minuten stehen, ohne sich nach mir umzuschauen, ohne zu hören, was ich rede. Ängstlich frage ich mich: Was geschieht denn jetzt und wo führt das alles noch hin? Plötzlich tritt sie vom Fenster weg, nähert sich dem Tisch, wirft mir einen extrem hasserfüllten Blick zu und sagt mit vor Wut zuckenden Lippen:

»Nun, wo bleiben denn meine 50 000 Francs?«

»Polina, ach nein, nicht schon wieder!«, stammle ich.

»Oder hast du es dir etwa anders überlegt, ha, ha, ha! Und es tut dir leid?«

Die 25 000 Florine liegen, schon seit gestern abgezählt, auf dem Tisch. Ich nehme sie und gebe sie ihr.

»Die gehören jetzt mir? Oder etwa nicht?«, fragt sie gereizt, während sie das Geld nimmt.

»Sie sind schon immer dein gewesen«, antworte ich.

»Ach ja? Da hast du deine 50 000!« Sie holt aus und schleudert mir das Geld ins Gesicht. Das Päckchen trifft mich ziemlich schmerzhaft, und die Scheine wirbeln zu Boden. Und Polina stürzt hinaus.

Na gut, sie ist nicht ganz bei Trost, wobei ich, ehrlich gesagt, diese temporäre Störung nicht wirklich nachvollziehen kann. (Zumal sie immer noch anhält, also selbst einen Monat nach den Ereignissen.) Was aber ist der Auslöser dieses Zustands und vor allem dieser Aggression? – Verletzter Stolz? Verzweiflung darüber, dass sie einen wie mich aufsuchen musste? Oder glaubt sie, ich bilde mir auf mein Glück was ein und will mich, wie des Grieux, von ihr loskaufen – für schlappe 50 000 Francs? – Aber so ist es doch gar nicht gewesen! Mein Gewissen ist Zeuge! Vielmehr denke ich, schuld daran ist einzig und allein ihre Eitelkeit. Aus purer Eitelkeit wollte sie mir kein Vertrauen schenken, aus purer Eitelkeit wollte sie mich verletzen – wenn auch möglicherweise unbewusst. (In dem Fall bestraft sie mich stellvertretend für des Grieux, und ich bin gewissermaßen schuldlos schuldig.) Außerdem war sie geistig verwirrt. In dem Augenblick sah ich das ja auch ganz deutlich, machte aber darum kein Aufhebens, und jetzt kann sie mir das nicht verzeihen – gut, das ist jetzt, aber was war vorher? Ihre Verwirrung kann doch nicht so stark gewesen sein, dass sie nicht ahnte, was geschieht, wenn sie mit des Grieux' Brief in der Hand zu mir geht? Was wiederum heißt: Sie wusste, was sie tut!

Auf die Schnelle kippe ich meine ganzen Scheine und diese ganzen Haufen von Goldmünzen aufs Bett, decke sie zu und verlasse das Zimmer etwa zehn Minuten später. Ich gehe davon aus, dass Polina inzwischen auf ihrem Zimmer ist, und so will ich mich diskret bei dem Kindermädchen nach ihrem Zustand erkundigen. Umso größer ist meine Verwunderung, als ich dem Kindermädchen auf der Treppe begegne und erfahre, Polina sei noch nicht zurück. Wie sich herausstellt, ist das Kindermädchen gerade seinerseits auf dem Weg zu mir, um nach Polina zu sehen.

»Sie ist …«, antworte ich ihr, »sie ist gerade von mir weggegangen, vor zehn Minuten, wenn's hochkommt. Wo könnte sie denn bloß stecken?«

Das Kindermädchen schaut mir vorwurfsvoll in die Augen.

Dabei brodelt schon mächtig die Gerüchteküche: Im Dienstbotenzimmer und beim Portier wird gemunkelt, das Fräulein sei morgens um sechs, mitten im Regen, aus dem Hotel gestürmt und in Richtung *Hotel d'Angleterre* gelaufen. Den Worten des Personals kann ich entnehmen: Es ist bestens darüber im Bilde, dass sie die Nacht auf meinem Zimmer verbracht hat. Im Übrigen ist jetzt die ganze Generalsfamilie Gegenstand des allgemeinen Gespötts: Es hat längst die Runde gemacht, dass der General verrücktspielt. Sein gestriger Heulkrampf war jedenfalls überall im Hotel zu hören. Hier weiß man auch: Die alte Dame, *la comtesse russe*, ist natürlich seine Frau Mutter, extra aus Russland angereist, um den Sohn vor der Ehe mit Mademoiselle Blanche de Cominges zu bewahren oder ihn – im Falle seines Ungehorsams – zu enterben. Und da er sich als unbelehrbar zeigt, verspielt die Gräfin absichtlich ihr Geld – und zwar direkt vor seinen Augen – damit ihm am Ende nichts mehr bleibt. *Diese Russen!*, wiederholt der Portier und kann darob nur entrüstet den Kopf schütteln. Die anderen lachen. Der Portier stellt allmählich die Rechnung zusammen. Mein Gewinn hat sich auch schon herumgesprochen. Karl, der für meinen Flur zuständig ist, gratuliert mir als Erster. Aber ich habe jetzt weiß Gott anderes zu tun, als mir das Gerede anzuhören. Flugs eile ich zum *Hotel d'Angleterre*.

Es ist noch früh. Mister Astley empfängt keinen. Als er erfährt, ich sei da, kommt er persönlich in den Korridor, bleibt vor mir stehen und richtet auf mich stumm seinen typischen gläsernen Blick, abwartend, was ich zu sagen habe. Ich erkundige mich sogleich nach Polina.

»Sie ist krank«, antwortet Mister Astley, wobei er mich immer noch unverwandt anstarrt.

»Dann ist sie also tatsächlich bei Ihnen?«

»O ja, sie ist hier, bei mir.«

»Und Sie sind gewillt, sie … bei sich zu behalten?«

»O ja, ich bin durchaus gewillt.«

»Mister Astley, das führt doch zu einem Skandal. Das darf nicht geschehen. Und außerdem ist sie krank, sehr krank. Vielleicht haben Sie das ja nicht bemerkt.«

»O ja, das habe ich durchaus bemerkt. Ich habe Ihnen doch gleich gesagt: Sie ist krank. Denn wäre sie nicht krank, sie hätte die Nacht nicht bei Ihnen verbracht.«

»Demnach sind Sie auch darüber unterrichtet?«

»O ja, ich bin auch darüber unterrichtet. Sie war gestern auf dem Weg zu mir, ich hätte sie zu einer Verwandten gebracht, aber da sie ja krank war, hat sie sich verlaufen und landete bei Ihnen.«

»Na, sieh einer an! Meinen herzlichen Glückwunsch, Mister Astley. Ach, da fällt mir gleich ein: Sie haben doch nicht – rein zufällig – die ganze Nacht unten vor meinem Fenster verbracht? Miss Polina zwang mich immer wieder, das Fenster zu öffnen und hinauszuschauen und hat sich dabei köstlich amüsiert.«

»Ach, tatsächlich? Nein, ich war nicht dort unten. Ich habe im Korridor auf sie gewartet und bin ständig auf und ab marschiert.«

»Sie braucht ärztliche Hilfe, Mister Astley.«

»Ich habe schon einen Arzt rufen lassen. Und sollte sie sterben, dann werde ich Sie dafür zur Rechenschaft ziehen.«

Ich bin verblüfft: »Ich bitte Sie, Mister Astley, was wollen Sie damit andeuten?«

»Ist das wahr, dass Sie gestern 200 000 Taler gewonnen haben?«

»Nein, nur 100 000 Florine.«

»Na, sehen Sie! Dann fahren Sie doch nach Paris.«

»Und wieso?«

»Weil alle Russen, die Geld haben, nach Paris fahren«, erklärt Mister Astley in einem Tonfall, als zitierte er gerade einen Lexikonartikel.

»Was soll ich denn jetzt im Sommer in Paris? Mister Astley, ich liebe Polina! Und Sie wissen das immer noch am besten.«

»Ist das so? Ich bin vom Gegenteil überzeugt. Außerdem, wenn Sie hier bleiben, werden Sie mit Sicherheit alles verspielen und dann bleibt Ihnen nichts, um nach Paris zu fahren. Leben Sie wohl, ich bin zutiefst überzeugt, dass Sie heute noch nach Paris fahren werden.«

»Leben Sie wohl, aber – tut mir leid! – nach Paris werde ich ganz bestimmt nicht fahren. Mister Astley, bedenken Sie einen Augenblick, in welcher Lage wir uns befinden! In einem Wort: Der General … Und nun dieses Nachspiel mit Miss Polina … Das wird ein Stadtgespräch werden.«

»O ja, ein Stadtgespräch. Doch ich vermute, den General kümmert das kaum, er hat im Augenblick ganz andere Sorgen. Außerdem hat Miss Polina das uneingeschränkte Recht, selbst zu entscheiden, wo sie wohnen will und wo nicht. Und was die Familie anbetrifft, so darf getrost festgestellt werden, dass sie nicht länger mehr existiert.«

Ich gehe und schmunzele über die seltsame Gewissheit dieses Engländers, dass ich unbedingt nach Paris fahren werde. Und er will sich mit mir duellieren, sollte Fräulein Polina sterben – also das nenne ich eine Wendung! Ich muss sagen, Polina tut mir zwar leid, aber seit dem Augenblick, da ich gestern am Spieltisch stand und ganze Stapel von Geld scheffelte, ist meine Liebe fast in den Hintergrund gerückt. Das sage ich jetzt, aber damals war mir das alles noch gar nicht klar. Bin ich denn wirklich ein Spieler? Ein Zocker? Und liebe Polina auf … so seltsame Weise? – Nein, bei Gott, ich habe sie ehrlich geliebt! Aber als ich jetzt von Mister Astley fortgehe, fühle ich mich traurig und rundum schuldig. Doch ausgerechnet da widerfährt mir eine komische und alberne Sache.

Ich bin auf dem Weg zum General, als plötzlich – nicht weit von seiner Suite – eine Tür aufgeht und mich jemand ruft. Es ist

Madame *veuve* de Cominges und sie ruft mich auf Wunsch von Mademoiselle Blanche, deren Suite ich auf einmal betrete.

Die Suite ist nicht groß, es sind nur zwei Räume. Aus dem Schlafzimmer dringt schallendes Gelächter von Mademoiselle Blanche, die dabei ist, aufzustehen.

»Ah, c'est lui! Viens donc, bêtà! Ast du gestern wirklische *gagné une montagne d'or et d'argent? J'aimerais mieux l'or.«*

»Ja, ich habe gewonnen«, antworte ich lachend.

»Wie viele?«

»100 000 Florine.«

»Bibi, comme tu es bête. Komm doch ehr, ische öre nischte. *Nous ferons bombance, n'est-ce pas?«*

Ich trete ein. Sie ruht unter einer rosa Seidendecke, darunter schauen kerngesunde, südländische und bezaubernde Schultern hervor, Schultern, von denen man nur träumen kann, auf die Schnelle bedeckt mit einem blendend weißen batistenen Spitzenhemdchen, das so wunderbar zu ihrer getönten Haut passt.

»Mon fils, as-tu du coeur?«, ruft sie aus, sobald sie mich sieht. Ihr Lachen war schon immer sehr heiter und manches Mal sogar aufrichtig.

»Tout autre ...«, versuche ich es mit einer Corneille-Paraphrase.

»Siehst du, *vois tu*«, plaudert sie los, »ische müss meine Strümpf finden, du mire elfen? Unde: *Si tu n'est pas trop bête, je te prends à Paris.* Weißt du, ische wille abreisenne.«

»Jetzt gleich?«

»In einer alben Stünd.«

Tatsächlich ist alles schon gepackt. Die Koffer und Kleider sind bereit. Auch der Kaffee ist längst serviert.

»Eh bien! Willst du, *tu verras Paris. Dis donc qu'est ce que c'est qu'un* Auslärär*? Tu étais bien bête, quand tu étais* Auslärär. Wo sind meine Strümpf? Möschtest du sie mir nischte anziehenne? Na los!«

Und sie hält mir ein wirklich fabelhaftes Füßchen hin – klein, nicht verunstaltet, wie fast alle diese Füßchen, die in ihren Schuhen so niedlich wirken. Ich lache und streife ihr den Seidenstrumpf über, und sie sitzt auf dem Bett und plaudert und plaudert.

»*Eh bien, que feras-tu, si je te prends avec? Je veux cinquante mille francs.* Du gibst sie mire in Frankfürte. *Nous allons à Paris*; dorte wir leben züsamm, *et je te ferais voir des étoiles en plein jour*. Du ast nie Frauen gesehen wie dorte. Ör zu …«

»Ach, nur 50 000? Mehr nicht? Und was bleibt dann für mich übrig?«

»*Et cent cinquante mille francs*, du ast vergessen! Und außerdeme isch wohnen mit dire züsamm, eine Monat, zwei Monat, *que sais-je*! Unde fünfzische tausend wir brauchenne führ zwei Monat. Siehst du, *je suis bonne enfant* unde es dire gleische sagen, *mais tu verras des étoiles*.«

»Wie? Alles für nur zwei Monate!«

»Wie? Du aben Angst? *Ah, vil esclave!* Eine solsche Monat viele besser als dein ganzes Leben! Eine Monat – *et après le déluge! Mais tu ne peux comprendre, va!* Inaus mit dire! Du aben es nischte verdient! *Mais que fais-tu?*«

In diesem Augenblick bin ich gerade dabei, ihr den anderen Strumpf anzuziehen, doch ich halte es nicht aus und küsse ihr das Füßchen. Sie entreißt es mir und traktiert mein Gesicht mit den Zehenspitzen, endlich jagt sie mich fort. »*Eh bien, mon* Auslärär, *je t'attends, si tu veux!* Ische fahre in einer Viertelstünd!«, ruft sie mir nach.

Zurück in meinem Zimmer, dreht sich mir alles im Kopf herum. Schließlich ist es nicht meine Schuld, wenn Polina mir ein Bündel Scheine mitten ins Gesicht wirft und mir ganz offenbar Mister Astley vorzieht! Einige der verstreuten Schecks liegen immer noch am Boden herum – ich hebe sie auf. In dem Augenblick öffnet sich die Tür und herein tritt der Portier in Person (der mich früher so gar nicht beachten wollte) – mit einer Einladung: »Möchten der Herr vielleicht in eine Luxussuite weiter unten umsiedeln? Der Graf B. ist soeben ausgezogen.«

Einen Moment denke ich nach.

»Die Rechnung!«, rufe ich. »In zehn Minuten geht mein Zug!« Also gut, wenn nach Paris, dann nichts wie hin!, sage ich mir. So steht es offenbar in den Sternen!

Und eine Viertelstunde später sitzen wir zu dritt in einem Extrawaggon: Ich, Mademoiselle Blanche und Madame *veuve* de Cominges. Mademoiselle Blanche muss jedes Mal, wenn sie mich sieht, fast zum Umfallen lachen. Und Madame *veuve* stimmt gleich mit ein. Ich kann nicht sagen, dass mich das sehr freut. Mein Leben bricht auf einmal entzwei, aber seit gestern habe ich es mir angewöhnt, alles auf eine Karte zu setzen. Vielleicht stimmt es, und das Geld ist mir zu Kopf gestiegen? *Peut-être, je ne demandais pas mieux.* Ich habe das Gefühl, es ist Szenenwechsel, aber nur für eine kurze Frist. In einem Monat bin ich wieder zurück, und dann … und dann werden wir ja sehen, wer zuletzt lacht, dear Mister Astley! Nein, wenn ich es mir so recht überlege, bin ich im Inneren doch sehr traurig, auch wenn ich die ganze Zeit über mit Blanche, dieser albernen Gans, herumkichere.

»Na und? Was ast du? Du bist so dumm! O, mein Güt, du bist so dumm!«, ruft Blanche, unterbricht auf einmal ihr Lachen, um mir dann im Ernst die Leviten zu lesen: *»Mais oui, mais oui*, wir werden deine zweiünderttausend Francs ausgeben, *mais tu seras heureux, comme un petit roi.* Ische werde dire selbär dein Alstüch bindenne! Ische machen dische bekannt mit Hortense! Und wenn wir kein Geld mehre aben, du wieder kommen ehr und gewinnen. Was aben dire die Juden gesagt? Du aben sehr viele Müt! Du werden mire noch sehr viele Geld nach Paris bringenne! *Quant à moi, je veux cinquante mille francs de rente et alors …«*

»Und der General?«, frage ich.

»Und der General, du weißt, ohlt mir um diese Stünd jeden Tag Blüm. Eute soll er mire besonders selten Blüm ohlen. Ische ihn gebetenne. *Le pauvre général!* Er kommen zurück, und der Vögel ist fortgeflogenne. Und er fliegen uns interehre. Ha-ha-ha! Ische werde sehre froh sein. In Paris ische ihn gut brauchenne. Und dein Mister Astley bezahlen führ ihn …«

Und so fahre ich nach Paris.

Kapitel 16

Was soll ich schon über Paris sagen? – Ein einziger Taumel, eine Marotte. Ich durchlebe ihn dort kaum mehr als drei Wochen, und in dieser Frist werden meine 100 000 Francs restlos verbraten. Die Rede ist tatsächlich von den 100 000 – denn die restlichen 100 000 überreiche ich Blanche in bar: 50 000 in Frankfurt und drei Tage später in Paris noch einmal 50 000 in Form eines Wechsels, den sie jedoch in nur einer Woche bei mir einlöst, *et les cent mille francs qui nous restent, tu les mangeras avec moi, mon* Auslärär! Sie nennt mich ausschließlich *Auslärär*. Es fällt schwer, sich etwas vorzustellen, das berechnender, kleinlicher und knauseriger wäre als diese Spezies – Mademoiselle Blanche. Aber das gilt allein für ihr eigenes Geld. Was meine 100 000 Francs anbelangt, so verkündet sie mir später *directement*, sie benötige sie, um sich in Paris zu etablieren: »Ische will ein führ allemal öchst anständig sein. Niemand mehre wird mische kleinemachen. Daführ ische gesorgt aben!«, fügt sie hinzu. Im Übrigen bekomme ich von diesen 100 000 so gut wie nichts zu sehen. Das Geld ist die ganze Zeit bei ihr, während meine Brieftasche (aus der sie sich ohnehin tagtäglich bedient) kaum mehr als 100 Francs aufweist, meistens sogar noch viel weniger.

»Wozu du überaupt brauchen Geld?«, fragt sie mich unschuldig wie ein Lamm, und ich möchte ihr nur ungern widersprechen. Aber mein Geld ist anscheinend doch gut genug, um ihre Wohnung auszustatten (und ich muss sagen: gar nicht mal übel), und als ich dort schließlich einziehen darf, zeigt sie mir die Zimmer mit den Worten: »Siehst du, wenn du aben Kalküle und Geschmack, du können auch mit klitzeklein Süm ein übsche Wohnung machenne!« Dabei beträgt diese *klitzeklein Süm* ganz genau 50 000 Francs. Für die restlichen 50 000 schafft sie sich Pferde und Kutsche an, außerdem schmeißen wir zwei Tanzbälle, das heißt: zwei rauschende Feste, bei denen auch Hortense und Lisette und Cléopâtre zugegen sind – Frauen, die in ihrer Art bemerkenswert sind (und auch sonst nicht zu verachten). Bei diesen Festen muss ich gezwungenermaßen die idiotische Rolle des Hausherrn spielen, sprich: neureiche ganz und gar abgestumpfte Krämer empfangen und unterhalten, unerträglich bornierte Armeeflegel sowie schäbige Schreiberlinge und Zeitungsfritzen in modischen Fräcken und gelben Handschuhen, gewappnet mit einer so phänomenalen Selbstherrlichkeit und Arroganz, wie sie selbst bei uns in Petersburg unvorstellbar wäre (was schon einiges heißt). Sie versuchen, sich über mich lustig zu machen, doch ich besaufe mich mit Champagner und verbringe den Rest der Zeit schnarchend in einem Hinterzimmer. Das alles ist mir höchst widerwärtig. »*C'est un* Auslärär!«, gibt Blanche zum Besten. *»Il a gagné deux cent mille francs*, und ätte ohne mische nischte gewüsst, wie sie ausgebenne! *Quelqu'un connaît une position? Vous devez faire quelque chose pour lui.«* – Zum Champagner muss ich immer öfter greifen, weil ich mir sonst sehr niedergeschlagen und *très ennuyé* vorkomme. Ich lebe da mitten in einem höchst bourgeoisen merkantilen Umfeld, wo noch jeder verschimmelte Sou gewogen und eingerechnet ist. In den ersten zwei Wochen mag mich Blanche überhaupt nicht, das habe ich gleich bemerkt. Es ist wohl wahr, sie kleidet mich stets nach dem letzten Schrei und bindet mir, wie angedroht, tagtäglich das Halstuch, aber tief in ihrem Herzen hat sie für mich nur Verachtung übrig. Aber das kümmert mich nicht weiter. Angeödet und finster schlage ich die Zeit für gewöhnlich im *Château des Fleurs* tot, wo ich mich jeden gottverdammten Abend nach Strich und Faden vollllaufen lasse und mir den *Cancan* beibringe (der dort, nebenbei bemerkt, ganz miserabel getanzt wird), womit ich es in Folge sogar zu einer traurigen Berühmtheit schaffe. Endlich aber durchschaut mich Blanche: Sie ist ursprünglich davon ausgegangen, dass ich Zeit unseres Zusammenlebens ihr auf Schritt und Tritt nachgehen werde – mit Papier und Bleistift in der Hand – und mir alles fein hübsch notiere: Soundso viel hat sie ausgegeben, soundso viel hat sie eingesteckt, soundso viel will sie noch ausgeben, soundso viel will sie noch einstecken. Natürlich ist sie davon überzeugt, dass wir uns wegen jedes lausigen Betrags von zehn Francs in die Haare kriegen werden. Auf meine vermeintlichen Einwände hat sie wohlweislich Ausreden parat. Da die Einwände jedoch ausbleiben, muss sie sich die Ausreden selbst auftischen. Sie erhebt ihre Stimme, kommt in Fahrt, doch sobald sie merkt, dass ich nur schweige – die meiste Zeit über auf der Couch liegend und zur Decke starrend – hält sie verwundert inne. Erst sagt sie sich, ich sei einfach nur dumm – ein *Auslärär* eben – und erklärt nichts weiter. Nach dem Motto: *Warum ische ihm erklärenne? Er sowieso nichts merkenne!* Dann verschwindet sie, doch zehn Minuten später ist sie wieder da (das geschieht vor allem dann, wenn sie besonders horrende Summen verplempert hat und zwar für Dinge, die wir uns auf gar keinen Fall leisten können: Zum Beispiel wechselt sie ihr Gespann aus und kauft sich für schlappe 16 000 Francs zwei neue Pferde).

»Du mire nicht böse, Bibi?«, schmeichelt sie sich an mich heran.

»Na-a-a-a-i-n! Ge-e-e-e-e-h!«, antworte ich und schiebe sie mit dem Arm beiseite, doch das ist dermaßen ungewohnt für sie, dass sie sich gleich wieder zu mir setzt:

»Weißt du, ische sölche Sümm zahlenne, nür weil sehre günstig. Wir sie können wieder verkaufenne führ fünfundzwanzischtausend Francs.«

»Alles bestens. Fantastische Pferde. Exzellente Wahl. Sehr präsentabel. Sie werden dir nutzen, und das reicht jetzt.«

»Dann bist du mire überaupt nicht böse?«

»Weshalb denn? Du tust gut daran, dich mit Dingen einzudecken, die du später brauchen wirst. Dich zu etablieren, ist der einzige Weg, um es zu deiner ersten Million zu schaffen. Und da sind unsere 100 000 Francs wie ein Tropfen auf den heißen Stein.«

Blanche, die von mir Schreie und Protest erwartet, aber am wenigsten solche Überlegungen, fällt aus allen Wolken.

»Ah! Dann bist du so einer! *Mais tu as l'esprit pour comprendre! Sais-tu, mon garçon*, du bist *Auslärär*, aber du aben ein Erz wie ein Prinz! Es tut dire nicht leid, dass wir so viele Geld ausgebenne?«

»Ha, und wenn schon! Nur weg damit!«

»Mais … sais-tu … mais dis donc, du doch aben kein Geld! *Mais sais-tu*, warüm dire Geld ganz egal? *Qu'est ce que tu feras après, dis donc?«*

»*Après*, fahre ich nach Homburg und gewinne mir noch einmal 100 000 Francs.«

»*Oui, oui, c'est ça, c'est magnifique!* Du gewinnen und ihrehr bringenne! *Dis donc*, ja, und ische dire lieben! *Eh bien*, dass du bist so einer, ische dire immer lieben! Und dire immer bleibenne treu! Weißt du, jetzt ische dire nicht lieben, *parce que je croyais, que tu n'est qu'un* Auslärär *(quelque chose comme un laquais, n'est-ce-pas?)*, aber ische dire treu, *parce que je suis bonne fille.*«

»Ach, von wegen! Und was war mit Albert? Mit diesem Offizier, diesem schwarzhaarigen? Als hätte ich es nicht gesehen!«

»Oh, oh, mais tu es …«

»Ach, von wegen! Du denkst doch nicht etwa, ich sei dir böse? Da pfeife ich doch drauf! *Il faut que jeunesse se passe.* Was kannst du schon tun? Ihn fortschicken? Er war doch vor mir dran, und du liebst ihn noch. Aber du gibst ihm nichts von dem Geld, verstanden?«

»Du bist auch daführ nicht böse? *Mais tu es un vrais philosophe, sais-tu? Un vrais philosophe!*«, ruft sie begeistert. *»Eh bien je t'aimerai, je t'aimerai – tu veras, tu sera content!«*

Und tatsächlich: Seit jenem Tag ist sie richtig anhänglich geworden, und die letzten zehn Tage verbringen wir zusammen als dicke Freunde. Die verheißenen Sterne zeigt sie mir nicht, und doch hält sie in gewisser Weise ihr Wort. Zumal sie mich mit Hortense bekanntmacht, die auf ihre Art sehr bemerkenswert ist. In unserem kleinen Kreis lautet ihr Kosename *Thérèse philosophe* …

Aber ich will nicht davon anfangen – das böte genug Stoff für eine eigene Erzählung mit eigenem Kolorit und gehört nicht hierher. Ich will nur eines: Dass es möglichst bald zu Ende geht. Dennoch reichen unsere 100 000, wie schon gesagt, für einen Monat, worüber ich mich aufrichtig wundere: Denn für mindestens 80 000 davon kauft sich Blanche allerhand Sachen, so dass uns nur 20 000 zum Leben bleiben, aber – welch Wunder! – sie reichen aus. Am Ende ist Blanche zu mir fast ganz ehrlich, das heißt: Sie spielt mit mir kaum noch Spielchen. Und sie gesteht, dass wenigstens ihre Schulden (die zu machen sie gezwungen war) nicht auf meinen Namen laufen: »Du nicht aben müss meine Wechsel und Reschnunge ünterschreib, weil du ast mire leid getan. Eine andere Frau dische würde zwingenne, und du würdest veraftet. Siehst du, ische dire lieben und sehre nett sein! Aber die Ochzeit, die wird teuer!«

Es kommt bei uns wirklich zu einer Hochzeit. Ganz am Schluss unseres gemeinsamen Monats. Und ich vermute, sie hat die letzten Überreste meiner 100 000 Francs aufgezehrt. Das ist auch das glorreiche Ende dieser Geschichte, das glorreiche Ende unseres gemeinsamen Monats, und seitdem bin ich ganz offiziell im Ruhestand.

Das geschieht so: Eine Woche nach unserem feierlichen Einzug in Paris erscheint der General. Er begibt sich direkt zu Blanche und zieht fast gleich nach dem ersten Besuch bei uns ein. (Angeblich hat er irgendwo auch ein eigenes Zimmerchen.) Blanche begegnet ihm mit überschwänglicher Freude, mit lautem Gelächter und Gekreisch und wirft sich auf ihn, um ihn zu umarmen. Danach nehmen die Ereignisse folgende Wendung: Auf einmal klammert sie sich an ihn, und er muss sie bei jeder Gelegenheit begleiten – auf dem Boulevard, bei den Promenaden, ins Theater oder zu Bekannten. Für eine solche Verwendung ist der General noch durchaus geeignet: Er zeigt Haltung und Anstand, er ist hochgewachsen, mit gefärbtem Backenbart und imposantem Schnauzer (er diente früher mal bei den Kürassieren), mit einem Gesicht, das sich sehen lässt, wenn auch inzwischen ein wenig feist. Seine Manieren sind tadellos, seinen Frack trägt er mit Bravour. In Paris hat er sich angewöhnt, auch seine Orden zur Schau zu stellen. Mit so jemandem auf dem Boulevard zu erscheinen, ist nicht nur vertretbar, sondern, wenn mir der Ausdruck erlaubt ist, geradezu *empfehlenswert.* Der liebenswürdige und unbeholfene General freut sich wie ein Kind: Als er zu uns nach Paris gereist war, hat er mit all dem nicht gerechnet. Er kam kleinlaut und ängstlich angekrochen, dachte, Blanche würde laut aufschreien und ihn hinauskomplimentieren lassen. Darum ist er von solchem Stand der Dinge regelrecht aus dem Häuschen und verlebt den gesamten Monat in irgendeinem stumpfsinnigen Taumel – und in dem Zustand will ich ihn nicht weiter behelligen. Erst später, als ich wieder zurückkomme, erfahre ich in allen Einzelheiten, dass er nach unserer überraschenden Flucht aus Roulettenburg noch am selben Morgen einen Anfall erlitt. Er fiel in Ohnmacht und war die ganze Woche lang wie von Sinnen, stammelte nur unverständliches Zeug vor sich hin. Man behandelte ihn, aber auf einmal ließ er alles stehen und liegen, setzte sich in den nächsten Zug und sauste

Richtung Paris. Natürlich erweist sich Blanches Empfang für ihn als Universalmedizin, aber gewisse Krankheitssymptome sind ihm noch lange anzusehen, trotz seines euphorisierten Zustands. Räsonnieren oder auch nur eine halbwegs vernünftige Konversation führen – das kommt jetzt für ihn überhaupt nicht infrage. In entsprechenden Situationen rettet er sich allein dadurch, dass er zu jedem Wort ein *Hmm!* hinzufügt und unmotiviert mit dem Kopf nickt. Lachen tut er oft, aber krampfhaft, nervös, gleichsam in Konvulsionen verfallend. Ein anderes Mal sitzt er stundenlang da – finster wie die Nacht – und runzelt seine struppigen Brauen. An vieles erinnert er sich gar nicht mehr, ist auf fast unanständige Weise zerstreut und hat die unerfreuliche Angewohnheit, ständig Selbstgespräche zu führen. Nur Blanche ist in der Lage, ihn wiederzubeleben, und überhaupt haben seine düsteren griesgrämigen Anwandlungen, bei denen er sich in einen Winkel verkriecht, nur zu bedeuten, dass er Blanche schon lange nicht mehr gesehen hat oder dass sie ohne ihn ausgegangen ist, oder dass sie vor dem Ausgehen nicht nett genug zu ihm war. Dabei könnte er selbst nicht sagen, was er will, und bemerkt nicht einmal, dass er traurig und trübsinnig ist. Manchmal sitzt er eine oder zwei Stunden am Stück (ich sah das zweimal, als Blanche den ganzen Tag lang nicht zu Hause und höchstwahrscheinlich bei Albert war), und auf einmal beginnt er, sich umzusehen, entwickelt eine große Geschäftigkeit, erinnert sich an Sachen, sucht nach jemandem. Aber vollkommen blind für alles rings, vergisst er, wonach er fragen wollte, und verfällt wieder in seinen Dämmerzustand, bis plötzlich Blanche an der Türschwelle steht – heiter, flink, schick gekleidet und mit schallendem Lachen. Sie läuft zu ihm, rüttelt ihn wach, küsst ihn sogar (was sie, zugegebenermaßen, nur selten tut). Einmal ist der General dermaßen glücklich, dass er – man höre und staune! – zu weinen anfängt.

Kaum ist er bei uns, beginnt Blanche sich für ihn aus dem Fenster zu lehnen. Sie versucht es mitunter mit ergreifenden

Szenen: Schließlich sei ich allein daran schuld, dass sie den General betrogen hat, dabei war sie schon so was wie seine Verlobte! Das aber heißt – sie gab ihm *ihr Wort*! Nur um ihretwegen hat er seine Familie verlassen! Und außerdem stand ich in seinen Diensten und müsste das doch eigentlich nachempfinden können! Ja, schäme ich mich denn überhaupt nicht? … Ich schweige beharrlich, während sie immer weiter quasselt und quasselt und quasselt und quasselt. Dann muss ich laut lachen, und die Angelegenheit ist vom Tisch. Das heißt – anfangs dachte sie, ich sei ein Trottel, schließlich aber kommt sie zur Überzeugung, ich sei ein sehr guter, sehr braver Mann. Kurzum: Ich habe das Glück, mir am Ende die Gunst dieser ehrwürdigen Person nach Gebühr verdient zu haben. Im Übrigen ist Blanche – und das ist jetzt ganz ehrlich gemeint – ein wirklich liebenswertes Mädchen (jedenfalls für eine Kokotte), ich habe sie ursprünglich ganz falsch eingeschätzt. »Du bist klüg, du bist nett«, sagt sie mir am Ende, »aber so einfältisch! Meine Güt! Du wirst nie, nie aben viele Geld!«

Un vrai russe, un calmouk! – Einige Male muss ich für sie den General ausführen, genauso, als sei ich ihr Lakai und müsste mit ihrem Schoßhund Gassi gehen. Dabei besuchen wir Theater, Restaurants und *Bal Mabille*. Zu diesem Behufe stellt mir Blanche sogar einen Geldbetrag zur Verfügung, obwohl der General eigene Mittel hat und mit Vorliebe in Gegenwart von anderen seine Brieftasche zieht. Einmal muss ich ihn fast mit Gewalt davon abhalten, eine 700 Francs teure Brosche zu kaufen, die ihn im Palais Royale anlächelt und die er unbedingt Blanche schenken möchte. Was soll sie mit einer Brosche von 700 Francs? Dabei hat der General ja selbst nicht viel mehr als 1000 Francs. Und ich weiß bis heute noch nicht einmal, wo er das Geld überhaupt her hat. Ich tippe auf Mister Astley, allein schon, weil er auch im Hotel ihre ganzen Schulden beglichen hat. Und was mich und den General anbelangt, so bekomme ich allmählich den Eindruck, er hat nicht die leiseste Spur einer Ahnung von der Beziehung zwischen mir und Blanche. Er weiß irgendwie dunkel – vom Hörensagen –, ich hätte ein Vermögen gewonnen, vermutet aber offenbar, Blanche halte mich als eine Art Privatsekretär oder vielleicht sogar Diener. Jedenfalls redet er mit mir, genau wie früher, recht gönnerhaft, von oben herab, und beginnt mich sogar manchmal zurechtzuweisen. Einmal bringt er mich und Blanche beim Morgenkaffee sehr zum Lachen. Denn normalerweise ist er überhaupt nicht der verletzliche Typ, doch plötzlich fühlt er sich arg gekränkt – und wodurch? – ich verstehe es bis heute nicht. Aber er versteht sich ja nicht einmal selbst. Kurzum: Er hält mir wieder eine Rede, ohne Anfang und ohne Ende – *à bâtons-rompus* –, er donnert, ich sei noch ein grüner Junge, er werde mir noch eine Lektion erteilen … mir zeigen, wo es langgeht … und so weiter und so fort. Nur dass niemand etwas verstehen kann. Blanche lacht sich krumm. Dann beruhigt man ihn, so gut es grad geht, und er wird spazieren geführt. Mir fällt auf, dass er oft traurig wird: Ihm ist es schade um dies, ihm ist es schade um das, jemand tut ihm leid, immer fehlt ihm etwas – und das trotz Blanche. In solchen Augenblicken sucht er selbst ein Gespräch mit mir, kann sich aber nicht artikulieren – mal erinnert er sich an seinen Dienst, mal an seine verstorbene Gattin, sein Haus oder seine Ländereien. Oft reicht ein Wort, und schon freut er sich wie ein Kind und wiederholt es immer und immer wieder, obwohl es weder seine Gedanken noch seine Gefühle auf den Punkt bringt. Einige Male erwähne ich seine Kinder, doch er rettet sich in die alte Leier – und wechselt dann möglichst schnell das Thema: »O ja! Die Kinder! Sie haben recht! O ja, die Kinder!« Nur einmal gehen die Gefühle mit ihm durch. Wir sind unterwegs zum Theater: »Diese armen Kinder!«, redet er los. »Ja, gnädiger Herr, es sind arme Kinder!«, und noch mehrere Male an diesem Abend wiederholt er die Worte: »Die armen Kinder!« Als ich einmal Polina streife, wird er wütend:

»Diese undankbare Person!«, ruft er aus. »Jawohl, sie ist böse und undankbar! Sie hat Schande über die Familie gebracht! Gäbe es hier Recht und Ordnung, ich hätte das Weib ganz klein gehalten, so klein mit Hut, so klein mit Hut, mit Hut, mit Hut, mit Hut!« Und was des Grieux anbetrifft, so kann er noch nicht einmal seinen Namen hören, ohne gleich auf die Palme zu gehen: »Dieser Mensch hat mich am Boden zerstört«, sagt er, »er hat mich nach Strich und Faden beraubt, er hat mir ein Messer in den Rücken gerammt! Er war mein Albtraum für zwei lange Jahre! Sein Gesicht hat mich nachts aus dem Schlaf gerissen! Das ist … das ist … Reden Sie nie mehr von ihm!«

Ich sehe, dass da etwas im Gange ist, aber schweige gewohnheitsmäßig. Blanche selbst spricht als Erste davon (genau eine Woche, bevor wir uns trennen): *»Il a du chance«*, plaudert sie, »*la baboulinka* ist wirklische krank, sie wird sterbenne. Mister Astley mire schickenne eine Telegramm. Natürlische wird er alles erbenne. Und wenn nischte, *pas de problème!* Er aben immer noch sein Pension, und er wohnenne im Interzimmere und sehre glücklische! Dann ische werdenne *Madame la générale* und mische etablieren (das ist Blanches ewiger Traum). Und dann ische werdenne eine rüssische Gutserrin, *j'aurai un château, des moujiks, et puis j'aurai toujours mon million.*«

»Und was, wenn er eifersüchtig wird? Wenn er plötzlich Forderungen stellt, was weiß ich? … Verstehst du?«

»O nein, *non, non, non!* Er das nischte wagenne! Ische daführ gesorgt! Nür keine Angst! Ische ihn lassen Wechsel ausstellenne führ Albert. Wenn er was machenne, ische ihn aben in der Gewalt!«

»Na gut, dann heirate ihn …«

Die Hochzeit findet statt ohne besondere Feierlichkeiten, still, im kleinen Familienkreis. Eingeladen werden Albert und noch einige ihnen Nahestehende. Hortense, Cléopâtre und Konsorten sind diesmal ganz bewusst nicht dabei. Der Bräutigam ist sehr um sein Ansehen bemüht – und nicht weniger um sein Aussehen: Blanche selbst bindet ihm die Krawatte, trägt ihm die Pomade auf, und in seinem Frack und der weißen Weste ist er wirklich *très comme il faut.*

»Il est pourtant très comme il faut«, verkündet mir Blanche beim Verlassen seines Zimmers, so als würde sie der Gedanke daran, dass der General jetzt *très comme il faut* ausschaut, in Staunen versetzen. Ich gebe mich so wenig mit den Details ab, bin so sehr nur ein gelangweilter Zuschauer, dass ich vieles von all dem gar nicht mehr weiß. Ich weiß nur noch, dass sich auf einmal herausstellt: Blanche ist überhaupt keine de Cominges (und ihre Mutter natürlich keine *veuve* de Cominges), sondern eine du Placet. Warum die beiden de Cominges waren, ist mir immer noch schleierhaft. Aber der General ist sehr zufrieden – du Placet gefällt ihm sogar viel mehr als de Cominges. Am Hochzeitstag, nachdem er sich bereits in Schale geworfen hat, schreitet er im Saal auf und ab und wiederholt bedeutungsschwanger und mit gravitätischer Miene: »Mademoiselle Blanche du Placet! Blanche du Placet! du Placet! Fräulein Blanche du Placet! ...«, und eine gewisse Selbstzufriedenheit leuchtet aus seinem Gesicht. In der Kirche, beim *Maire* und zu Hause beim Imbiss ist er nicht nur froh, sondern voller Stolz. Etwas ist mit ihnen beiden passiert, denn auch Blanche blickt auf einmal besonders würdevoll drein.

»Ische nun müssen ganz ander Altung!«, sagt sie mir tiefernst, »*mais, vois-tu*, ische vergesenne sehre groß *Problème*: Ische immer noch nischte können mein neue Nam: Sagorjanski, Sagosjanski ... *Madame la générale de Sago-Sago, ces diables des noms russes, enfin Madame la générale à quatorze consonnes! comme c'est egréable, n'est-ce pas?«* Endlich trennen wir uns, und Blanche – Blanche, diese alberne Gans – bricht sogar in Tränen aus, als sie Abschied nehmen muss: *»Tu étais bon enfant«*, sagt sie flennend. *»Je te croyais bête et tu en avais l'air*, aber das dire güt stehenne!« Und dann beim letzten Händedruck, plötzlich: *»Attends!«*, sie stürzt in ihr Boudoir und einen Augenblick später bringt sie mir zwei 1000-Francs-Scheine. Das hätte ich niemals für möglich gehalten! »Du wirst das brauchenne. Du vielleischte ein sehr klüg *Auslärär*, aber eine sehre dümme Mensch. Und ische dire nischt gebenne mehre, weil du gleisch alles verspielenne! *Adé! Nous serons toujours bons amis*, und wenn du wieder gewinnen, du kommen zu mire ehre, *et tu seras heureux!*«

Ich selbst habe vielleicht noch 500 Francs und außerdem noch eine prächtige Uhr im Wert von 1000 Francs, diamantene Manschettenknöpfe und einiges andere, sodass man es noch eine ganze Weile schaffen könnte, ohne sich Sorgen machen zu müssen. Ich bin jetzt absichtlich in diesem Kaff abgestiegen, um mich zu sammeln. Vor allem warte ich auf Mister Astley. Ich weiß, dass er hier auf jeden Fall für vierundzwanzig Stunden haltmacht – in einer geschäftlichen Angelegenheit. Ich werde mich über alles informieren … und dann – ab nach Homburg! Nach Roulettenburg fahre ich nicht. Nächstes Jahr vielleicht. Es ist angeblich ein schlechtes Omen, zweimal am selben Tisch sein Glück zu versuchen – und Homburg ist *die* Casinostadt!

Kapitel 17

Es ist jetzt ein Jahr und acht Monate her, seit ich einen Blick in diese Aufzeichnungen geworfen habe. Und erst jetzt – aus lauter Trübsinn und Verbitterung – komme ich spontan auf die Idee, sie zu lesen, um mich zu zerstreuen. Ich habe sie an jener Stelle abgebrochen, als ich vorhatte, nach Homburg zu fahren. Mein Gott, dass ich damals diese letzten Zeilen so leichten Herzens schreiben konnte! Oder meinetwegen nicht leichten Herzens, sondern mit derart viel Selbstbewusstsein, mit einer so unerschütterlichen Hoffnung! Hatte ich auch nur einen Hauch von Zweifel? – Nun sind mehr als anderthalb Jahre vorbei, und ich bin, meiner Meinung nach, ärmer dran als ein Bettler! Aber Bettler hin, Bettler her – ich pfeife auf die Armut! Darum geht es nicht. Worum es geht, ist – ich habe mich selbst zerstört. Und was hilft es, Vergleiche anzustellen, oder sich selbst die Moral zu predigen? Was wäre jetzt absurder als die Moral? Diese ewigen Moralapostel, diese Selbstherrlichen, stets bereit, die gesamte Welt mit ihren Sentenzen zu beglücken! Wüssten sie nur, bis zu welchem Grad ich die ganze Widerwärtigkeit meines Zustands selbst erkenne, sie würden davor zurückschrecken, mich zu belehren. Was könnten sie mir schon Neues sagen, was ich noch nicht wüsste? Und ist das überhaupt der Punkt? Der Punkt ist doch der: Eine Radumdrehung – und dieselben Prediger sind die Ersten (dessen bin ich mir sicher), die mich freundschaftlich lachend beglückwünschen und sich nicht von mir abwenden, so wie jetzt. Aber sei es drum! Ich pfeife auf sie alle! Was bin ich denn heute? – Eine *Zéro*. Und was könnte ich morgen sein? – Morgen könnte ich von den Toten auferstehen und ein neues Leben beginnen, wieder ein menschliches Wesen werden, solange es noch nicht verloren ist.

Damals reise ich auch wirklich nach Homburg, aber dann doch wieder nach Roulettenburg, nach Spa und sogar nach Baden-Baden – als Kammerdiener des Herrn Hinze, eines widerlichen Schurken von einem Beamten. Ja, ganze fünf Monate bin ich sein Lakai! Das geschieht gleich nach meiner Haft. (Denn in Roulettenburg verbringe ich eine Zeit lang in Haft wegen einer nicht beglichenen Schuld.) Ein Unbekannter bezahlt für mich … Fragt sich nur, wer? – Mister Astley? Polina? – Ich weiß es nicht, aber die Schuld wird beglichen. Nur 200 Taler, und ich bin frei. Wohin gehen? – Also fange ich bei diesem Hinze an. Er ist ein junger Windhund, der sich nur zu gern auf die faule Haut legt, ich aber bin jemand, der drei Sprachen beherrscht – wohlgemerkt, in Wort und Schrift! Erst bin ich bei ihm als eine Art Sekretär, für 30 Gulden im Monat. Doch am Ende werde ich zu einem echten Lakaien, weil er sich keinen Sekretär leisten kann – also kürzt er mir prompt das Gehalt. Was tun? – Ich bleibe und verwandele mich stillschweigend in einen Lakaien. Ich spare beim Essen, ich spare beim Trinken, dafür habe ich am Ende von fünf Monaten ein Kapital von 70 Gulden beisammen. Eines Abends in Baden-Baden teile ich ihm mit, dass ich unser Dienstverhältnis hiermit beende. Noch am selben Abend stehe ich am Spieltisch. Wie hämmert mein Herz! Aber nein, es geht mir dabei nicht ums Geld. Worum es mir geht? – Nur um eins: Diese ganzen Hinze und Kunze, diese ganzen Portiers, diese ganzen Baden-Badener Damen, die sollen schon morgen von mir reden, meine Geschichte laut verkünden, sich über mich wundern, mich loben und preisen und meinem neuen Gewinn huldigen! Es sind kindische Träume und Sorgen, doch … wer weiß: Vielleicht treffe ich dort auch Polina, erzähle ihr alles und beweise damit, dass ich über all diesen Wirrungen stehe … Es geht mir ganz und gar nicht ums Geld! Ich hätte es gewiss wieder und wieder bei irgendeiner Blanche verjubelt, wäre wieder und wieder drei Wochen lang durch Paris mit eigenem Gespann geschwirrt, das schlappe 16 000 Francs kostet. Ich bin ganz bestimmt kein Geizhals, im Gegenteil, ich halte mich für recht freigiebig – doch mit welch einem inneren Beben höre ich den Ruf des Croupiers: *Trente et un, rouge, impair et passe*, oder: *Quatre, noir, pair et manque!* Mit welch einer Gier betrachte ich den Spieltisch mit all den Louisdors, Friedrichsdors und Talern, mit all den Stapeln von Goldmünzen, welche die Croupiers mit ihrem Rechen zu glühenden Haufen zerstieben lassen, oder mit den hohen Säulen von Silber, rund um die Scheibe aufgetürmt. Schon unterwegs zum Spielsaal, ungefähr zwei Räume davor, erlausche ich von fern das Scheppern des Geldes und spüre, wie sich in mir alles zusammenzieht.

O, dieser Abend, an dem ich meine 70 Gulden zum Spieltisch trage, er hat es in sich. Ich beginne mit zehn Gulden und setzte wieder einmal auf *Passe*. Ich habe da nämlich so ein Gefühl … Und ich verliere. Mir bleiben 60 Gulden in Silber. Ich denke kurz nach und setze auf *Zéro* – jedes Mal fünf Gulden. Beim dritten Mal fällt plötzlich *Zéro*, und ich sterbe vor Freude, als ich 175 Gulden ausgezahlt bekomme. (Ich habe mich damals über den Gewinn von 100 000 Gulden nicht so gefreut.) Schon setze ich 100 Gulden auf *Rouge* – und gewinne, dann alle 200 auf *Rouge* – und gewinne, dann alle 400 auf *Noir* – und gewinne, dann alle 800 auf *Manque* – und gewinne. Zusammen mit dem Einsatzgeld sind das dann eben mal knapp 1700 Gulden – und das Ganze in weniger als fünf Minuten! Ja, in solchen Augenblicken vergisst man seine früheren Pechsträhnen. Denn ich habe *mein Leben* aufs Spiel gesetzt – ja, mehr als das! – ich habe *alles riskiert* und *mein menschliches Dasein* zurückerlangt!

Ich miete mir ein Hotelzimmer, verriegele die Tür und sitze bis drei Uhr, das Geld zählend. Als ich am nächsten Morgen erwache, bin ich bereits kein Lakai mehr. Ich beschließe, noch am selben Tag nach Homburg zu reisen – eine Stadt, wo ich weder Lakai war noch im Gefängnis sitzen musste. Eine halbe Stunde vor der Abfahrt des Zuges will ich noch zwei Einsätze machen, nicht mehr – und verliere auf einen Schlag anderthalbtausend Florine. Ich reise aber trotzdem weiter nach Homburg und befinde mich jetzt hier seit einem Monat …

Natürlich lebe ich in steter Angst, koche ein möglichst kleines Süppchen, zähle, stehe tagelang am Spieltisch und *verfolge das Spiel von außen*, sehe es sogar nachts im Traum – doch bei all dem werde ich das Gefühl nicht los, ich sei bei lebendigem Leib begraben, ich stecke bis zum Hals im Morast. Dieses Gefühl ist besonders stark, als ich Mister Astley begegne. Wir haben uns die ganze Zeit über nicht gesehen und treffen uns rein zufällig: Ich gehe durch den Garten und denke darüber nach, dass ich kaum noch Geld besitze. Was ich noch habe, sind 50 Gulden, außerdem ist meine Hotelrechnung für ein Kämmerlein, das ich dort miete, seit drei Tagen komplett bezahlt. Das heißt, ich habe, wenn es hochkommt, nur noch einen Versuch übrig. Wenn ich etwas gewinne, kann ich weiterspielen, wenn ich verliere, bin ich wieder ein Lakai, es sei denn, ich finde auf die Schnelle eine russische Familie, die zufällig einen Hauslehrer braucht. Ganz in solche Gedanken versunken, wandele ich gewohnheitsmäßig durch den Park, dann durch den Wald, bis ins Nachbarfürstentum. Manchmal dauert ein solcher Spaziergang an die vier Stunden, und wenn ich nach Homburg zurückkehre, bin ich oft hungrig und ausgelaugt. Kaum verlasse ich den Garten und betrete den Park, da erblicke ich auch schon Mister

Astley. Er sitzt auf einer Bank, bemerkt mich als Erster und ruft nach mir – ich setze mich zu ihm. Er wirkt zugeknöpft, was mir ein wenig den Wind aus den Segeln nimmt, sonst hätte ich mich riesig über ihn gefreut.

»Demnach sind Sie hier! Ich wusste, dass ich Sie antreffe«, sagt er. »Sparen Sie sich den Bericht: Ich bin über alles bestens im Bilde. Ihr Leben in den vergangenen zwanzig Monaten ist mir in allen Details bekannt.«

»Sieh einer an! Ich merke schon, Sie lassen Ihre alten Freunde bespitzeln! Das gereicht Ihnen zur Ehre! ... Aber warten Sie mal ... Waren Sie es etwa, der mich aus dem Roulettenburger Gefängnis freigekauft hat? Ich saß dort wegen eines offenen Betrags von 200 Gulden. Und jemand hat mich freigekauft.«

»Nein, o nein, ich habe Sie nicht aus dem Roulettenburger Gefängnis freigekauft, wo Sie wegen eines offenen Betrags von 200 Gulden saßen, doch ich wusste, dass Sie wegen eines offenen Betrags von 200 Gulden im Gefängnis saßen.«

»Na, dann wissen Sie auch ganz bestimmt, wer mich freigekauft hat!«

»Nein, o nein, ich kann nicht behaupten, dass ich weiß, wer Sie freigekauft hat.«

»Seltsam. Die Russen hier kennen mich nicht, und die Russen hier würden auch niemanden freikaufen. Drüben in Russland, da kann es mal passieren, dass die frommen Christenmenschen einen anderen frommen Christenmenschen freikaufen. Nein, ich hätte viel eher darauf getippt, dass es irgendein exzentrischer Engländer war, und zwar nur um etwas Exzentrisches zu tun.«

Mister Astley hört mich etwas verwundert an. Offenbar erwartet er, mich niedergeschlagen und zerknirscht vorzufinden.

»Dennoch bin ich überaus erfreut zu sehen, dass Sie nichts von Ihrer Souveränität, Geistesgegenwart und sogar Heiterkeit eingebüßt haben«, sagt er mit einer ziemlich unangenehmen Miene.

»Das heißt, eigentlich ärgert es Sie mächtig: Bin weder ermordet noch mit Füßen getreten«, antworte ich lachend.

Er versteht es nicht auf Anhieb, doch dann lächelt er.

»Mir gefällt Ihre Art. Ich erkenne darin meinen klugen alten Freund wieder: Begeisterungsfähig und zynisch zugleich. Nur Russen können so viele Gegensätze auf einmal in sich vereinen. Es ist wahr: Wir würden unseren besten Freund am liebsten mit Füßen getreten wissen. Erniedrigung ist eine nicht zu unterschätzende Basis für jede Freundschaft. (An sich eine Binsenweisheit für jeden einigermaßen denkenden Menschen.) Aber in Ihrem Fall bin ich wirklich und ehrlich froh darüber, dass Sie sich nicht unterkriegen lassen. Eine Frage: Beabsichtigen Sie vielleicht, mit dem Spielen aufzuhören?«

»Zur Hölle damit! Ich würde ja heute noch aufhören, wenn ich nur ...«

»Wenn Sie nur wieder auf dem Trocknen wären? Ich wusste es! Sie brauchen nicht zu Ende zu sprechen. Sie haben ohne nachzudenken geantwortet, folglich sagen Sie die Wahrheit. Und eine zweite Frage: Tun Sie noch etwas anderes, außer spielen?«

»Was sollte es denn sein?«

Er beginnt, mich auszuforschen: Ich weiß rein gar nichts, ich lese kaum Zeitungen und erst recht keine Bücher mehr.

»Sie haben sich ja ganz schön zurückentwickelt«, bemerkt er. »Nicht nur haben Sie Ihr ganzes Leben, Ihre persönlichen und gesellschaftlichen Interessen, Ihre bürgerlichen und rein menschlichen Pflichten, Ihre Freunde (und Sie besaßen einige!) von sich gestoßen, nicht nur haben Sie jedes Ziel aus den Augen verloren (außer: um jeden Preis zu gewinnen), Ihnen sind nicht einmal Ihre Erinnerungen geblieben. Ich sah Sie zuletzt in einem für Sie höchst bedeutsamen Augenblick. Doch ich bin mir sicher, dass inzwischen selbst Ihre stärksten damaligen Eindrücke vergessen und ausradiert sind. Ihre jetzigen Wünsche (sogar noch die innigsten) reichen nicht weiter als *Pair* und *Impair*, *Rouge*, *Noir*, *zwölf Mittlere* etc. etc. Ja, dessen bin ich mir ganz sicher!«

»Halt, Mister Astley, lassen Sie das! Warum müssen Sie mir das unter die Nase reiben?«, rufe ich verärgert, beinahe schon wütend. »Gar nichts habe ich vergessen, ich habe es nur für eine Weile verdrängt (ja, in der Tat, sogar die Erinnerungen), bis es mir gelungen ist, meine Lage radikal zu verändern. Und dann … Und dann denken Sie an meine Worte: Ich werde wieder unter den Lebenden sein!«

»Sie werden noch in zehn Jahren hier sein«, versetzt er. »Wollen Sie eine Wette abschließen? Sollte ich zu dem Zeitpunkt noch leben, werde ich Sie daran erinnern, und zwar genau hier, auf dieser Parkbank.«

»Das reicht«, falle ich ihm ungeduldig ins Wort. »Nur um Ihnen zu beweisen, dass ich (was die Vergangenheit anbetrifft) überhaupt nicht so vergesslich bin, möchte ich Ihnen eine Frage stellen: Was macht eigentlich Miss Polina? Wenn Sie es nicht waren, der mich freigekauft hat, dann war es mit Sicherheit Miss Polina. Seit jenem Tag habe ich nichts mehr von ihr gehört.«

»Nein, o nein! Ich denke nicht, dass sie es war, die Sie freigekauft hat. Sie befindet sich derzeit in der Schweiz. Und Sie täten mir einen großen Gefallen, wenn Sie nicht weiter insistierten«, sagt er entschlossen und sogar gereizt.

»Was wiederum nur so viel heißen kann, wie: Sie hat es geschafft, auch Sie zu verletzen!«, sage ich und lache unwillkürlich.

»Miss Polina ist das freundlichste von allen verehrungswürdigen Geschöpfen, doch ich kann mich nur wiederholen: Sie täten mir einen großen Gefallen, wenn Sie nicht weiter insistierten. Sie kennen sie doch überhaupt nicht, und wenn Sie nun ihren Namen nennen, dann beleidigt das mein Moralempfinden.«

»Ach, so ist das! Im Übrigen sind Sie im Unrecht: Worüber sollte ich mit Ihnen denn sonst reden? Genau hier liegen unsere gemeinsamen Erinnerungen. Aber Sie dürfen ganz beruhigt sein: Ich interessiere mich nicht für intime Details … Ich interessiere mich lediglich für das, was man als die äußeren Umstände bezeichnen könnte – für Miss Polinas jetzige Position. Das lässt sich auch in zwei Worten sagen.«

»Wie Sie wünschen, aber nur, um das Thema abzuschließen. Miss Polina war krank, sie ist immer noch krank. Eine Zeit lang verbrachte sie mit meiner Mutter und meiner Schwester in Nordengland. Ihre Großmutter – Sie erinnern sich noch an diese verrückte Frau – ist vor einem halben Jahr verstorben und hat ihr persönlich ein Vermögen von 7000 Pfund hinterlassen. Jetzt reist Miss Polina gemeinsam mit der Familie meiner Schwester, die inzwischen verheiratet ist. Ihre jüngeren Geschwister haben, dank der Großmutter, ebenfalls ausgesorgt und besuchen derzeit eine Schule in London. Der General, ihr Stiefvater, ist vor einem Monat in Paris an einem Hirnschlag gestorben. Mademoiselle Blanche war gut zu ihm, konnte aber alles, was er von der Großmutter geerbt hatte, noch rechtzeitig auf ihren Namen überschreiben … Das dürfte auch schon alles sein.«

»Und des Grieux? Er reist doch nicht etwa ebenfalls durch die Schweiz?«

»Nein, des Grieux reist nicht durch die Schweiz, und ich weiß auch nicht, wo sich des Grieux aufhält. Außerdem möchte ich Sie ein für allemal vor solchen Anspielungen und Taktlosigkeiten warnen, sonst bekommen Sie es, so wahr ich hier stehe, mit mir zu tun.«

»Wie? Ungeachtet unserer einstigen freundschaftlichen Beziehungen?«

»Ja, ungeachtet unserer einstigen freundschaftlichen Beziehungen.«

»Ich bitte tausendmal um Vergebung, Mister Astley. Doch daran ist nichts Taktloses oder Verletzendes. Ich habe Miss Polina auch nichts vorgeworfen. Und dann: Ein Franzose und ein russisches Fräulein, das ist ein Buch mit sieben Siegeln, was wir zwei gewiss nie begreifen werden.«

»Wenn Sie den Namen des Grieux' nicht im Zusammenhang mit dem anderen Namen nennen möchten, dann seien Sie doch bitte so freundlich und erklären mir, was Sie unter dem Ausdruck: *Ein Franzose und ein russisches Fräulein* meinen? Oder *ein Buch mit sieben Siegeln*? Und warum müssen es unbedingt ein Franzose und ein russisches Fräulein sein?«

»Sehen Sie, schon haben Sie angebissen. Aber es ist ein sehr weites Feld, Mister Astley, und mit vielen vorausgehenden Überlegungen. Dabei ist es an sich eine wichtige Frage, möge sie auf den ersten Blick auch noch so lächerlich wirken. Ein Franzose, Mister Astley, ist eine schöne vollendete Form. Sie als Brite mögen damit nicht einverstanden sein, ich als Russe bin damit ganz bestimmt nicht einverstanden (schon allein aus Neid!), und dennoch muss ich unseren Fräuleins eine andere Meinung zugestehen. Halten Sie Racine so viel Sie wollen für geziert, verschroben und parfümiert, lesen Sie ihn von mir aus nicht. Auch ich selbst halte ihn für geziert, für verschroben und parfümiert, in mancher Hinsicht sogar für unfreiwillig komisch, und dennoch ist er herzallerliebst und vor allem ist er ein großer Dichter, ob uns das passt oder nicht. Die nationale Form des Franzosen, beziehungsweise des Parisers, fügte sich zu einer ästhetischen Form, als wir alle noch auf den Bäumen saßen. Die Revolution beerbte den Adel. Und jetzt kann noch der primitivste Franzose über Manieren, Gesten und Ausdrücke, ja, sogar Gedanken verfügen, die durchaus ästhetische Formen aufweisen, ohne als Mensch für diese Formen jemals etwas getan zu haben, und weder sein Herz noch sein Gemüt haben an diesen Formen teil. Er hat sie bloß geerbt, mehr nicht. Er mag noch so hohl sein und noch so gewöhnlich! Tja, Mister Astley, und jetzt sage ich Ihnen, dass es auf dieser ganzen Welt kein Wesen gibt, das zutraulicher und offener wäre als ein liebes, einigermaßen gescheites und nicht zu preziöses russisches Fräulein. Des Grieux kann auftreten, wie er will – in einem Kostüm, in einer Maske – und trotzdem das Fräulein im Flug erobern! Er besitzt die ästhetische Form, Mister Astley, das Fräulein aber hält diese ästhetische Form für seine individuelle Seele, für die natürliche Form seines Herzens und nicht für geerbten Aufputz. Es wird Ihnen sicherlich wenig schmecken, und dennoch kann ich es nicht verschweigen: Engländer sind – jedenfalls zum größten Teil – etwas steif und unästhetisch, während Russen meistens in der Lage sind, Schönheit unmittelbar zu erkennen, und für sie sehr anfällig sind. Doch um seelische Schönheit und persönliche Originalität unterscheiden zu können, bedarf es weit mehr Urteilsvermögen und Freiheit, als unsere Frauen sie vorweisen können (ganz zu schweigen von Fräuleins) und auf jeden Fall viel mehr Erfahrung. Und Miss Polina (Sie verzeihen: Jetzt ist es raus) wird gewiss sehr viel Zeit benötigen, um Sie dem Schurken des Grieux vorzuziehen. O, keine Angst, sie wird Sie sehr schätzen, Sie zwei werden Freunde, sie wird vor Ihnen ihr Herz auftun – doch in diesem Herzen wird immer noch der verhasste Widerling herrschen, der kleinkarierte Erbsenzähler und schäbige Geldverleiher des Grieux. Schon allein aus Trotz und Selbstachtung, weil ihr eben dieser des Grieux eines Tages im lichten Kranz eines eleganten Marquis erschienen ist und dem eines enttäuschten Liberalen. Der dann auch noch (angeblich) ihrer Familie und dem unbesonnenen General geholfen hat und dabei sogar selbst Bankrott ging! Diese ganzen Machenschaften wurden zwar später aufgedeckt, aber das hat überhaupt nichts zu bedeuten: Her mit dem des Grieux von einst! Das ist schon alles, was sie braucht! Und je stärker sie den jetzigen des Grieux hasst, umso mehr sehnt sie sich nach dem alten, ungeachtet der Tatsache, dass dieser alte allein in ihrem Kopf existiert. Sie sind doch Zuckerfabrikant, nicht wahr, Mister Astley?«

»Ja, ich bin Teilhaber der bekannten Zuckerfabrik *Lowell & Co.*«

»Na, da sehen Sie es doch, Mister Astley: Auf der einen Seite ein Zuckerfabrikant, auf der anderen Apollo von Belvedere, irgendwie fügt sich das nicht zusammen. Ich selbst bin nicht einmal Zuckerfabrikant, bloß ein kleiner Glücksritter, ein Spieler, zwischendurch sogar ein Lakai (was Miss Polina gewiss schon weiß, denn Ihr Geheimdienst scheint bestens zu funktionieren).«

»Sie sind erbost, darum reden Sie solchen Unsinn«, sagt kühl und nachdenklich Mister Astley. »Und es ist nicht einmal originell.«

»Natürlich nicht! Doch, mein edler Freund, gerade darin birgt sich ja die Krux: Wie alt meine Vorwürfe auch sein mögen, wie abgedroschen und operettenhaft – dennoch sind sie absolut wahr! Dennoch haben weder Sie noch ich bei Miss Polina etwas erreicht!«

»Welch eine perfide Lüge … Weil, weil … Sie sollen wissen«, zischt Mister Astley mit leuchtenden Augen, »Sie sollen wissen, Sie undankbarer und unwürdiger Mensch, Sie mickriger und unglücklicher Mensch, dass sie es war, die mich nach Homburg geschickt hat, extra um mich mit Ihnen zu treffen, lange und herzliche Gespräche zu führen und ihr anschließend alles mitzuteilen – Ihre Gefühle, Gedanken, Hoffnungen und … vor allen Dingen Ihre Erinnerungen!«

»Ist das wahr? Ist das wahr?«, rufe ich aus, und Tränen schießen mir aus den Augen. Ich kann sie nicht halten, und ich glaube, das geschieht mir zum allerersten Mal.

»Ja, Sie unglücklicher Mensch, sie hat Sie geliebt, und ich kann Ihnen das jetzt nur deshalb anvertrauen, weil Sie ohnehin verloren sind! Mehr noch, sollte ich Ihnen sagen: Sie liebt Sie noch immer – was ändert das? Sie bleiben ja doch hier! Sie haben sich zerstört. Sie besaßen Talente, sprühenden Geist und waren ein gar nicht übler Mensch. Sie hätten selbst Ihrem Vaterland, das Menschen braucht, nützlich werden können – aber stattdessen bleiben Sie hier, und Ihr Leben ist ausgelebt. Ich will

Ihnen keine Vorwürfe machen. Ich glaube, alle Russen neigen dazu. Ist es kein Roulette, ist es etwas anderes, Ähnliches. Und die Ausnahmen sind rar gesät. Sie sind nicht der Erste, der nicht begreift, was es heißt zu arbeiten (ich rede jetzt nicht von Ihrem Volk). Roulette ist ein vornehmlich russisches Spiel. Bisher sind Sie zumindest ehrlich gewesen und haben es vorgezogen, eher Lakai zu werden als, zum Beispiel, etwas zu stehlen … Doch wer weiß, was noch alles geschehen könnte. Ich jedenfalls wage nicht, daran zu denken. Und nun genug, leben Sie wohl! Ich vermute, Sie brauchen Geld? Hier, nehmen Sie zehn Louisdor, mehr bekommen Sie nicht, Sie verspielen es ja doch. Da, nehmen Sie und leben Sie wohl! Nehmen Sie!«

»Nein, Mister Astley, nach allem, was Sie gesagt haben …«

»Sie sollen es nehmen!«, beharrt er. »Ich bin überzeugt, Sie besitzen noch einen Funken Ehre: Ich gebe es Ihnen wie ein Freund einem Freund. Könnte ich mir nur sicher sein, dass Sie dem Spiel unverzüglich den Rücken kehren, Homburg verlassen und in Ihre Heimat fahren – ich hätte Ihnen auf der Stelle 1000 Pfund in die Hand gedrückt, damit Sie ein neues Leben beginnen. Aber genau aus diesem Grund gebe ich Ihnen die 1000 Pfund nicht, sondern nur zehn Louisdor. Denn: Ob 1000 Pfund, ob zehn Louisdor – das ist für Sie jetzt ein und dasselbe, Sie werden es so oder so verspielen. Also nehmen Sie es und leben Sie wohl.«

»Ich nehme es nur, wenn Sie mir erlauben, Sie zum Abschied zu umarmen.«

»Also, das erlaube ich mit Freuden gern!«

Wir umarmen uns herzlich, und Mister Astley geht.

Nein, er hat unrecht! Vielleicht war ich ja wirklich zu hart und zu dumm in Bezug auf Polina und des Grieux, aber er ist zu hart und zu schnell in Bezug auf die Russen. Und ich rede jetzt gar nicht von mir. Im Übrigen … geht es mir um was anderes, denn das alles sind Worte, nichts als Worte. Nicht Worte,

Taten sind jetzt gefordert! Es geht um die Schweiz! O, könnte ich schon morgen … Könnte ich schon morgen abreisen! Neu geboren und auferstanden. Man müsste es ihnen allen beweisen … Soll Polina erfahren: Noch bin ich ein Mensch. Es bedarf nicht viel … Jetzt ist es natürlich schon spät, aber morgen … Ich habe ein verdammt gutes Gefühl, und das wird mich auf keinen Fall täuschen! Ich besitze jetzt fünfzehn Louisdors – es gab Tage, da habe ich mit weit weniger angefangen, mit fünfzehn Gulden, zum Beispiel! Wenn ich nur Vorsicht walten lasse … Ich meine, ich bin doch wirklich kein Kind mehr! Er hat ja recht: Ich bin verloren. Aber ich könnte doch auferstehen? Nur ein einziges Mal die Chancen berechnen, geduldig sein – mehr braucht es nicht! Nur ein einziges Mal etwas Selbstbeherrschung, und in einer Stunde ist das Schicksal besiegt! Selbstbeherrschung ist alles. Wenn ich nur daran denke, was mit mir vor sieben Monaten in Roulettenburg passiert war, bevor ich endgültig alles verlor! – Ein Fall von bemerkenswerter Courage: Ich habe alles verloren, wirklich alles … Ich trete aus dem Kurhaus, und siehe da – in meiner Westentasche steckt noch ein Gulden! Na, wenigstens was fürs Mittagessen! Aber nach etwa hundert Schritten überlege ich es mir anders und kehre um. Ich setze diesen Gulden auf *Manque* (ja, an dem Tag war es *Manque*), und ich muss sagen, es hat schon was für sich, dieses Gefühl: Du bist allein, in einem fremden Land, fernab der Heimat, ohne Freunde, du weißt nicht, wovon du dich heute ernähren sollst, und jetzt setzt du deinen letzten Gulden, deinen letzten, deinen allerletzten! – Ich gewinne und zwanzig Minuten später verlasse ich das Kurhaus mit 175 klimpernden Gulden. Und das ist, verdammt noch mal, eine Tatsache! Also, von wegen: letzter Gulden! Und hätte mich damals der Mut verlassen und hätte ich es damals nicht gewagt …

Morgen, schon morgen ist alles vorbei! –

Anhang

Nachwort

Dostojewskijs literarisches Vabanquespiel oder Das Elefäntchen im Porzellanladen

Als *Elefanten* bezeichnete Swetlana Geier die fünf großen Romane Fjodor Dostojewskijs. Dagegen wäre sein Roman *Der Spieler* wohl eher ein *Elefäntchen*. Doch hat gerade dieses kleine Buch die Liebhaber des großen Russen wie kaum ein anderes angezogen. Ja, auch hier werden Schicksale gestrickt, Existenzen durcheinandergerüttelt, finanzielle und sexuelle Abhängigkeiten schonungslos offengelegt – nur eben ohne die epische Breite, wie sie für *Die Brüder Karamasow* oder *Schuld und Sühne* (*Verbrechen und Strafe* in der Übersetzung Geiers) so prägend ist, mit ihren quälenden gedanklichen Auswüchsen, Wucherungen und Wendungen.

Zweifellos handelt es sich hierbei um Fjodor Dostojewskijs *dynamischsten* Roman, dessen drängender Rhythmus und sich verhaspelnder Atem beinahe in jedem Satz hörbar werden. Der ganz offensichtliche äußere Grund für dieses *Erzähltempo* ist das tatsächliche *Schreibtempo*: Die Arbeit am Roman dauert nur 26 Tage.

Wie kommt es zu dieser kurzen Frist?

*

Während der Auslandsreise im Jahr 1862 lernt Dostojewskij in Wiesbaden das Roulette kennen und wird spielsüchtig. 1863 lässt er seine todkranke Frau Maria in Moskau zurück, um erneut am Spieltisch sein Glück zu versuchen. Ob in Wiesbaden, Homburg oder Baden-Baden – es ist eine Zeit voller ambivalenter Gefühle: Seine Ehe zermürbt ihn mehr und mehr, doch angesichts des sich verschlimmernden Zustands seiner Frau, kann er sie weder verlassen noch in ihrer Nähe bleiben. So verausgabt er sich in erotischen Eskapaden und Nervenkitzel. Letzteres sind für ihn die Casinobesuche in Deutschland – eine willkommene Abwechslung und zugleich ein Höchstmaß an Risiko. Der stets an der Armutsgrenze lebende Autor sieht sich plötzlich auf der hauchdünnen Linie zwischen unermesslichem Reichtum und komplettem Ruin. Innerhalb kürzester Zeit gewinnt und verliert er enorme Summen, was ihn – einen psychisch labilen und an Epilepsie leidenden Menschen – in ekstatische Räusche versetzt. Der Trieb ist stärker als jede Vernunft und frisst allmählich sein gesamtes Geld auf. Zu den erotischen Eskapaden zählt seine aufreibende Liebesbeziehung mit der knapp zwanzigjährigen Apollinaria Suslowa (1839–1918). Dabei erweist sich Polina, wie sie von Freunden meistens genannt wird, als eine wirkliche *femme fatale*. Jeder, der sie kennt, bemerkt als Erstes ihre enorme Willenskraft und ihr übersteigertes Selbstbewusstsein. An diesen Eigenschaften sollen noch viele ihrer Beziehungen zerbrechen, so auch ihre spätere Ehe mit dem Philosophen und Publizisten Wassili Rosanow. Dostojewskij bezeichnet sie als »eine kranke Egoistin«. In einem Brief an ihre Schwester Nadeschda schreibt er am 19. April 1865: »Ihr Egoismus und ihre Eigenliebe sind kolossal. Sie verlangt den Menschen einfach *alles* ab, [...] entbindet sich selbst jedoch anderen gegenüber von der noch so kleinsten Pflicht«. Apollinaria empfindet Freude daran, den doppelt so alten Dichter zu quälen, seine Eifersucht anzustacheln und sein Selbstwertgefühl mit Füßen zu treten. Doch am Ende muss selbst sie ihm unter die Arme greifen und ihm Geld geben, damit er seine Spielsucht befriedigen kann, Geld, das er restlos verspielt, bevor er – allein, zerschlagen und hochverschuldet – nach St. Petersburg zurückkehrt.

Im April 1864 stirbt Dostojewskijs Frau Maria.

Um sein Leben wieder in den Griff zu bekommen, borgt er sich ein Jahr später vom Verleger Fjodor Stellowski 3000 Rubel aus.

Stellowski ist ein Mensch voller Widersprüche: Einerseits von der Idee besessen, russische Kultur zu fördern und zu verbreiten (er kauft Lizenzen an Werken berühmter Komponisten und hoffnungsvoller Schriftsteller, wie Leo Tolstoi, Alexej Pisemski und eben auch Dostojewskij), andererseits ein skrupelloser Geschäftsmann, der nicht zaudert, die von ihm verlegten Autoren nach Strich und Faden auszubeuten. So erwirbt er sich zum Beispiel die Urheberrechte an sämtlichen Kompositionen des verstorbenen Michail Glinka von dessen Schwester Ludmila Schestakowa zu einem Spottpreis von nur 25 Rubel und prozessiert später sogar noch gegen sie. Auch der Vertrag, den er am 1. Juli 1865 mit Dostojewskij schließt, ist im moralischen Sinne höchst bedenklich: Für den ihm zur Verfügung gestellten Betrag verpflichtet sich Dostojewskij, einen Roman von mindestens zehn Druckbögen bis zum 1. November des kommenden Jahres zu verfassen. Sollte er den Text nicht pünktlich liefern, würde Stellowski für einen Zeitraum von neun Jahren das Recht haben, alle bereits existierenden und noch zu schreibenden Werke des Autors nach Lust und Laune zu verwerten, ohne ihn finanziell zu beteiligen.

Für Dostojewskij wäre dies sein Ende. Und obwohl er die Situation klar erkennt, macht er sich nicht sogleich ans Werk, sondern lässt noch beinahe ein Jahr verstreichen. Er schreibt zu diesem Zeitpunkt an seinem großen Roman *Schuld und Sühne* und will die Arbeit auf keinen Fall unterbrechen, weil er um den hohen Rang dieses Epos weiß. Und so schiebt er *Roulettenburg* (wie das neue Buch heißen soll) vor sich her, bis ihm nur noch ein Monat zur Fertigstellung übrigbleibt. Mit einer so gefährlichen Vorgehensweise scheint Dostojewskij – zumindest unbewusst – zwei Ziele zu verfolgen: Erstens, einen inneren Druck aufzubauen, um den Roman mit der nötigen Intensität – in einem Atemzug – niederschreiben zu können. Zweitens, die psychologische Situation des Romans im Akt des Schreibens gleichsam nachzustellen, das heißt – das Verfassen des Textes selbst in ein riskantes Spiel zu verwandeln, bei dem er das eigene Leben tatsächlich auf eine einzige Karte setzt.

Am 1. Oktober 1866 trifft sich Dostojewskij mit seinem Freund Alexander Miljukow, um den Ernst seiner Lage zu besprechen. Miljukow schlägt ihm vor, um Zeit zu sparen, die Hilfe eines Stenographen in Anspruch zu nehmen. Daraufhin vermittelt ihm Pawel Olchin, der Leiter eines Stenografiekurses, seine Schülerin Anna Snitkina, die er für äußerst fleißig hält. Am 4. Oktober stellt sich die junge Frau dem Autor vor, und die gemeinsame *tour de force* beginnt. Stundenlang diktiert ihr Dostojewskij den Text, anfangs aus dem Stegreif, später nach seinen während der Nachtzeit angefertigten Skizzen. Die Arbeit wird am 29. Oktober abgeschlossen, und Snitkina überreicht ihm am folgenden Tag – seinem Geburtstag – die Reinschrift, die pünktlich am 1. November an den Verleger geschickt wird. Das Manuskript muss von einem Gerichtsvollzieher überbracht werden, da Stellowski am besagten Tag bewusst nicht erreichbar ist und auch seine Mitarbeiter anweist, keine Post anzunehmen.

Eine Woche später, am 8. November, weiht Dostojewskij seine

Mitarbeiterin in den Plan zu einem neuen Roman ein: Ein Mann in mittleren Jahren, der viel erlebt hat und vom Schicksal reichlich gebeutelt wurde, entschließt sich, einer jungen Frau einen Heiratsantrag zu machen, um gemeinsam mit ihr ein neues Leben anzufangen. Snitkina soll ihm nun sagen, ob sie einen solchen Stoff für realistisch und glaubwürdig hält. Erst im Verlauf der Unterredung erkennt sie, dass der Schriftsteller *ihr selbst* auf diese Weise einen verhüllten Heiratsantrag macht, den sie – eine begeisterte Dostojewskij-Leserin – mit Freuden annimmt. Sie begleitet ihn denn auch bis zu seinem Lebensende und schafft es, diesem – um mit Hamsun zu sprechen – *bahnlosen Kometen* nach und nach eine liebevolle und ruhige Umgebung zu schenken.

*

Im Roman *Roulettenburg* (der auf Vorschlag des Verlegers schon bald in *Der Spieler* umbenannt wird, weil dieser glaubt, der fiktive Ortsname klinge für das russische Ohr zu fremd) verarbeitet Dostojewskij seine eigene Situation: Das existentialistische Pendeln zwischen allen möglichen Extremen, das erotisch aufgeladene Spannungsfeld von Lust und Demütigung, den Fatalismus des Augenblicks mit seinen Abgründen und Ekstasen. Doch ausgerechnet die Fähigkeit, all diese Gegensätze zuzulassen und zu vereinen, erklärt Dostojewskij zu einem typisch russischen Charakterzug, der seinem Ideal von Menschsein entspricht. Indem der Mensch – so glaubt er – ausschert, nicht das von ihm Erwartete tut, ständig in Bewegung bleibt und nicht an äußerem Besitz festhält, entreißt er sich immer wieder dem Netz des Zweckmäßigen und der Herrschaft des Materiellen, stellt sich gewissermaßen über die Dinge und ist – und sei es nur für eine Sekunde – wirklich frei.

Immer wieder sucht der Ich-Erzähler nach Gelegenheiten, diese Theorie vor dem irritierten Leser auszubreiten. Besonders die Deutschen und die Franzosen werden dabei wenig geschont: Die Ersteren bezichtigt Alexej Iwanowitsch nur kleinkarierte Sklaven ihres über Generationen angehäuften Kapitals zu sein, die Letzteren bezeichnet er als kühl kalkulierende Spießer, die ihre Seelenlosigkeit hinter einer hübschen Fassade zu verbergen trachten. Es reizt ihn, sie beide zur Weißglut zu bringen – die Deutschen in der Gestalt des Barons von Wurmerhelm, die Franzosen in der des Marquis des Grieux (dessen Namen er aus Abbé Prevosts Roman *Manon Lescaut* übernimmt und dessen Charakter er parodistisch ins Lächerliche kehrt). Auch die Polen kommen nicht gut davon und sind ihm ein Inbegriff für Gewissenlosigkeit und frechen berechnenden Opportunismus.

Die Einzigen, die, außer dem Narrateur selbst, die Machenschaften des Grieux' durchschauen, sind Polina und die Großmutter. Polina tut dies aus einer machtlosen und leidenden Position heraus und mit einer großen Portion Zynismus. Die Großmutter, weil sie sich im Gegenteil stark fühlt und – dank ihrer finanziellen Überlegenheit – auf niemanden Rücksicht zu nehmen braucht. Der Engländer Mister Astley scheint die Intrige zwar auch bestens zu überblicken, doch ist er dabei zu sehr ein Diener der gewöhnlichen bürgerlichen Moral, des Pflichtbewusstseins und des gesunden Urteils. In seiner Rechtschaffenheit und Hilfsbereitschaft entfaltet er eher komische Züge. Eine schillernde Rolle fällt auch Mademoiselle Blanche zu. Zwar ist sie an der Affäre direkt mitbeteiligt, doch es sind ihre Schönheit und unverhüllt zur Schau gestellte Sinnlichkeit, die es vermögen, das sittlich Fragwürdige wieder wettzumachen. Gerade in den Schlusskapiteln des Romans gewinnt sie durch ihren offen ausgelebten, ganz und gar unschuldigen Hedonismus einiges an Sympathie. Jedenfalls wird sie weder vom Autor noch von seinem Ich-Erzähler verurteilt.

*

Die Frage, ob sich Russland eher nach Osten oder nach Westen hin orientieren soll, wird spätestens seit dem Kirchenschisma im 9. Jahrhundert immer wieder öffentlich gestellt, manches Mal in aller Schärfe. Sie ist fester Bestandteil der russischen Philosophie, Literatur und Publizistik. Aber auch verschiedene Herrscher, wie Iwan der Schreckliche oder Peter der Große, geben in ihrer jeweiligen Regierungszeit unterschiedliche Antworten darauf. In der Mitte des 19. Jahrhunderts werden die Intellektuellen immer mehr in zwei unversöhnlich miteinander streitende Lager aufgespalten – die Westler und die Slawophilen, was zu einem tiefen Riss durch die russische Gesellschaft führt. Dostojewskij nimmt in dieser Debatte eine Sonderstellung ein: Er glaubt, das russische Wesen sei in der Lage, alle Gegensätze in sich aufzunehmen und miteinander zu versöhnen und somit den Konflikt auf einer höheren Ebene aufzulösen. 1880 wird er diesen Gedanken in seiner berühmten Puschkin-Rede bis ins kleinste Detail ausformulieren und in der Person Alexander Puschkins die Vollendung des russischen Menschen verkünden. In den 1860er Jahren ist die Idee dagegen noch im Wachsen begriffen und Dostojewskij selbst noch dabei, die westliche Welt mit ihrem Rationalismus, Pragmatismus und Materialismus für sich zu erkunden, was die polemisch-satirischen Untertöne im Roman verstehen lässt.

*

Wie Alexander Puschkin und Michail Lermontow, die in ihren Werken obsessiv um das Thema des Duells kreisen, an dem sie schließlich zugrundegehen (beide fallen in einem Duell), verknüpft Dostojewskij seinen Roman unauflösbar mit dem eigenen Schicksal. Es ist keine ästhetische Fingerübung, die gleichsam aus einem Luxus heraus entsteht, sondern ein dem Dasein abgerungenes, im Überlebenskampf gezeugtes Dokument, ein stets nach Luft schnappendes Zeugnis der eigenen Existenz.

Zwar steht der Text durchaus auch in einer *literarischen* Tradition (zu den die Spielsucht beschreibenden Vorgängern zählen ebenfalls Puschkin und Lermontow mit der Novelle *Pique Dame* und dem Drama *Ein Maskenball*), doch ist er zugleich ein Versuch, das *bloß Literarische* zu überwinden. Und es ist gerade diese Eigenschaft, die für etliche Autoren und Künstler der späteren Avantgarden eine Initialzündung darstellt. Ob Knut Hamsun, Franz Kafka, Albert Camus oder Daniil Charms – sie alle tragen das Brandmal Dostojewskijs. Wladimir Majakowskis frühes kubistisches Gemälde *Roulette* (1915) ist vom Roman *Der Spieler* beeinflusst. Sergej Prokofjew kompiliert das Werk zu einer futuristischen Oper (deren Libretto er noch mit Dostojewskijs Witwe bespricht). Deutsche Expressionisten schwärmen von ihm:

Die Fernen bis in der Seelen Mitte durchmisst
Sein ruhloses Wort und entzündet sie wie Gas
Zu weißen Nächten … nach Dunkel wie nach Licht lüstern …

schreibt Alfred Wolfenstein, und Walter Rheiner dichtet:

Er hebt das Haupt, und: sieh den Mund! er glüht,
stummes Orchester! Sonne schon verkrustet!
Tür-Nischen beben. Dumpf zerbricht die Brust!

*

An die Rezeption der Moderne knüpft nun auch diese Neuübertragung an. Der Übersetzer wittert in den existierenden deutschen Fassungen des Romans immer die Gefahr einer zu großen *Literarisierung* Dostojewskijs. Dabei liest sich *Der Spieler* im russischen Original weit weniger gediegen, sehr viel schnodderiger. Eine ganz besondere Sprengkraft entfaltet er in der Sprache seiner Handlungspersonen. So fällt der jugendliche, beinahe pubertäre Tonfall des Ich-Erzählers auf. Er liebt es, sich überall – ungefragt – einzumischen und öffentliches Ärgernis zu erregen. Da er nichts zu verlieren hat, sind seinen Handlungen und Verbalattacken kaum Schicklichkeitsgrenzen gesetzt. Doch gleichzeitig ist er in der Lage, seinen Modus spontan zu ändern: Während er im geschützten Raum des Tagebuchs schonungslos offen, ungekämmt, ja, fast flegelhaft daherkommt, kann er sich nach außen hin – um Eindruck zu schinden – überkorrekt und förmlich geben, was sich auf einmal in geschliffenen stilvollendeten Phrasen zeigt. Polinas sarkastisch gefärbte Worte verlieren, sobald sie mit ihm unter vier Augen spricht, jegliche Zurückhaltung und klingen extrem hart und brutal. Sie muss sich ihm gegenüber nicht verstellen, braucht kein Blatt vor den Mund zu nehmen – eine zusätzliche Form der Demütigung. Doch von ganz besonderer Subversivität ist die Erscheinung der Großmutter. In ihrer Gestalt lässt Dostojewskij tatsächlich sämtliche sprachlichen und auch gesellschaftlichen Schranken fallen. Was sie von sich gibt, sind wüste Beschimpfungen, ihr Verhalten ist höchst aggressiv und ein Gipfel an Respektlosigkeit – selbst auf dem Papier ist sie ein einziger Tabubruch, ein Schlag ins Gesicht des kultivierten Lesepublikums.

All diese Aspekte werden in klassischen Übersetzungen gewöhnlich gedämpft und gezügelt. Der Ich-Erzähler wird mehr als distanzierter Beobachter präsentiert. Die Gespräche zwischen ihm und Polina wirken zwar wie ein Katz-und-Maus-Spiel, bewegen sich aber im Rahmen dessen, was man von der ach-so-leidenschaftlichen »russischen Prosa« erwartet. Und *la baboulinka* mutet eher als eine zwar ruppige, aber im Ganzen doch liebenswürdige Person an. Und so gilt es, in der Neuübertragung die geschilderten Extreme nicht zu domestizieren, sondern sie im Gegenteil zuzuspitzen, um damit *dem Geist* des russischen Originals, das partout keine *schöne Literatur* sein will, treu zu bleiben.

Die Neuübersetzung eines Klassikers verfolgt andere Ziele als die Pionierarbeit einer Erstübertragung. Sie kann in der Lesart eines mehr oder weniger bekannten Werks bestenfalls Alternativen bieten, die Akzente anders verteilen, gewisse Aspekte im neuen Licht zeigen. Und so hofft der Übersetzer, dass hinter dem sprachlichen Gewand der vorliegenden Fassung ein *sehr unfrisierter* Dostojewskij hervortritt – nicht der gelassene *Belletrist*, vielmehr der besessene *Spieler*.

Alexander Nitzberg, Wien 2016

Anmerkungen

Als Textgrundlage für die Übersetzung wurde verwendet:
Fedor Michajlovič Dostoevskij
Sobranie Sočinenij, Bd. 4: *Proizvedenija* 1862–1869
Igrok. Roman. (S. 283–432)
Hg. I. Z. Serman, Gosudarstvennoe izdatel'stvo chudožestvennoj literatury, Moskau 1956

7 *Roulettenburg:* 1862 kam Fjodor Dostojewskij zum ersten Mal nach Wiesbaden und spielte dort zum ersten Mal Roulette, ein Glücksspiel, das bald zur Sucht wurde. Bis 1872 setzte und verspielte er große Summen – auch in Homburg vor der Höhe (seit 1912 Bad Homburg) und Baden-Baden. In seinem fiktiven Roulettenburg ließ er die drei Orte verschmelzen. Den sprechenden Namen verdankte er wohl dem englischen Schriftsteller William Makepeace Thackeray (1811–1863) bzw. dessen russischem Übersetzer. Thackeray hatte 1850 nach einem Aufenthalt in Homburg (1848) den ironischen Reisebericht *The Kickleburys on the Rhine (Die Kickleburys am Rhein)* verfasst, in dem er ausführlich die Spieler und Touristen in dem modischen Kurort »Rougeetnoirbourg« beschrieb. 1851 erschien die russische Übersetzung

von A. I. Butakow unter dem Titel *Anglijskie turisty* (Englische Touristen) in derselben Nummer der Zeitschrift *Vaterländische Annalen*, in der auch ein Stück von Dostojewskijs Bruder Michail abgedruckt war. Butakow hatte den Namen der Stadt mit »Rulettenburg« übersetzt. Die Idee zum Roman hatte Dostojewskij bereits 1863, als er auf seiner zweiten Auslandsreise, die ihn u. a. an die Spieltische in Homburg führte, die Reisekasse mehr oder weniger verspielte. Den befreundeten Philosophen Nikolai N. Strachow bat er in einem Brief vom 18./30. September aus Rom um Geld und erzählte: »Das Sujet der Erzählung ist folgendes: ein Typ des Auslandsrussen [...] im Sommer schrieben ja alle Zeitungen, über die Russen im Ausland [...] Ich nehme einen unbefangenen Charakter, einen durchaus vielseitig gebildeten Menschen, der aber in allem unfertig ist, seinen Glauben verloren hat und doch nicht wagt, ungläubig zu sein, der gegen die Autoritäten aufbegehrt und sie zugleich fürchtet. Er redet sich ein, in Russland nichts zu tun zu haben, und unterzieht deshalb jene einer grausamen Kritik, die von Russland aus unsere im Ausland lebenden Russen zurückrufen [...] Er ist eine lebendige Figur (ich sehe ihn förmlich vor mir) –, und man muss ihn auf sich wirken lassen, wenn er fertig ist. Das Wichtigste ist aber, dass all seine Lebenssäfte, seine Kraft, Kühnheit, sein Tatendrang fürs Roulette verbraucht wurden. Er ist ein Spieler, aber kein einfacher Spieler, wie auch Puschkins geiziger Ritter kein einfacher Geizhals ist. (Ich will mich durchaus nicht mit Puschkin vergleichen, sondern sage das zur Erklärung.) Er ist auf seine Art ein Poet, doch er schämt sich dieser Poesie, weil er ihre Niedrigkeit tief empfindet, obwohl ihn der Drang nach dem Risiko in seinen Augen adelt. Die ganze Erzählung handelt davon, wie er schon das dritte Jahr in den Casinos Roulette spielt.« Dostojewskij wollte seinen Roman *Roulettenburg* nennen, doch sein Verleger Fjodor

T. Stellowski bevorzugte den »russischeren« Titel *Der Spieler.* (Thomas Mann fand den Roman »wundervoll«, den Ortsnamen aber »unwahrscheinlich« und »geschmacklos«.)
Literaturdetektive und Heimatforscher identifizieren seit Jahrzehnten die im *Spieler* genannten Orte, so fanden sie in dem im Roman erwähnten »Schlangenberg« eine Anspielung auf den nur zehn Kilometer von Wiesbaden entfernten Kurort Schlangenbad; in der Promenade genannten Kastanienallee im Roman die Lichtentaler Allee in Baden-Baden und im Hotel d'Angleterre das Hotel Englischer Hof ebenfalls in Baden-Baden.
Das Roulette-Spiel (abgeleitet vom französischen *roue*, kleines Rad) soll es schon in der Antike gegeben haben, bekannt ist, dass der französische Mathematiker Blaise Pascale bei seinen Forschungen zur Wahrscheinlichkeitsrechnung ein Rad mit 36 durchnummerierten Fächern verwendete und Kugel und Rad gegenläufig bewegte. 1842 setzten die französischen Brüder Louis und François Blanc, die die Casinos in Homburg und Monte Carlo gründeten, noch das *Zéro*(Null)-Fach dazu.
In den mondänen Kurorten traf sich ein internationales Publikum (ein Grund für die vielen im Roman genannten Währungen), mit den Casinos lockten die Kurbetreiber eine reiche Klientel an, so in Bad Ems seit der Gründung der Spielbank im Jahr 1720, in Wiesbaden seit 1810, in Baden-Baden seit 1824 und seit 1841 auch in Homburg. Weil in Frankreich das Glücksspiel seit 1837 verboten war, kamen viele Franzosen in die deutschen Kur- und Casinoorte.
8 … *steinreichen Russen* …: Zar Alexander I. hatte die Prinzessin Luise von Baden geheiratet, die als Zarin Elisabeth 1814 nach Baden-Baden reiste und den Kurort für den russischen Adel entdeckte. Zar Alexander II., mit Marie von Hessen-Darmstadt verheiratet, kam Mitte des 19. Jahrhunderts re-

gelmäßig im Sommer nach Baden-Baden, in seinem Gefolge reiche Landsleute, auf 5000 Baden-Badener sollen 5000 russische Besucher gekommen sein (Iwan Turgenjew beschrieb dies in seinem Roman *Rauch*). Da Kurorte auch Stätten des gesellschaftlichen Vergnügens waren, zog nicht nur Baden-Baden – das damals »die Sommerhauptstadt Europas« genannt wurde – den russischen Adel an.

9 *… jemand, den er* Auslärär *nennt …*: Im russischen Original steht »*outchitel*«, eine französische Verballhornung des russischen Worts für Hauslehrer (*učitel'*); seit dem 18. Jahrhundert war Französisch die Sprache des russischen Adels, die Hauslehrer kamen vornehmlich aus Frankreich.

10 *… habe ich bereits in Preußen getroffen:* Seit seiner ersten, zehnwöchigen Auslandsreise 1862, die ihn u. a. nach Berlin, Dresden, Wiesbaden, Homburg, Baden-Baden, Köln, Paris, London, Turin, Mailand, Venedig und Wien führte, war Dostojewskij mehrmals in Deutschland, 1863 und 1867 hielt er sich ebenfalls in Berlin auf; auch Köln lag in den 1860er Jahren im Königreich Preußen.

10 *… Jahrmarkt in Nischni Nowgorod …*: Der Jahrmarkt war eine vierzigtägige Handelsmesse, die jährlich im Juli begann, gehandelt wurden Waren aus Europa, Russland und Asien. Die Messe fand seit 1816 in Nischni Nowgorod, 400 Kilometer östlich von Moskau am Zusammenfluss von Oka und Wolga gelegen, statt, die Waren wurden in prächtigen Steinbauten ausgestellt und angeboten, nicht etwa in Holzbudengassen.

11 *… Polacken und Franzmännern an, die sich gegenseitig auch gleich zur Seite springen …*: 1795 war Polen endgültig zwischen den drei Mächten Russland, Preußen und Österreich aufgeteilt worden; um Preußen 1806 besiegen zu können, hatte Napoleon einen polnischen Aufstand befördert und den Polen Hoffnungen auf die Wiederherstellung des alten Königreichs gemacht, 1807 errichtete er das Herzogtum Warschau, beim

Feldzug gegen Russland 1812 kämpften etwa 80 000 Polen im französischen Heer. In der polnischen Nationalhymne wird der französische Kaiser noch heute besungen: »Bonaparte gab ein Beispiel, / Wie wir siegen sollen«. 1815 wurde auf dem Wiener Kongress das Herzogtum Warschau – jetzt Kongresspolen genannt – in Personalunion mit Russland verbunden; gegen die russische Herrschaft gab es immer wieder Aufstände, die von vielen Franzosen, wenn nicht tatkräftig, so doch im Geiste unterstützt wurden.

11 *Konsulat seiner Heiligkeit:* Der Papst unterhielt als Herrscher über den Kirchenstaat, der vor der Einheit Italiens 1870 wesentlich größer war als der heutige Vatikanstaat, Gesandtschaften in den europäischen Hauptstädten. Im 19. Jahrhundert brauchte man für den Aufenthalt in jedem europäischen Staat ein Visum, im innerdeutschen Reiseverkehr wurde die Visumspflicht 1850 abgeschafft.

11 *Abbé*: vom lateinischen *abbas*, Abt, Vater; in Frankreich wurden katholische Geistliche, die keinem Orden angehörten und in der Kirchenhierarchie keinen besonderen Rang einnahmen, mit *Abbé* angesprochen.

12 *Opinion nationale:* Liberale politische Zeitschrift, 1859 von Adolphe Guéroult gegründet, die auch im Ausland viel gelesen wurde und die Unabhängigkeitsbestrebungen Polens unterstützte. Sie erschien bis 1914.

13 *Cela n'etait pas si bête:* Das war gar nicht so dumm.

13 *… [Mann,] auf den im Jahr 1812 ein französischer Jäger gefeuert hatte …*: während des Russland-Feldzugs von Napoleons *Grande Armée* 1812 rückten die französischen Truppen nach Moskau vor, Mitte September nahmen sie die nicht vollständig evakuierte Stadt ein, einen Monat später mussten sie wieder abziehen.

13 … Erinnerungen von *General Perowski …*: Wassili Alexejewitsch Perowski (1794–1857) wurde als junger Offizier bei

der Einnahme Moskaus gefangen genommen, stieg unter Zar Nikolai I. zum General und zum Gouverneur von Orenburg auf (seine Nichte Sofia Perowskaja gehörte zu den Sozialrevolutionären, die 1881 Zar Alexander II. ermordeten).

15 *Ihr Marquis …*: Dostojewskij nennt den französischen Bekannten des Generals, des Grieux, den er schon aus Russland kennt (die Vorgeschichte deutet der Erzähler nur an), mal *»le comte«*, den Grafen, und später dann meist *»le marquis«*, den Markgrafen, dieses Durcheinander der Titel ist wohl dem hohen Schreibtempo geschuldet – vgl. das Nachwort des Übersetzers.

18 *… antike Herrscherin, die sich vor einem Sklaven auszog …*: Die ägyptische Königin Kleopatra hatte seit der Antike einen Ruf als Hure, der römische Dichter Properz (um 50–15 v. Chr.) schrieb, sie vergnüge sich mit ihren Sklaven, eine Behauptung, die u. a. Théophile Gautier (1811–1872) in seiner Novelle *Une Nuit de Cléopâtre (Eine Nacht der Kleopatra)* 1838 in orgiastischen Farben ausmalte: Die Königin lockt jede Nacht einen Sklaven in ihr Bett, der dafür mit dem Leben bezahlt. (Seit Napoleons Ägypten-Feldzug 1798 war in Europa alles Ägyptische en vogue.)

21 *trente et quarante:* Dreißig und Vierzig, auch *Rouge et Noir*, Rot und Schwarz genannt, ein beliebtes französisches Kartenspiel, das in Baden-Baden und Wiesbaden in den Spielbanken neben Roulette gespielt wurde.

22 *Noblesse oblige:* wörtl. Adel verpflichtet; erstmals 1808 in Pierre Marc Gaston Duc de Lévis' *Maximes et réflexions sur différents sujets de morale et de politique* (Maximen und Reflexionen zu verschiedenen Themen der Moral und Politik).

36 *… die feine deutsche Art:* Dostojewskij mochte weder die deutschen Städte noch die Deutschen, aus der »Hölle Baden-Baden« berichtete er, die Deutschen seien »alle ohne Ausnah-

me Wucherer, Schurken und Betrüger«. Dem befreundeten Dichter Apollon Nikolajewitsch Majkow schrieb er 1867: »In Deutschland hat mich vor allen Dingen die Dummheit des Volkes entsetzt; sie sind so maßlos, so unermesslich dumm.« Immerhin etwas Gutes konnte er zur Kur sagen, die er antrat, um seine Epilepsie zu lindern: »Ich habe mich gesundheitlich niemals wohler gefühlt als in diesem scheußlichen Ems.«

38 *... Baron Rothschild oder meinetwegen Hope & Co ...*: Die Rothschilds aus Frankfurt am Main (die Stadt wird im Roman mehrfach erwähnt) hatten im 18. Jahrhundert in der Judengasse mit Bankgeschäften begonnen, im 19. Jahrhundert waren die Rothschild-Bankiers nicht nur geadelt, sondern die reichsten Europas. Hope & Co war ein in Amsterdam ansässiges, international agierendes Handels- und Bankhaus, das im 19. Jahrhundert u. a. mit russischen Anleihen handelte.

39 *Marquis des Grieux:* Den Namen lieh sich Dostojewskij von Abbé Prévost (1697–1763), der 1731 in seinem Roman *L'Histoire du chevalier des Grieux et de Manon Lescaut (Die Abenteuer der Manon Lescaut und des Chevalier des Grieux)* einen Edelmann auftreten ließ, der aus Liebe zur leichtlebigen Manon sein Geld und seine Ehre riskiert, im *Spieler* erscheint er persifliert.

46 *Vor zwei Tagen auf dem Schlangenberg:* Der Erzähler sprach am Tag seiner Rückkehr im Roulettenburger Park mit Polina darüber, dass er, hätte sie es von ihm verlangt, vom Schlangenberg gesprungen wäre. Der Ausflug zum Schlangenberg muss vor seiner zweiwöchigen Abwesenheit stattgefunden haben.

52 *Madame la baronne ... j'ai l'honneur d'être votre esclave:* Frau Baronin, ich habe die Ehre, Ihr Sklave zu sein.

54 *... sogar in das benachbarte Fürstentum:* Dostojewskij spielt mehrfach auf die deutsche Kleinstaaterei an (in den 1860er Jah-

ren gab es noch 40 souveräne Kleinreiche), die einem Mann aus dem riesigen Russland noch merkwürdiger als anderen Europäern vorgekommen sein muss, Wiesbaden z. B. gehörte zum Herzogtum Nassau, Homburg zur Landgrafschaft Hessen, Mainz zum Großherzogtum Hessen; Baden-Baden zum Großherzogtum Baden.

61 *Mir bleiben 16 Friedrichsdor:* Am Anfang von Kap. 5, S. 40, erklärte Alexej Polina noch, er habe 12 Friedrichsdor, offenbar hat der Autor den Überblick verloren.

64 *… mon cher monsieur … pardon, j'ai oublié votre nom … Monsieur Alexis …? N'est ce pas?:* Mein lieber Herr … verzeihen Sie, ich habe Ihren Namen vergessen … Herr Alexis …? Nicht wahr?

65 *mon cher marquis:* mein lieber Marquis.

65 *Mais le général …*: Aber der General …

65 *… et madame sa mère …*: und ihre Frau Mutter.

65 *… le baron est si irascible, un caractère prussien, vous savez, enfin il fera une querelle d'Allemand:* … der Baron ist so aufbrausend, ein preußischer Charakter, Sie wissen schon, er wird noch einen Streit nach deutscher Art anfangen.

66 *… que diable! un blanc-bec, comme vous …:* … zum Teufel, ein Grünschnabel wie Sie …

68 *Peut-être …:* Vielleicht …

72 *… mea culpa …*: lateinisch, meine Schuld, ursprünglich aus dem katholischen Schuldbekenntnis *Confiteor*, »mea culpa, mea culpa, mea maxima culpa …« (durch meine Schuld, durch meine Schuld, durch meine große Schuld).

74 *Madame veuve:* Die Witwe …

75 *… un beau matin …*: eines schönen Morgens.

76 *Spa:* ein Kurort mit Mineralquellen in den belgischen Ardennen, seit dem 18. Jahrhundert beim Adel und gekrönten Häuptern so beliebt, dass er *Café de l'Europe* genannt wurde, 1717 kurte dort etwa Zar Peter der Große, 1781 Kaiser

Joseph II.; wie in vielen Kurorten, gab es auch in Spa ein Casino (seit 1763).

81 *Großmutter:* Die Figur der Großmutter hat zwei Vorbilder: ein fiktives, nämlich die alte Gräfin aus Alexander Puschkins 1837 erschienener Novelle *Pique Dame*, die den Spieler Hermann ins Unglück führt. Und ein reales, die russische Gräfin Sophia Kisseljowa, die in Homburg seit der Eröffnung des Casinos bis zu seiner Schließung 1872 (damals wurde im Deutschen Reich das Glücksspiel verboten) Unsummen setzte und verlor, ihre Verluste beim Roulette aber durch die hohen Dividenden aus ihren Spielbankaktien ausgleichen konnte. Dostojewskij dürfte sie bei seinen Aufenthalten in Homburg 1863, 1867 und 1870 erlebt haben.

82 *Potapytsch:* P. ist ein Vatersname, d. h. der Vater hieß Potap, die Anrede nur mit dem Vatersnamen, nicht mit Vor- und Vatersnamen wie etwa Alexej Iwanowitsch, wirkt im Russischen sehr familiär.

82 *Les seigneurs russes:* Die feinen russischen Herren.

82 *Praskowja:* Der Spitzname, den die Großmutter Polina Alexandrowna gegeben hat, ist ein sehr volkstümlicher, beinahe bäuerlicher Name.

83 *une russe, une comtesse […] la grande duchesse:* eine Russin, eine Gräfin […] die Großherzogin.

84 *Redingote:* Langer Mantel mit großem Kragen und Pelerinen, das Oberteil ist wie ein Jackett gearbeitet, unten läuft er weit aus, ursprünglich ein Reitmantel (seit Ende des 18. Jahrhunderts wurden vermehrt Einflüsse aus der Herrenkleidung in die Damenmode übernommen), englisch *Riding Coat* – Redingote ist die französische Verballhornung.

85 *… jusqu'à la barbe du pauvre général:* französisch, direkt vor der Nase (wörtl.: vor dem Bart) des armen Generals.

86 *Oui, madame […] et croyez, je suis si enchanté … votre santé … c'est un miracle … vous voir ici … une surprise charmante …:* Ja, Ma-

dame […] und glauben Sie mir, ich bin so entzückt … Ihre Gesundheit … Es ist ein Wunder … Sie hier zu sehen … eine charmante Überraschung.

88 … *Sankt Nikolaus:* Der heilige Nikolaus von Myra wird in den orthodoxen Kirchen Griechenlands und Russlands als Nothelfer und Wundertäter hochverehrt.

88 *Schon kommen meine Deutschen …:* Deutsche Wissenschaftler und Ärzte waren in Russland hochgeachtet. Der deutsche Wissensschatz ist in Russland sprichwörtlich: Der Deutsche hat den Affen erfunden.

91 *Cette vieille est tombée en enfance:* Diese Alte ist kindisch/närrisch geworden.

91 *Mais, Madame, cela sera un plaisir:* Aber, Madame, es wird ein Vergnügen sein. *Plaisir*, Vergnügen, Freude.

93 *Figürchen aus Sachsen:* Zur teuren Zimmereinrichtung gehört offenbar auch eine Porzellanfigur – für die Sachsen berühmt war.

97 *Elle est tombée en enfance […] seule, elle fera des bêtises:* Sie ist närrisch geworden … [lässt man sie] allein, wird sie noch Dummheiten machen.

101 *Sortez! Sortez!:* Gehen Sie! Gehen Sie!

103 … *doch die Bank zahlt keine Gewinne aus:* Ein Beispiel, ein Spieler setzt auf Impair, die Kugel fällt auf die Null, der Einsatz wird nun gesperrt. Fällt die Kugel im nächsten Coup auf Impair, so wird der Einsatz wieder frei, der Spieler gewinnt allerdings nichts dazu. Fällt die Kugel dagegen auf Pair, so ist der Einsatz verloren.

104 *trente six:* 36

105 *Faites le jeu, messieurs! Faites le jeu, messieurs! Rien ne va plus!:* Machen Sie das Spiel, meine Herren! Machen Sie das Spiel, meine Herren! Nichts geht mehr!

105 *Combien zéro? Douze? Douze?:* Wie viel [auf] Null? Zwölf? Zwölf?

105 *Le jeu est fait!:* Das Spiel ist gemacht! – Nach dieser Ansage des Croupiers folgt gewöhnlich: *Rien ne va plus,* nichts geht mehr, und es darf kein Einsatz mehr gemacht werden.

108 *Quelle victoire!:* Welch ein Sieg!

108 *Mais, madame, c'était du feu!:* Aber Madame, das war grandios!

109 *Madame la princesse … un pauvre expatrié … malheur continuel … les princes russes sont si généreux:* Fürstin … ein armer Exilierter … anhaltendes Unglück … die russischen Fürsten sind so großzügig.

109 *Merci, madame:* Danke, Madame.

110 *Que diable, c'est une terrible vieille:* Zum Teufel, das ist eine schreckliche Alte.

111 *Mais, madame […] les chances peuvent tourner, une seule mauvaise chance et vous perdrez tout … surtout avec votre jeu … c'était terrible!:* Aber Madame […] das Glück kann sich wenden, nur einmal Pech, und Sie verlieren alles … vor allem bei Ihrer Art zu spielen … das wäre furchtbar!

111 *Vous perdrez absolument:* Sie werden auf jeden Fall verlieren.

116 *Eh! Ce n'est pas ça […] Mon cher monsieur, notre cher général se trompe:* Ach, darum geht es nicht […] Mein werter Herr, unser lieber General täuscht sich.

116 *… cette pauvre terrible vieille:* … diese arme schreckliche Alte.

117 *Ce n'est pas ça, ce n'est pas ça […] que diable!:* Darum geht es nicht, darum geht es nicht […] zum Teufel!

118 *O mon cher Monsieur Alexis, soyez si bon:* O, mein lieber Herr Alexis, seien Sie so gut.

119 *Quelle mégère:* Was für eine Megäre! Im Sinne von: Was für eine alte Hexe. - Megären oder Erinnyen oder Eumeniden sind altgriechische Göttinnen der Rache.

124 *Nous boirons du lait, sur l'herbe fraîche:* Wir werden Milch trinken, im saftigen Gras.

124 *… la nature et la vérité:* die Natur und die Wahrheit; Anspielung

auf Frankreich als Land der Aufklärung – die die Natur (unangetastete Landschaft) pries und die Natur des Menschen erforschte –; *»la nature et la vérité«* kann als Motto des großen Aufklärers Jean-Jacques Rousseau (1712–1788) stehen, der in seinen Werken der wahren Natur nachspürte, die er wahrhaft beschreiben wollte.

129 *Diantre!:* Zum Teufel!

129 *Elle vivra cent ans!:* Sie wird noch 100 Jahre alt!

137 … *Paul-de-Kock-Romane:* Der Franzose Charles Paul de Kock (1793–1871) war ein Vielschreiber, er verfasste Komödien und Romane, deren pikante, oft schlüpfrige Darstellung der Sitten und Unsitten der Pariser Gesellschaft ihn bald zu einem der meistausgeliehenen Autoren in französischen Bibliotheken machte. Die Gesamtausgabe seiner Werke umfasste 56 Bände; die meisten seiner Romane wurden auch ins Deutsche übersetzt.

138 *Łajdak:* polnisch, Schuft.

139 … *vielle comtesse russe, tombée en enfance …:* … alte russische Gräfin, närrisch geworden …

154 *Les trois derniers coups, messieurs!:* Die drei letzten Einsätze, meine Herren!

155 *Vingt deux … Trente et un*: 22 … 31

155 Sophie Blanchard: Die erste professionelle Ballonfahrerin (1778–1819), »Kaiserliche Aeronautin« Napoleons I., später unter Louis XVIII. dann »offizielle Aeronautin der Restauration«, kam ums Leben, als sie ein Feuerwerk über Paris entzündete und der Ballon dabei Feuer fing. Beim Versuch zu landen, stürzte sie aus dem Korb.

155 *Quatre!:* Vier!

158 *Monsieur a gagné déjà cent mille florins:* Der Herr hat schon 100 000 Florine gewonnen.

169 *Ah, c'est lui! Viens donc, bêtà!* Ast du gestern wirklische *gagné une montagne d'or et d'argent? J'aimerais mieux l'or:* Ah, da ist er!

Komm her, Dummkopf! Hast du gestern wirklich einen Berg Gold und Silber gewonnen. Mir ist das Gold lieber.

169 *Bibi, comme tu es bête [...] Nous ferons bombance, n'est-ce pas?:* Süßer, was bist du dumm ... Wir werden ein Gelage feiern, nicht wahr?

169 *Mon fils, as-tu du cœur?:* Mein Sohn, hast du Mut?

169 *Tout autre [...] Corneille-Paraphrase:* Eine andere ... – Im 1. Akt, 5. Szene des Dramas *Le Cid* (1637, *Der Cid*) von Pierre Corneille (1606–1684), fragt Don Diègue seinen Sohn Rodriguez: Rodriguez, as-tu du cœur? Und der antwortet: Tout autre que mon père l'éprouverait sur l'heure. – Ein andrer als mein Vater sähe gleich einen Beweis.

169 *Si tu n'est pas trop bête, je te prends à Paris:* Wenn du nicht allzu dumm bist, nehme ich dich nach Paris mit.

169 *Eh bien!* Willst du, *tu verras Paris. Dis donc qu'est ce que c'est qu'un* Auslärär? *Tu étais bien bête, quand tu étais* Auslärer: Gut [...] du wirst Paris sehen. Sag, was ist das mit dem Hauslehrer? Du warst ganz schön dumm, als du Hauslehrer warst.

170 *Eh bien, que feras-tu, si je te prends avec? Je veux cinquante mille francs [...] Nous allons à Paris [...] et je te ferais voir des étoiles en plein jour:* Und, was wirst du tun, wenn ich dich mitnehme? Ich will 50 000 Francs [...] Wir gehen nach Paris [...] und ich werde dich lehren, am hellen Tag die Sterne zu sehen.

170 *Et cent cinquante mille francs [...] que sais-je! [...] je suis bonne enfant [...] mais tu verras des étoiles:* Und 50 000 Francs [...] was weiß ich! [...] ich bin ein gutes Kind [...] aber du wirst die Sterne sehen.

170 *... Ah, vil esclave! [...] et après le déluge! Mais tu ne peux comprendre, va! [...] Mais que fais-tu?:* Ah, nichtswürdiger Sklave! [...] nach uns die Sintflut! Aber du verstehst es nicht! [...] Aber was machst du?

170 *... Eh bien, mon* Auslärär, *je t'attends, si tu veux!:* Also gut, mein Hauslehrer, ich erwarte dich, wenn du möchtest!

171 … *Peut-être, je ne demandais pas mieux* …: Vielleicht verlangte ich nicht mehr.

171 *Mais oui, mais oui […] mais tu seras heureux, comme un petit roi. […] Quant à moi, je veux cinquante mille francs de rente et alors:* Aber ja, aber ja […] aber du wirst glücklich sein, wie ein kleiner König […] Für mich will ich 50 000 Francs als Rente und dann …

172 … *Le pauvre général!* …: Der arme General!

173 … *et les cent mille francs qui nous restent, tu les mangeras avec moi, mon* Auslärär …: … und die 50 000 Francs, die uns bleiben, die verprasst du mit mir, mein Hauslehrer.

174 … *Zeitungsfritzen in modischen Fräcken und gelben Handschuhen* …: Die gelben Handschuhe zeichneten einen Mann als Modepuppe und Stutzer aus, der im Französischen *»gant jaune«*, gelber Handschuh, genannt wurde.

174 *C'est un* Auslärär! *[…] Il a gagné deux cent mille francs […] Quelqu'un connaît une position? Vous devez faire quelque chose pour lui:* Er ist ein Hauslehrer […] Er hat 200 000 Francs gewonnen […] Weiß jemand eine Anstellung für ihn? Sie müssen etwas für ihn tun.

174 … *très ennuyé* …: sehr gelangweilt

175 *Château des Fleurs:* Ein in den 1860er Jahren sehr berühmtes, vornehmes Pariser Ballhaus an den Champs Élysées, dort wurde im Freien getanzt. Der Baedecker von 1863 wusste, dass »selten eine Regel des äußeren Anstandes seitens der Tanzenden verletzt« wurde.

175 *Cancan:* Der Cancan, ein schneller Tanz im 2/4-Takt, war ein in den 1830er Jahren aus der Quadrille abgeleiteter aufsehenerregender Gesellschaftstanz, der sich dann zu einem Schautanz entwickelte.

176 … *Mais tu as l'esprit pour comprendre! Sais-tu, mon garçon* …: Aber du hast genug Verstand, um das zu verstehen! Weißt du, mein Junge …

176 *Mais … sais-tu … mais dis donc […] Mais sais-tu […] Qu'est ce que tu feras après, dis donc?:* Aber … weißt du … aber sag mal […] Aber weißt du […] Was machst du denn dann, sag?

176 *Oui, oui, c'est ça, c'est magnifique! […] parce que je croyais, que tu n'est qu'un* Auslärär *(quelque chose comme un laquais, n'est-ce-pas?) […] parce que je suis bonne fille:* Ja, ja, so mach es, das ist wunderbar! […] weil ich geglaubt habe, dass du ja nur ein Hauslehrer bist (und das ist etwas wie ein Lakai, nicht wahr?) […] weil ich ein gutes Mädchen bin.

176 *Oh, oh, mais tu es …:* O, o, aber du bist …

176 … *Il faut que jeunesse se passe …:* Irgendwann ist die Jugend vorbei.

177 … *Mais tu es un vrais philosophe, sais-tu? Un vrais philosophe! […] Eh bien je t'aimerai, je t'aimerai – tu veras, tu sera content!:* Aber du bist ein wahrer Philosoph, weißt du? Ein wahrer Philosoph! […] Also werde ich dich lieben, ich werde dich lieben – du wirst sehen, du wirst zufrieden sein!

177 *Thérèse philosophe: Thérèse philosophe, ou mémoires pour servir à l'histoire du Père Dirrag et de Mademoiselle Éradice (Die philosophische Therese oder Beitrag zur Geschichte des Paters Dirrag und des Fräuleins Eradice)*, ein 1748 anonym erschienener Roman, der Jean-Baptiste Boyer, Marquis d'Argens zugeschrieben wird. Die Geschichte vom Pfarrer, der ein Beichtkind verführt, zählte zu den meistverkauften pornographischen Texten der Aufklärungszeit.

178 *Kürassiere:* vom französischen *cuirasse*, abgeleitet von *cuir*, Leder; mit ledernen, später metallenen Brustpanzern (Kürass) ausgestattete Reiter der schweren Kavallerie; im 19. Jahrhundert wurde es für Kürassiere und andere Reiter Mode, Backen- und Schnurrbart zu tragen. In Napoleons *Grande Armée* zählten die Kürassier-Regimenter zu den schlachtentscheidenden Eliteeinheiten – deshalb galten in ganz Europa Kürassiere als besonders schneidig.

180 *Un vrai russe, un calmouk!:* Ein echter Russe, ein Kalmücke! – Die Kalmücken sind ein westmongolisches Volk, der Begriff wurde oft synonym mit »Tatar« verwendet, ein Sprichwort besagt: Kratze an einem Russen, und es kommt ein Tatar zum Vorschein.

180 *Bal Mabille:* Das beliebteste Ballhaus an den Champs Élysées, in der Avenue Montaigne, das unter anderem für die prachtvolle Dekoration und die üppige Beleuchtung mit etwa 3000 Gaslaternen berühmt war; die »femmes entretenues«, Frauen, die sich aushalten ließen, suchten dort nach neuen Eroberungen. 1831 hatte der Tanzlehrer Mabille eine Tanzschule eröffnet, die er 1844 in einen Vergnügungsgarten umwandelte (daher auch als Jardin Mabille bekannt), der Cancan soll dort erfunden worden sein. Honoré de Balzac wählte das Lokal mehrfach als Handlungsort von Szenen in den Romanen seiner *Comédie humaine.*

180 *Palais Royale:* Pariser Stadtpalais in der Nähe des Louvre, in den 1780er Jahren wurden um den Garten des Palais' Häuser mit Arkaden errichtet, in die sich Läden, Speisehäuser Vergnügungs- und Spiellokale einmieteten.

181 *à bâtons-rompus:* ohne jeden Zusammenhang, *parler à bâtons rompus*, über dieses und jenes reden.

181 … *ich sei noch ein grüner Junge:* Eine kleine Hommage des Übersetzers an Swetlana Geier, die den bis dahin als »Der Jüngling« bekannten späten Roman Dostojewskijs als *Ein grüner Junge* neu übersetzte (erschienen 2006).

182 *Il a du chance […] pas de problème […] j'aurai un château, des moujiks, et puis j'aurai toujours mon million:* Er hat Glück […] kein Problem […] ich werde ein Schloss besitzen, Muschiks [leibeigene Bauern] und dann werde ich immer meine Million haben.

183 … wirklich *très comme il faut. – Il est pourtant très comme il faut:* … wirklich mustergültig. – Er ist stets sehr mustergültig.

183 *du Placet:* Wohl ein Spiel mit dem Namen der Kokotte, mit *Placet*, Plazet, Einwilligung; *bien placé*, gut gestellt, und *jouer placé*, auf Platz setzen.

183 ... *beim Maire* ...: ... beim Bürgermeister ... – In Frankreich war die Zivilehe 1792 eingeführt worden.

183 ... *Madame la générale de Sago-Sago, ces diables des noms russes, enfin Madame la générale à quatorze consonnes! comme c'est egréable, n'est-ce – pas?:* Frau Generalin von Sago-Sago, diese russischen Namen sind verteufelt schwer, am Ende hat die Frau Generalin vierzehn Konsonanten! Ist das nicht hübsch?

183 *Tu étais bon enfant [...] Je te croyais bête et tu en avais l'air [...] Attends!:* Du warst ein guter Junge [...] Ich habe dich für dumm gehalten, und genauso sahst du auch aus [...] Warte!

183 *Attends! Adé! Nous serons toujours bons amis [...] et tu seras heureux!:* Warte! Ade! Wir werden immer gute Freunde bleiben [...] und du wirst glücklich sein!

187 ... *Trente et un, rouge, impair et passe*, oder: *Quatre, noir, pair et manque!* ...: 31, Rot, Impair und Passe [ungerade und hohe Zahl], oder: 4, Pair und Manque [gerade und niedrige Zahl].

193 *Racine:* Jean Baptiste Racine (1639–1699) gilt mit Pierre Corneille als der bedeutendste französische Tragödiendichter, seine Verse sind für ihre Eleganz und Musikalität berühmt.

Danksagung

Der Übersetzer bedankt sich bei den Vorsitzenden des *Russisch-Österreichischen Geschäftsrats* Vladimir Artyakov und Aleksandr Pronin für die freundliche Unterstützung seiner Arbeit.

Inhalt